डूबने का आमन्त्रण

"मुक्त हो जाओ। मैं निश्चित ही डुबा सकता हूं, पार मैं लगा सकता नहीं। पार लगाने में मेरा भरोसा नहीं है, पार कहीं कोई है नहीं। जो डूब गया, वहीं पहुंच गया। जो पार लगा, वह फिर चूक गया। डूबना है, परमात्मा में डूबना है। ... डूबने को राजी हो जाओ। मैं तो डुबाने को प्रतिपल तैयार हूं।"

बीसवीं सदी के सर्वाधिक लोकप्रिय, लेकिन उतने ही विवादास्पद भी, रहस्यवादी गुरु ओशो ने व्यक्ति से जुड़े सभी पहलुओं — चाहे वह नितान्त व्यक्तिगत हो, सामाजिक हो, धार्मिक हो, राजनैतिक हो या आध्यात्मिक हो — पर उनकी बखिया उधेड़ते हुए बोला है। हालांकि अपने तेवरों के कारण उन्हें अमेरिका से लेकर भारत तक के अर्थात विश्व के लगभग सभी देशों के राजनेताओं का कोप-भाजन बनना पड़ा। लेकिन उन्होंने 'व्यक्ति' को 'जगाना' नहीं छोड़ा।

इस पुस्तक में ओशो द्वारा **बहुरि न ऐसो दांव** प्रश्नोत्तर प्रवचनों में से 1-5 तक प्रवचन संकलित हैं।

ओशो साहित्य

- शून्यता का जन्म
- डूबने का आमन्त्रण
- तंत्र और अंतस-शरीर
- तांत्रिक संभोग और समाधि
- अंधकार की साधना
- रहस्य में प्रवेश
- रसो वै सः
- प्रेम और ध्यान
- मांटी कहे कुम्हार से
- पथ के प्रदीप

- तंत्र विज्ञान
- कामवासना का रूपांतरण
- भोग और दमन के पार
- तंत्र औषधि है
- असीम की अनुभूति
- परम आनंद के सूत्र
- प्रेम का शिखर
- प्रेम-पंथ ऐसो कठिन
- क्या सोवे तू बावरी
- पंडित, पुरोहित और राजनेता

- मृत्यु सबसे बड़ा झूठ
- चेतना के पंख
- प्रेम और विवाह
- मेरा सपना मेरा भारत
- यौवन की चुनौती
- शान्ति के उपाय

- हीरा पायो गांठ गठियायो

डूबने का आमन्त्रण

ओशो

हिन्द पॉकेट बुक्स

हिन्द पॉकेट बुक्स
भारत की सर्वप्रथम पॉकेट बुक्स

उत्कृष्ट साहित्य का प्रतीक
सुन्दर • सुरुचिपूर्ण • सरल

संकलन : अरुण सत्यार्थी
संयोजन : अमानो मनीष

डूबने का आमन्त्रण (प्रवचन)

नवीन संस्करण : 2010
पहला रिप्रिंट : 2015
प्रकाशक : हिन्द पॉकेट बुक्स प्रा. लि.
जे-40, जोरबाग़ लेन, नई दिल्ली-110003
ई-मेल mail@hindpocketbooks.in वेबसाइट www.fullcirclebook.in
फोटोटाइपसेटिंग : एडिट मीडिया, नई दिल्ली-110045
मुद्रक : साई प्रिंटओ पैक प्रा. लि., नई दिल्ली-110020

DOOBNE KA AAMANTRAN (Discourses)
By Osho

ISBN 81-216-1006-X
10/15/03/02/10/AD/QO/SPP/SPP/OP150/NP150

दो शब्द

न आदेश, न उपदेश

महावीर ने कहा है : तीर्थंकर आदेश नहीं देते, उपदेश देते हैं। मैं उपदेश भी नहीं देता। आदेश-उपदेश का भेद समझ लो, तो तुम्हें यह भी समझ में आ जाएगा कि मैं उपदेश भी क्यों नहीं देता। आदेश का अर्थ होता है—स्पष्ट सूचना, निर्देश, ऐसा करो। उसका ज़ोर कृत्य पर होता है। सुबह ब्रह्ममुहूर्त में उठो—यह आदेश। उपदेश थोड़ा नाज़ुक, इतना स्पष्ट नहीं, इतना सीधा नहीं। उपदेश का अर्थ होता है—मुझे देखो। उपदेश का शाब्दिक अर्थ होता है—मेरे पास बैठो। उप यानी पास; देश—स्थान। मेरे पास बैठो। जो अर्थ उपासना का होता है, वही उपदेश का। जो अर्थ उपवास का होता है, उपनिषद का होता है, वही उपदेश का।

महावीर ने कहा है कि तीर्थंकर आदेश नहीं देते। वे किसी को नहीं कहते कि ऐसा करो, क्योंकि प्रत्येक व्यक्ति की स्वतन्त्रता को वे अन्तिम मूल्य देते हैं। लेकिन तीर्थंकर उपदेश देते हैं। उपदेश का अर्थ : मेरे पास बैठो, देखो, समझो, पहचानो। फिर उसके अनुसार जीओ।

यह परोक्ष आदेश हुआ। मैं ब्रह्ममुहूर्त में उठता हूं और तुम मेरे पास उठोगे, बैठोगे तो तुम भी ब्रह्ममुहूर्त में उठने लगोगे। मैंने कभी कहा नहीं कि ब्रह्ममुहूर्त में उठो, सीधे-सीधे नहीं कहा। लेकिन मेरे पास रहोगे...तो मनुष्य की स्वाभाविक प्रवृत्ति अनुकरण की है। जैसा देखता है, वैसा करने लगता है। जिनके संग होता है, उन जैसा हो जाता है। चोरों के साथ रहोगे, चोर हो जाओगे। साधुओं के साथ रहोगे, साधु हो जाओगे।

मगर न चोर होने में कुछ बड़ा मूल्य है और न साधु होने में बड़ा मूल्य है। क्योंकि दोनों हालत में तुमने अनुकरण ही तो किया। भेद क्या है?

मैं तुमसे कहता हूं : न मैं आदेश देता, न उपदेश देता। मैंने जो जाना है, जो मैंने जीया है, उसे सिर्फ़ अभिव्यक्त कर देता हूं। फिर तुम्हारी मौज़ है, तुम्हारी मर्ज़ी। करने जैसा लगे, करना; न करने जैसा लगे, न करना। अनुकूल पड़े, करना, अनुकूल न पड़े, न करना। न तो तुम करोगे तो मैं प्रसन्न होऊंगा और न तुम न करोगे तो मैं अप्रसन्न होऊंगा। मेरी कोई अपेक्षा ही नहीं है।

मेरे संन्यासियों से मेरी कोई अपेक्षा नहीं है। मैं अपना जीवन तुम्हारे सामने खोलकर रख देता हूं। मैं अपनी जीवन-दृष्टि तुम्हारे सामने उघाड़ देता हूं। और मैं तुम्हारा धन्यवादी हूं, क्योंकि तुमने मेरी जीवन-दृष्टि को समझने योग्य समझा। तुमने इस योग्य भी समझा कि मेरे दो शब्द सुनते। तुम मानो, यह तो सवाल ही नहीं उठता। मैं कौन हूं जो तुम्हें कहूं कि तुम मानो? और अनजाने ढंग से तुम्हें मनाऊं, यह भी सवाल नहीं उठता, क्योंकि वह भी राजनीति हो जाएगी।

जैसे दीया जलता है, अब उसकी रोशनी का तुम्हें जो करना हो वह कर लो। फूल खिलता है, उसकी गन्ध का तुम्हें जो करना हो कर लो। न कोई आदेश है, न कोई उपदेश है। प्रार्थना कर सकता हूं—न आदेश, न उपदेश। निवेदन कर सकता हूं—न आदेश, न उपदेश।

इक न इक शमअ अंधेरे में जलाए रखिए
सुबह होने को है माहौल बनाए रखिए

जिनके हाथों से हमें ज़ख़्मे-निहां पहुंचे हैं
वो ही कहते हैं कि ज़ख़्मों को छुपाए रखिए
इक न इक शमअ अंधेरे में जलाए रखिए

कौन जाने कि वो किस राहगुज़र से गुज़रे
हर गुज़र-राह को फूलों से सजाए रखिए
इक न इक शमअ अंधेरे में जलाए रखिए

दामने यार की जीनत न बने हर आंसू
अपनी पलकों के लिए कुछ तो बचाए रखिए
इक न इक शमअ अंधेरे में जलाए रखिए

कौन जाने कि वो किस राहगुज़र से गुज़रे
हर राहगुज़र को फूलों से सजाए रखिए
इक न इक शमअ अंधेरे में जलाए रखिए

और शमा तो जल ही रही है। जलाए रखिए, यह कहना भी शायद ठीक नहीं। लेकिन शमा जल रही है भीतर और आंखें तलाश रही हैं बाहर; इससे तालमेल नहीं हो पाता। शमा कहीं, तुम कहीं। शमा भीतर, तुम बाहर। ज़रा भीतर लौटकर देखना शुरू करो।

घड़ी-दो घड़ी चौबीस घंटे में चुप रहो, कुछ न करो। लेटे रहो, पड़े रहो, जैसे हो ही नहीं, शून्यवत! और उसी शून्य में धीरे-धीरे भीतर की शमा स्पष्ट होने लगेगी, धुआं कट जाएगा। और जिस दिन भीतर का धुआं कटता है, आंखें स्पष्ट देखने में समर्थ हो जाती हैं—उस दिन तुम परमात्मा हो, सारा अस्तित्व परमात्मा है। और वह अनुभूति आनन्द है, मुक्ति है, निर्वाण है।

ओशो

अनुक्रम

जीवित गुरु—जीवन्त धर्म	11
विज्ञान और धर्म का समन्वय	47
सारे धर्म मेरे हैं	81
स्वस्थ हो जाना उपनिषद है	117
डूबने क़ा आमन्त्रण	151

जीवित गुरु–जीवन्त धर्म

पहला प्रश्न : ओशो,

जीवित सद्‌गुरु के पास होना इतना ख़तरनाक क्यों है? सब-कुछ दांव पर लगाकर आपके बुद्ध-ऊर्जा क्षेत्र में डूबने के लिए इतने कम लोग क्यों आ पाते हैं? जबकि पलटू की तरह आपका आह्वान पूरे विश्व में गूंज उठा है–

बहुरि न ऐसा दांव, नहीं फिर मानुष होना,
क्या ताकै तू ठाढ़, हाथ से जाता सोना।

ओशो, अनुकम्पा करें, बोध दें।

• योग चिन्मय,

जीवन ही ख़तरनाक है। मृत्यु सुविधापूर्ण है। मृत्यु से ज़्यादा और आरामदायक कुछ भी नहीं। इसलिए लोग मृत्यु का वरण करते हैं, जीवन का निषेध। लोग ऐसे जीते हैं, जिसमें कम-से-कम जीना पड़े, न्यूनतम—क्योंकि जितने कम जीएंगे उतना कम ख़तरा है; जितने ज़्यादा जीएंगे उतना ज़्यादा ख़तरा है। जितनी त्वरा होगी जीवन में उतनी ही आग होगी, उतनी ही तलवार में धार होगी। जीवन को गहनता से जीना, समग्रता से जीना—पहाड़ों की ऊंचाइयों पर चलना है। ऊंचाइयों से कोई गिर सकता है। जो गिरने से डरते हैं, वे समतल भूमि पर सरकते हैं; चलते भी नहीं, घिसटते हैं।

उड़ने की तो बात दूर।

और सद्‌गुरु के पास होना तो सूर्य की ओर उड़ान है। शिष्य तो ऐसे है जैसे सूर्यमुखी का फूल; जिस तरफ़ सूरज घूमता, उस तरफ़ शिष्य घूम जाता। सूर्य पर उसकी श्रद्धा अखंड है। सूर्य ही उसका जीवन है। सूर्य नहीं तो वह नहीं। जैसे ही सूरज डूबा, सूर्यमुखी का फूल बन्द हो जाता है। जैसे ही सूरज उगा, सूर्यमुखी खिला, आह्लादित हुआ, नाचा हवाओं में, मस्त हुआ पी धूप। उसके जीवन में तत्क्षण नृत्य आ जाता है।

फ्रेड्रिक नीत्शे का प्रसिद्ध वचन है : 'लिव डेंज़रसली। ख़तरनाक ढंग से जीओ।' सच तो यह है, इसमें दो ही शब्द हैं—'ख़तरनाक ढंग' और 'जीना'। एक ही शब्द काफ़ी है। दो शब्दों में पुनरुक्ति है। जीना ही ख़तरनाक ढंग से जीना है। और तो कोई जीने का उपाय नहीं, और तो कोई विधि नहीं।

इसलिए सदियों-सदियों से धर्म ने जीवन-निषेध का रूप लिया। यह कायरों का ढंग है। यह कायरों की जीवन-शैली है—भागो, जीओ मत; छिप रहो किसी दूर गुफ़ा में, कहीं हिमालय में, जहां जीवन न के बराबर होगा। क्या होगा जीवन हिमालय की गुफ़ा में? क्या जीवन हो सकता है जहां सम्बन्ध नहीं? जितने सम्बन्ध हैं उतना जीवन है—उतनी जीवन की गहनता है, सघनता है, विस्तार है। जी भरकर जीने का अर्थ होता है—अनन्त-अनन्त सम्बन्धों में जीओ।

इसलिए मैं अपने संन्यासी को कहता हूं : भागना मत, जागना। जाग कर जीओ—यह धर्म है। भागकर जीए—यह तो धर्म भी नहीं, जीवन भी नहीं। इससे तो बेहोश होकर भी जो जी रहा है वह भी कम-से-कम जी तो रहा है। कम-से-कम उसके प्राणों में धड़कन तो है। लेकिन सदियों-सदियों से आदमी ने आत्मघाती धर्मों को चुना है। क़सूर धर्मों का नहीं है। धर्म तो आत्मघाती हो ही नहीं सकता। लेकिन आदमी डरपोक है, भयभीत है, भीरु है। इसलिए उसने सारे धर्मों को अपनी भीरुता के वस्त्र पहना दिए।

महावीर भीरु नहीं हैं, लेकिन उनके पीछे चलनेवालों की जमात, उनसे ज़्यादा भीरु जमात तुम और कहां पाओगे? बुद्ध भीरु नहीं हैं।

जीवन उनका संघर्ष है, क्रान्ति है। जीवन उनका आग्नेय है। एक-एक शब्द अंगार है। ज्वालामुखी हैं वे। लेकिन बौद्धों को देखो : पीले पत्ते हैं, मर चुके कभी के, झरने के क़रीब हैं, गिरने के क़रीब हैं। ठूंठ की तरह रह गए हैं। न वसन्त आता, न फूल खिलते। और जितना ही वसन्त का आगमन असम्भव हो जाता है, उनकी पुरानी धारणा पुष्ट होती है कि जीवन में कुछ सार नहीं। अच्छा ही हुआ जो छोड़ दिया। यह तर्काभास है। तुमने छोड़ा, इसलिए जीवन में कोई सार नहीं मिल रहा है। जीते तो सार पाते; सार, सत्य, भगवता—सब पाते।

जीवन का ख़ज़ाना अकूत है, उसकी गहराई अथाह है। अगर कहीं कोई ईश्वर है तो वह जीवन में व्याप्त है, रोएं-रोएं में, कण-कण में वही प्रतिध्वनित है। बाहर वह, भीतर वह। दसों दिशाओं में वह।

लेकिन कमज़ोर आदमी अपनी कमजोरी को छिपाने के लिए तर्क खोजता है। बीमार आदमी यह मानने को राजी नहीं होता कि मैं बीमार हूं; इससे अहंकार को धक्का लगता है। बीमार आदमी भी अपने को ही नहीं, औरों को भी समझाता है कि यह साधना है; यह जो मैं बीमार हूं, यह जीवन की व्यर्थता को देखकर बीमार हूं।

ईसप की प्रसिद्ध कथा, जो मैं बार-बार कहता हूं, क्योंकि वह आदमी के सम्बन्ध में इतनी सच है। एक लोमड़ी ने अंगूर के गुच्छे लटकते हुए देखे। छलांग मारी, बहुत छलांग मारी, बहुत तड़फी पहुंचने को अंगूरों तक, नहीं पहुंच सकी। छलांग छोटी पड़ती गई। सारी ताक़त लगा दी, मगर अंगूर के गुच्छे ऊंचे थे, छलांग ओछी थी। पसीना-पसीना, थकी-मांदी, हारी-पराजित। चारों तरफ़ उसने देखा कि किसी ने देखा तो नहीं। जैसे कोई आदमी गिर पड़ता है तो जल्दी से धूल झाड़ता है और चारों तरफ़ देखता है, किसी न देखा तो नहीं! कंघी निकालकर जल्दी से बाल संवार लेता है, चश्मा ठीक लगा लेता है, टोपी वग़ैरह ठीक करके चल पड़ता है—किसी ने देखा तो नहीं! इसकी भी फिक्र नहीं होती कि कहीं चोट लगी या नहीं; वह तो घर जाकर देख लेंगे। किसी ने देखा तो नहीं! घबराहट कि कहीं मैं गिर गया, यह कोई देख न ले! मैं और पराजित हो गया।

लोमड़ी ने चारों तरफ़ देखा, कोई भी न था। धूल झाड़-झवांसकर

चल पड़ी। लेकिन एक खरगोश छुपा देखता था झाड़ी से। उसने कहा : 'चाची, क्या हुआ?' लोमड़ी बहुत चकित हुई। उसने कहा : 'हुआ क्या! कुछ भी नहीं हुआ। अंगूर खट्टे हैं। अभी पके नहीं। जब छलांग लगाकर पास पहुंची तो देखा कच्चे हैं, अभी तोड़ने योग्य नहीं। थोड़े पक जाएं, फिर तोड़ेंगे।'

ईसप की ये छोटी-छोटी कथाएं आदमी के सम्बन्ध में हैं। लोमड़ी यानी आदमी के भीतर छिपी हुई चालाकी, बेईमानी, पाखंड। जो भाग जाते हैं जीवन से, वे भी अपने भागने को फलसफा बनाते हैं, उसे भी दर्शन देते हैं, उसे भी सुन्दर शास्त्रीय शब्दों में ढांकते हैं। वे यह नहीं कहते कि हम भगोड़े हैं, वे कहते हैं हम संन्यासी हैं। हमने जीवन का त्याग किया है।

रामकृष्ण के पास एक आदमी आता था, जो हर उत्सव पर, धार्मिक समारोह पर, अवसर ही नहीं चूकता था, पूर्णिमा आ गई, कभी एकादशी आ गई, कभी कुछ उत्सव...हिन्दुओं के उत्सवों की तो कोई कमी ही नहीं है...कोई भी बहाना मिल जाए, बकरे कटते थे उसके घर। धर्म का दिन आ गया तो बलि देनी होगी। काली का भक्त था। फिर एक दिन रामकृष्ण को पता चला कि अब उसने धार्मिक उत्सव वग़ैरह मनाना बन्द कर दिया है, अब बकरे नहीं कटते। क्या हुआ? क्या भक्ति छोड़ दी? बुलाया उसे और क्या हुआ, उससे पूछा। बुढ़ापे में, अब मरते व़क्त भक्ति छोड़ दी? अब बकरे वग़ैरह नहीं कटते?

उसने कहा : 'अब आपसे क्या छिपाना! औरों को धोखा दे दूं, आपको कैसे धोखा दूं?' इससे सद्गुरु के पास होने में डर लगता है। औरों को धोखा दे दोगे, सद्गुरु को कैसे दोगे! दोगे भी तो दे न पाओगे। उसकी पारदर्शी आंखें पकड़ ही लेंगी। तो उस आदमी ने कहा : 'अब सच बात आपसे कह दूं। औरों को तो मैंने कहा कि अरे इन सब बाह्य क्रिया-कांडों में क्या रखा है! जवानी का अन्धापन था, चलता रहा; अब प्रौढ़ हो गया, अब देख लिया सब करके, इसमें कुछ सार नहीं है। असली बात भीतर है। लेकिन अब आपसे कह दूं सच्ची बात कि मेरे दांत गिर गए; अब दांत ही न रहे तो बकरे क्या काटना!'

मतलब यह हुआ कि दांत थे, इसलिए बकरे काटते थे। धर्म तो बहाना था। धर्म तो सुन्दर बहाना था। बकरे खाने थे। मुल्ला नसरुद्दीन की पत्नी ने एक दिन सुबह-सुबह उससे कहा कि मियां, कुछ याद है, अपनी शादी को पूरे पच्चीस वर्ष हो गए। कल पच्चीसवीं वर्षगांठ पड़ रही है विवाह की, ज़ोर-शोर से मनाना है। जिस बकरे को हमने इतने दिन पाल-पोसकर तैयार किया है, हो इरादा तो कल कट जाए।

नसरुद्दीन ने कहा : 'फजलू की अम्मा, शादी हमने की, बेचारे बकरे का क्या क़सूर? उसको क्यों सज़ा देती हो? अरे काटना है तो मुझे काट। और यूं भी पच्चीस साल में बचा क्या है, सब तो काट डाला और बकरे का क्या क़सूर? और उसको काटना होगा तो बकरी जाने, तू क्यों पीछे पड़ी है? बकरे ने अपना क्या बिगाड़ा? भूल थी तो अपनी थी। भोगें तो अपन भोगें।'

लेकिन लोग हमेशा बहानों से जीते हैं।

मनुष्य-जाति की छाती पर जीवन-निषेधात्मक धर्म हावी रहे हैं, क्योंकि मनुष्य भीरु है, इतना भीरु कि बाबा तुलसीदास कहते हैं : भय बिन होय न प्रीति। इससे ज़्यादा व्यर्थ की बीत शायद ही किसी आदमी ने कभी कही हो। इससे ज़्यादा दो कौड़ी की बात कहनी कठिन है। इतनी अवैज्ञानिक, इतनी निरर्थक, इतनी असंगत—खोजना भी चाहो कोई बात, तो न खोज पाओगे। लेकिन लाखों लोग तुलसीदास के इस वचन को दोहराते हैं और मानते हैं। सोचते हैं : 'क्या ग़ज़ब के मनोविज्ञान को खोजा है—भय बिन होय न प्रीति!' और भय से कभी प्रीति हुई है, सोचा, विचारा? कभी दो घड़ी विमर्श किया, चिन्तन किया, मनन किया, ध्यान किया? भय और प्रीति, इनके बीच क्या सम्बन्ध है? ज़हर और अमृत के बीच क्या सम्बन्ध है? यह तो यूं हुआ कि जैसे कोई कहे कि ज़हर के बिना अमृत नहीं होता; सींचो ज़हर, तब अमृत होगा। यह तो यूं हुआ कि जैसे कोई कहे कि बोओ नीम के बीज, निबोलियां और तब आम लगेंगे।

भय और प्रेम बड़ी विपरीत अवस्थाएं हैं। भय में आदमी सिकुड़ता है, संकुचित होता है, छोटा होता है; प्रेम में फैलता है, विस्तीर्ण होता है।

याद रखना ब्रह्म शब्द का अर्थ। ब्रह्म का अर्थ होता है, जो फैलता ही चला जाए, फैलता ही चला जाए; जिसके फैलने का कोई अन्त न आए, जिसके फैलाव की कोई सीमा न हो। कितना ही पीओ, चुका न सको। कितना ही जानो, फिर भी जानने को शेष रह जाए। कभी ऐसा न कह सको कि सब जान लिया। स्वयं उसे खोजने में खो जाओगे, मगर उसे खोज न पाओगे। नहीं कि स्वाद न मिलेगा, भर जाओगे उससे लबालब, लेकिन वह बहुत है। हम गागर, वह सागर। हमसे ऊपर से बहेगा।

ऐसा ही प्रेम है। प्रेम तुमसे बड़ा है। प्रेम परमात्मा का ही मानवीय रूपान्तरण है। इसलिए जीसस ने ठीक कहा कि परमात्मा प्रेम है। जीसस के वचन में सार है। बाबा तुलसीदास के वचन में सिवाय असार के और कुछ भी नहीं। परमात्मा प्रेम है। और प्रेम कहीं भय हो सकता है? तुम ख़ुद ही सोचो, अपने जीवन में सोचो। जिससे तुम भयभीत हो, उसे तुम प्रेम कर सकते हो?

मैं छोटा था तो मेरे पिता ने मुझे सिर्फ़ एक बार सज़ा दी। बहुत मुश्किल है ऐसा पिता पाना, जो सिर्फ़ एक बार सज़ा दिया हो। और एक चपत मुझे मारी, सिर्फ़ एक बार। मैंने उनसे कहा कि मारना आपको जितना हो आप मार सकते हैं, लेकिन फिर एक बात का ख़याल रखना, कि मेरे और आपके बीच प्रेम का रिश्ता न रह जाएगा। आप मुझे नहीं मार रहे, प्रेम को मार रहे हैं। मैं कैसे प्रेम कर सकूंगा उस व्यक्ति को जो मुझे दुख दे रहा है, पीड़ा दे रहा है, परेशान कर रहा है? निश्चित ही मैं निर्भर हूं अभी आप पर, अपने पैरों पर अभी खड़ा भी नहीं हो सकता, तो आपकी जो मर्ज़ी। मारेंगे तो भी ठीक है, सहना होगा। लेकिन मुझे नहीं मार रहे हैं, ख़याल रखना, मेरे और आपके बीच जो प्रेम है उसे मार रहे हैं।

वे संवेदनशील व्यक्ति थे, बहुत संवेदनशील व्यक्ति थे। बस पहली और आख़िरी सज़ा वही रही। उन्होंने फिर मुझे कभी दो शब्द भी नहीं कहे, मारना तो बहुत दूर। मैंने कुछ भी किया हो—ठीक किया हो, ग़लत किया हो—उन्होंने जैसे एक बात तो बहुत ही गहरे मन में ले ली कि प्रेम को नष्ट नहीं करना है। मुझे पैसों की ज़रूरत पड़े, तो कहीं मुझे

चुराना न पड़े...किस बच्चे को नहीं चुराना पड़ता? इस ख़याल से कि मुझे कभी चोरी न करनी पड़े, वे एक डब्बे में पैसे रख देते थे कि मुझे जब चाहिए हों मैं निकाल लूं, जितने चाहिए हों निकाल लूं, ताकि पूछना भी न पड़े। क्योंकि पूछो तो भी अड़चन होती है—किसलिए चाहिए, क्यों चाहिए, अभी कल ही तो लिये थे। मुझे पूछना न पड़े, उन्हें पूछना न पड़े—इसलिए पैसे रख देते थे, जब डब्बा ख़ाली हो जाए तो भर देते। फिर उनके और मेरे बीच प्रेम की एक गहराई बढ़ती चली गई।

जिससे भी भय है उससे प्रेम नहीं हो सकता, उससे घृणा होती है। इसलिए हर बच्चा बड़ा होकर अपने मां-बाप से बदला लेता है। ज़िम्मेवारी मां-बाप की है, बच्चे की नहीं। बदला लेगा ही। तुम जब ताक़तवर थे और बच्चा कमज़ोर था तो तुमने उसे सताया, अच्छे-अच्छे नामों से सताया। एक से एक तरक़ीबें ईजाद की सताने की। अपनी धारणाओं के आधार पर उसे सताया। और तुम्हारी धारणाएं सच हैं, इसका तुम्हें आश्वासन है? फिर जब बच्चा बड़ा हो जाएगा, उसके हाथ में ताक़त आएगी एक दिन। चाक घूम जाएगा। तुम बूढ़े हो जाओगे, कमज़ोर हो जाओगे। तुमसे चलते न बनेगा, उठते न बनेगा। तब तुम्हें वह भी कचरे में फेंक देगा। तब मत रोओ। यह तुम अपने किए का फल भोग रहे हो।

लोग भी ख़ूब अजीब हैं, पिछले जन्मों की तो बातें करते हैं कि पिछले जन्मों के कर्मों के फल मिल रहे हैं और इसी जन्म में जो उपद्रव करते रहते हैं उनका गणित नहीं बिठाते! पिछला जन्म था कि नहीं, यह भी तुम्हें पता नहीं है। मगर यह जन्म तो साफ़ है। इसी जन्म में हिसाब ज़रा देखो।

ईसाइयत ने दो हज़ार साल तक मनुष्य को समझाया कि ईश्वर से डरो, क्योंकि ईसाइयत ईसा के आधार से नहीं बनी। यह तो बड़े अचम्भे की बात है। बुद्ध धर्म बुद्ध के आधार से नहीं बना और न जैन धर्म महावीर के आधार से बना और न हिन्दू धर्म कृष्ण के आधार से बना। इस जगत में बहुत अचम्भे हैं, लेकिन सबसे बड़ा अचम्भा यह है।

कबीरदास बहुत बार कहते हैं : एक अचम्भा मैंने देखा नदिया लग

गई आगि—कि नदी में आग लग गई। कि मछली चढ़ गई रूख—कि मछली वृक्ष पर चढ़ गई। मगर ये कुछ भी नहीं अचम्भे। कबीरदास मुझे मिल जाएं तो उनसे कहूं कि कबीरदास जी, ये कोई अचम्भे नहीं। नदी में आग लग सकती है, इसमें क्या अड़चन? ज़रा पेट्रोल फेंक दो और लगा दो आग। अमरीका की झीलों में आग लगती है। अब बेचारे कबीरदास आ जाएं तो उन्हें अपना वचन बदलना पड़े, क्योंकि अमरीका की झीलों में इतना तेल हो गया है! मोटरें चल रही हैं। मोटर-वोट चल रही हैं, जहाज़ चल रहे हैं। इतना तेल फैल गया है सतह पर कि आग लग जाती है। अभी कुछ दिन पहले अमरीका की प्रसिद्ध झील में आग लग गई। कबीरदास सुनते तो भौंचक्के रह जाते कि मैंने तो कहा : एक अचम्भा मैंने देखा, नदिया लग गई आगि। अब वह अचम्भा नहीं रहा।

लेकिन असली अचम्भा यह है कि महावीर को माननेवाले महावीर के दुश्मन, बुद्ध को माननेवाले बुद्ध के दुश्मन, जीसस को माननेवाले जीसस के दुश्मन, कृष्ण को माननेवाले कृष्ण के दुश्मन। यह सबसे बड़ा अचम्भा है। माननेवाले हैं, लगता है प्रेम करनेवाले लोग होंगे। मगर कहीं कोई प्रेम नहीं, भय है। इसलिए घृणा।

ईसाइयों ने दो हज़ार साल तक पश्चिम को समझाया कि ईश्वर से डरो। जीसस ने कहा था : 'ईश्वर प्रेम है।' जो प्रेम है, उससे कहीं डरा जाता है? प्रेमी कहीं एक-दूसरे से डरते हैं? पति-पत्नी डरते हैं, क्योंकि प्रेमी नहीं हैं। पति डरता है कि कहीं पत्नी को पता न चल जाए। घर क्या आता है, रास्ते-भर हिसाब लगाता आता है—क्या-क्या जवाब देना है, यह बाई क्या-क्या पूछेगी आज—कहां रहे, कहां गए! और इससे बचना मुश्किल है, क्योंकि वह निकाल ही लेगी कोई तरकीब। वह फांस ही लेगी किसी जाल में। सब बचाव का इन्तज़ाम करके पति घर में प्रवेश करता है और फ़ौरन फंस जाता है। देर नहीं लगती।

पत्नियां पतियों से डरी हुई हैं। बच्चे मां-बाप से डरे हुए हैं। मां-बाप बच्चों से डरे हुए हैं। शिक्षक बच्चों को डरा रहे हैं, बच्चे शिक्षकों को डरा रहे हैं। हर कोई हर कोई को डरा रहा है। क्या समाज हमने बनाया है—भय पर खड़ा हुआ!

दो हज़ार साल में ईसाइयत ने ईसा से बिल्कुल उलटी बात लोगों को समझाई। अंग्रेज़ी में शब्द है—गॉड फीयरिंग। हिन्दी में भी हमारे पास शब्द है—ईश्वर-भीरु। कैसे बेहूदे शब्द! धार्मिक व्यक्ति को कहते हैं ईश्वर-भीरु, गॉड-फ़ीयरिंग। धार्मिक व्यक्ति को कहना चाहिए—ईश्वर-प्रेमी, गॉड-लविंग। लेकिन दो हज़ार साल तक जब बार-बार यह कहा गया कि ईश्वर से डरो, वह तुम्हें सज़ा देगा, वह तुम्हें नरक में सड़ाएगा, अगर उसकी बात नहीं मानी तो बहुत कष्ट पाओगे, ऐसे कष्ट पाओगे कि जिनकी कल्पना भी नहीं कर सकते। और दुनिया के दूसरे धर्मों ने तो सावधिक नरक की व्यवस्था की है। एक अवधि है कि कुछ सालों तक नरक में रहोगे, स्वाभाविक। कोई कितना ही बड़ा जुर्म करे, तो भी सज़ा की कोई सीमा होती है। मगर ईसाइयत ने तो ग़ज़ब कर दिया—अनन्त काल तक नरक में रहना होगा! जुर्म क्या किए हैं? और बड़ा मज़ा यह है कि हिन्दू अनन्त जीवनों में मानते हैं, जैन और बौद्ध अनन्त जीवनों में मानते हैं। अनन्त जीवनों में भी इतने पाप नहीं होते कि अनन्त काल तक नरक में रहना पड़े। और ईसाइयत केवल एक जीवन में मानती है, और एक ही जीवन में इतने पाप कर लोगे! ग़ज़ब कर दिया कि अनन्त काल तक नरक में रहना पड़े! कैसे-कैसे पाप करोगे? क्या पाप करोगे आख़िर? अगर चौबीस घंटे सतत पाप ही करते रहो—न सोओ, न खाओ, न पीओ; दूसरा कोई काम ही न करो, बस पाप-ही-पाप करो—तो भी साठ-सत्तर साल की ज़िन्दगी में कितने पाप करोगे? अनन्त काल की कोई सीमा नहीं है। अनन्त काल तक कैसे सज़ा भोगोगे?

बर्ट्रेंड रसेल ने किताब लिखी है : 'व्हाय आय एम नॉट द क्रिश्चियन? मैं ईसाई क्यों नहीं हूं?' उसमें बहुत सी दलीलों में एक दलील यह भी है कि यह बात बेहूदी है, असंगत है, अन्यायपूर्ण है। एक जीवन, उसमें कितने पाप?

रसेल ने लिखा है कि मैं अगर अपने सारे पाप गिनती करता हूं, जो मैंने किए तो मुझे कोई कठोर-से-कठोर न्यायाधीश चार साल की सज़ा दे सकता है। और अगर उन पापों को भी गिन लें जो मैंने किए नहीं, सिर्फ़ सोचे, हालांकि जो सोचे उनके लिए सज़ा देने का कोई सवाल नहीं,

तुम भी सोच लेना सज़ा देने की कोई बात नहीं। न मैंने किसी को कुछ किया, न तुम मुझे कुछ करो। या बहुत से बहुत चूंकि मैंने सोचे इसलिए सपने में मुझे जितने भी दुख-स्वप्न दे देना हो दे देना।

मगर रसेल कहता है : वह भी गिनती कर लो, चलो वह भी मत छोड़ो, तो जो मैंने किए और जो मैंने सोचे, सब जोड़ लो, तो भी मुझे आठ साल से ज़्यादा की कोई सज़ा नहीं दे सकता। और अनन्त काल की सज़ा!

तो उसने अपने ईसाई न होने के कारणों में एक कारण यह भी गिनाया है कि यह बात बेहूदी है, असंगत है। और सिर्फ़ धर्म के नाम पर सताए जाने का आयोजन है। लोगों को डरवाया जा रहा है, भयभीत किया जा रहा है। और भय के आधार पर धर्म खड़ा किया जा रहा है। इसका अन्तिम परिणाम हुआ कि एक दिन पश्चिम के बहुत बड़े मनीषी फ्रेड्रिक नीत्शे ने कहा : 'ईश्वर मर चुका है, दफ़नाओ उसे और मुक्त हो जाओ।'

यह जो नीत्शे का वचन है, यह दो हज़ार साल की ईसाइयत ने जो भय का आरोपण किया, उसका परिणाम है। उसका अनिवार्य परिणाम है, तर्कगत निष्कर्ष है। ऐसे ईश्वर को मार ही डालना होगा। ऐसे दुष्ट ईश्वर को बचाने की कोई ज़रूरत नहीं। पूजा की तो बात और, इसकी हत्या कर दो। इसे दफ़ना दो, ताकि आदमी मुक्त तो हो जाए!

और तुम कहते हो भय के बिना प्रीति नहीं होगी। भय के बिना नीत्शे नहीं होगा, यह पक्का है। भय के बिना घृणा नहीं होगी, यह पक्का है। भय के बिना ईश्वर को ख़त्म कर देने की आयोजना नहीं होगी, यह पक्का है। भय के बिना नास्तिकता नहीं होगी, यह पक्का है। लेकिन प्रीति नहीं होगी! यह बात तो निपट मूढ़ता की है—एकदम मूढ़ता की।

प्रेम और भय भिन्न बातें हैं। लेकिन आदमी अपनी हर चीज़ के लिए सुन्दर तर्क खोजना चाहता है। आदमी भीरु है, भयभीत है। वह इसी को कहता है कि यह प्रेम है, प्रार्थना है, पूजा है। तुम क्यों मन्दिर में झुकते हो—प्रेम से? तुम कभी प्रेम से झुके हो? तुम क्यों मस्जिद जाते

हो—प्रेम से? तुमने कभी प्रेम से भरकर नमाज़ पढ़ी, प्रार्थना की? सब भय है, सब घबराहट है। कंपे हुए हो। इसलिए जवान आदमी धार्मिक नहीं होता, क्योंकि जवान में ज़रा ताक़त होती है, जूझने का बल होता है। जैसे-जैसे बूढ़ा होने लगता है वैसे-वैसे धार्मिक होने लगता है। सब बूढ़े धीरे-धीरे धार्मिक हो जाते हैं। कारण? भय बढ़ने लगा और भय हमारा धर्म है।

जीवन को जीने की हिम्मत जिनमें नहीं है, इन भगोड़ों ने, इन कायरों ने धर्म के ऊपर बड़ा अत्याचार किया है। इन्होंने धर्म की परिभाषा दे दी, व्याख्या दे दी। ये रुग्णचित्त लोग, ये विक्षिप्त लोग, ये मुर्दा लोग धर्म पर हावी हो गए। इनकी लाशों की सड़ांध धर्म को भी सड़ा गई।

इसलिए जीवित सद्गुरु के पास होना हमेशा ख़तरनाक है। उसके पास होने का अर्थ है—जीवन के पास होना। उसके पास होने का अर्थ है—आग के पास होना। जलने की तैयारी चाहिए। मिटने की हिम्मत चाहिए। शून्य होने का साहस चाहिए। अहंकार को राख कर देने के लिए चुनौती जो स्वीकार कर सकता है, वही केवल जीवित सद्गुरु के पास हो सकता है।

इसलिए बुद्ध जब ज़िन्दा होते हैं तो बहुत लोग उसके साथ नहीं होते, न जीसस के साथ होते हैं। लेकिन जब मर जाते हैं तो बहुत लोग, करोड़ों लोग साथ हो जाते हैं। मुर्दा गुरु में कोई अड़चन नहीं। लोग मृत्यु के पूजक हैं, जीवन के नहीं। फिर तुम मूर्ति बनाओगे, मन्दिर बनाओगे, क्या-क्या नहीं करोगे! मुहम्मद को ज़िन्दगी-भर सताया। एक गांव में टिककर रहने न दिया। मुहम्मद को पूरी ज़िन्दगी जूझना पड़ा। और अब सारी दुनिया में मुहम्मद का गुणगान हो रहा है। कैसे अजीब लोग हैं! कैसा चमकार है!

तुम पूछते हो योग चिन्मय : 'जीवित सद्गुरु के पास होना इतना ख़तरनाक क्यों है?' जीवन के पास होना ख़तरनाक है, क्योंकि जीवन है असुरक्षा। मृत्यु में बड़ी सुरक्षा है। एक बार मर गए सो मर गए, फिर न कोई बीमारी लगती, फिर न कोई दोबारा मृत्यु हो सकती, न दिवाला निकलता, न चोरी होती, न डाका पड़ता। फिर तो विश्राम करो क़ब्रों

में, विश्राम-ही-विश्राम है।

कन्फ्यूशियस से उसके एक शिष्य ने पूछा कि जीवन में सुरक्षा कैसे मिले? कन्फ्यूशियस ने उसकी तरफ़ देखा। कन्फ्यूशियस कोई बुद्धपुरुष नहीं है। कन्फ्यूशियस फिर भी एक सुलझा हुआ विचारक है, बहुत सुलझा हुआ। कन्फ्यूशियस के ज़माने में तो बुद्धपुरुष तो था लाओत्सु। कन्फ्यूशियस उससे मिलने भी गया था। इतना सुलझा हुआ तो था कि पहचान सका, कि जाए लाओत्सु के पास। इतना साफ़-सुथरा चिन्तन तो था, नहीं तो लाओत्सु को इनकार करता। तो एकदम गंवार पंडित नहीं था, एकदम भोंदू पंडित नहीं था, पोंगा पंडित नहीं था। सोच-विचार था, चिन्तन की एक स्पष्ट रूपरेखा थी। तो इतना तो उसे समझ में आया कि जो मेरे पास नहीं वह लाओत्सु के पास है। जिसे अभी मैं टटोल रहा हूं, इस आदमी ने उसे, लगता है, पा लिया। तो गया था मिलने, सैकड़ों मील की यात्रा करके मिलने गया था। और लाओत्सु बैठा था एक वृक्ष के नीचे और जब कन्फ्यूशियस पहुंचा, तो कन्फ्यूशियस तो बहुत ज़्यादा नीति-नियम, शिष्टाचार का माननेवाला था। इस पृथ्वी पर जिन लोगों ने शिष्टाचार को सर्वाधिक मूल्य दिया, उनमें कन्फ्यूशियस सर्वप्रथम है। आदमी को कैसे व्यवहार करना, कैसे उठना, कैसे बैठना...। उसने झुक-झुककर लाओत्सु को नमस्कार किया। लाओत्सु ने कहा : 'व्यर्थ परेशान न होओ। क्यों शरीर को कष्ट देते हो? बैठो! यह क्या झुक-झुककर कोरनिस बजा रहे हो? यह कोई राजाओं का दरबार नहीं। यह क्या तुम खुशामद कर रहे हो? बैठो। बैठ जाओ चुपचाप!'

वह तो चीनी ढंग था...और चीनी ढंग बड़ा विस्तारपूर्ण था, सात बार झुकना, स्तुति करना। जब किसी महापुरुष के पास जाओ तो क्या-क्या कहना, कैसे-कैसे शब्दों में कहना। और लाओत्सु ने तो उसको तत्क्षण रोक दिया कि बकवास बन्द कर, बैठ जा चुपचाप! घबराकर कन्फ्यूशियस बैठ गया। वह इतना घबरा गया जितना कभी न घबराया था। बड़े-बड़े सम्राटों के पास गया था, सब जगह उसको प्रशंसा मिली थी, क्योंकि सम्राट तो खुशामद-पसन्द होते हैं। लेकिन लाओत्सु ने कहा : 'ये क्या दरबारी बातें यहां लगा रखी हैं, यह कोई दरबार है।' कन्फ्यूशियस ने जो भी

पूछा लाओत्सु ने उसका सीधा-सादा जवाब दिया। पूछा : 'ईश्वर है?' लाओत्सु ने कहा : 'सब बकवास।' एक धक्का लगा! तो फिर धर्म क्या है ? उसने कहा : 'स्वयं को जानना। और जिसने स्वयं को जान लिया, उसने ईश्वर को जान लिया। उसके पहले सब बकवास।' 'तो हम नैतिक जीवन कैसे जिएं?' कन्फ़्यूशियस ने पूछा।

लाओत्सु ने कहा : 'नैतिक जीवन जीने की कोई ज़रूरत नहीं। ध्यान से नीति वैसे ही बहती हैं, जैसे हिमालय से सरिताएं बहती हैं। ध्यान में उतरो।' 'ध्यान का क्या अर्थ है ?' लाओत्सु ने कहा : 'मिटो। शून्य हो जाओ। यह दम्भ छोड़ो।'

ऐसे झटके दिए उसको, ऐसा झकझोरा, कि जब वह बाहर आया, तो सर्द-सुबह थी, लेकिन वह पसीना-पसीना हो रहा था। उसके शिष्यों ने पूछा : 'आप इतने बेचैन, उद्विग्न, पसीना-पसीना हो रहे हैं, क्या बात है।' उसने कहा : 'यह आदमी नहीं, सिंह है। और यह बोलता नहीं, गरजता है। यह जलती आग है, और अभी मैं इसके योग्य नहीं हूं। अभी मैं इसे पचा सकूं—यह मेरी सामर्थ्य नहीं, मगर इतनी स्पष्टता थी, इसलिए कन्फ़्यूशियस के लिए मेरे मन में आदर है। कम-से-कम इतनी स्पष्टता थी कि यह आदमी आग, कि अभी मैं पचा सकूं, यह मेरी सामर्थ्य नहीं लेकिन लोग तो बेईमान हैं—वे यह नहीं कहेंगे। कहेंगे कि यह बात ही ग़लत है। हम इसे सुनें भी क्यों।' लेकिन कन्फ़्यूशियस ने कहा : 'बात तो सुनने जैसी थी, शब्द सुनने जैसा था। मैं कमज़ोर। यह तो बिल्कुल तलवार की धार। इसके पास रहेगी तो गर्दन कटी। ज़्यादा देर इसके पास टिकना ख़तरे से ख़ाली नहीं है।

जब कन्फ़्यूशियस से किसी ने पूछा कि 'सुरक्षा कैसे मिले, जीवन में सुरक्षा कैसे मिले।' तो कन्फ़्यूशियस ने कहा : 'कि क़ब्र में क्या करोगे? क़ब्र में सुरक्षा मिलेगी—सुरक्षा ही सुरक्षा। भोगना ख़ूब अभी तो जी लो। और अगर त्वरा से जीना है तो जाओ लाओत्सु के पास। उस ख़तरनाक आदमी के पास। मैं तो बूढ़ा हो गया। तुम अभी जवान हो। शायद तुम्हारे जीवन में अभी सामर्थ्य हो कि अभी उसे पी लो, पचा लो। और लाओत्सु तो ऐसे हैं जैसे शमा बनो परवाने। चले जाओ। मैं तुम्हें नीति सिखा सकता

हूं, लाओत्सु तुम्हें जीवन दे सकता है। इसलिए कन्फ़्यूशियस को ईमानदार आदमी तो मानना ही होगा। सद्गुरु के पास होना ख़तरनाक है, क्योंकि वह जीवन सिखाएगा, पलायन नहीं, जीवन निषेध नहीं, जीवन स्वीकार, जीवन का अहोभाव।'

तुम बुजदिल हो योग चिन्मय। पूछते हो कि सब-कुछ दांव पर लगाकर आपके पास बुद्ध उर्जा क्षेत्र में डूबने इतने कम लोग क्यों आ पाते हैं। कुछ दांव पर लगाना, वही तो अड़चन है। यहां समझौता नहीं, यहां मैं तुमसे यह नहीं कहता कि चलो महाव्रत नहीं सधता, तो अणुव्रत साधो। अणुव्रत यानी समझौता। व्रत तो महाव्रत होते हैं, अणुव्रत भी कोई व्रत होते हैं। व्रत भी कहीं छोटे और बड़े होते हैं। व्रतों में भी कहीं कोई साइज कि अपने-अपने हिसाब से साध लो, जितना बने उतना साध लो। कि जब सुविधा हो तो सत्य बोल लेना, जब असुविधा हो, तो असत्य बोल लेना। यह अणुव्रत। और सुविधा जब होती है तो कोई भी सत्य बोलता है, इसमें साधना क्या है। कभी-कभी तो लोग सत्य बोलते ही इसलिए हैं कि सत्य बोलकर नुक़सान पहुंचाया जाए। जैसे किसी आदमी को तुम्हें सज़ा करवानी हो और तुम अदालत में जाकर सच बोल दो तो तुम यह मत सोचना कि तुम सत्यवादी हो। तुम्हारे इरादे नेक नहीं थे। तुम बदमाश हो, तुम बेईमान हो, तुम चोर हो। तुम सत्य बोलने अदालत में नहीं गए थे। तुम गए थे कि इस आदमी को सज़ा हो जाए कि ऐसा मौक़ा तुम न चूक सके। दोहरे हाथ। और एक पत्थर से दो चिड़िया मार ली थीं। सत्य भी बोल लिया, कि ईश्वर के खाते में भी लिखवा लिया। देखो, सत्य बोला और इसको भी पांच साल की सज़ा करवा दी। एक छोटे से बच्चे को अदालत में गवाही के लिए लाया गया। मजिस्ट्रेट ने उससे कहा : 'क़सम खा कि सत्य ही बोलूंगा।' 'ठीक है, आप कहते हैं तो क़सम खाता हूं कि सत्य ही बोलूंगा।' फिर मजिस्ट्रेट ने कहा कि बोल : 'तुझे क्या कहना है।' उसने कहा : 'मुझे कुछ नहीं कहना है। आपने पहले ही मेरा मुंह बन्द कर दिया।'

छोटा बच्चा था, सीधा-साफ़। 'आपने मेरा मुंह पहले ही बन्द कर दिया। अगर बोलूं तो असत्य बोल सकता हूं, 'क्योंकि वही मुझे सिखा-पढ़ाकर भेजा गया है। और वह आपने क़सम खिला दी। और सत्य मैं बोल नहीं

सकता और सत्य ही बोलना है, इसलिए बोलने को कुछ बचा नहीं। जय राम जी। मैं यह चला।'

आपने पहले बाधाएं-सी लगा दीं। लोग सत्य बोलते हैं, चोट पहुंचाने के लिए। कभी-कभी लोग सत्य का ऐसा उपयोग करते हैं, जैसे गालियों का उपयोग किया जाता है—गर्दनें काटने के लिए। वही तुम झूठ का उपयोग करते हो, वही तुम सत्य का उपयोग करते हो। सवाल उपयोग का है। सवाल इसका नहीं कि तुमने क्या बोला। तुम धर्म का उपयोग भी गर्दनें काटने के लिए करते हो; और तुम अधर्म का भी उसी के लिए करते हो तुम्हारी दुनिया में धर्म और अधर्म में भेद क्या है ?

तुम्हें आग लगानी है, आदमी मारने हैं। तुम्हें लोगों की, जितनी ज़्यादा हानि सम्भव हो सके, उतनी हानि करनी है। जितना शोषण बन सके, उतना शोषण करना है—अधर्म से हो तो अधर्म से और धर्म से हो जाए तो कहना ही क्या! दोनों दुनियाएं साधनी हैं। रात पी भी ली, सुबह तौबा भी कर ली। न दुनिया हाथ से गई, न जन्नत हाथ से गई। तुम चालबाज हो! और इन चालबाजों से धर्म बुरी तरह क्षत-विक्षत हुआ है।

तुम पूछ रहे हो कि सब-कुछ दांव पर लगाकर...योग चिन्मय, तुमने भी सब-कुछ दांव पर लगाया है? 'सब-कुछ'—सोचना इस शब्द पर। सब-कुछ कौन दांव पर लगा रहा है? लोगों के दांव भी सशर्त होते हैं, उनके दांव में भी शर्त होती है—चाहे उन्हें पता न भी हो, चाहे अचेतन शर्त हो। अगर मैं उनकी मन की कह रहा हूं तो वे राजी हैं, बिल्कुल राजी हैं। और ज़रा उनके बेमन की कही कि बात बिगड़ी। इसलिए जो होशियार चालबाज लोग हैं, वे तुम्हारे मन की कहते ही नहीं। इसलिए उनसे कोई नाराज़ नहीं होता। इधर मैं एक दोस्त बनाता हूं, दस दुश्मन बनते हैं। बड़ा महंगा सौदा है यह। यहां एक दोस्त बनाना मुश्किल हो जाता है। और दुश्मन, एक दोस्त को बनाने में, कितने बना लेता हूं!

लेकिन चालबाज लोग ऐसा नहीं करते! चालबाज लोग होशियारी से चलते हैं! वे किसी को दुश्मन नहीं बनाते।

एक महात्मा से सेठ चन्दूलाल ने पूछा : 'मेरा इंटरव्यू-लेटर आया है। जाऊं या नहीं महाराज? आपकी क्या राय है?'

महात्मा ने कहा : 'भई, मेरी तो यही राय है कि अगर आपको जाना हो तो ज़रूर जाएं। अगर नहीं जाना हो तो हर्गिज न जाएं।'

ऐसे लोगों के दुश्मन नहीं बन सकते। क्या ग़ज़ब की राय दी, कि अगर जाना हो तो ज़रूर जाएं, अगर न जाना हो तो हर्गिज़ न जाएं! ऐसे लोगों से लोग प्रसन्न होते हैं, आनन्दित होते हैं, आह्लादित होते हैं।

सब-कुछ दांव पर लगाना बड़ी हिम्मत की बात है, दुस्साहस की बात है। सब-कुछ दांव पर लगाने का अर्थ है—पीछे लौटने की सीढ़ी ही तोड़ दी, सेतु ही गिरा दिया। 'हां' जो कही तो उसमें कहीं भी कोई 'नहीं' की गुंजाइश न रखी। फिर गर्दन कटे तो गर्दन कटे, जीवन रहे तो जीवन रहे, न रहे तो न रहे।

योग चिन्मय को अपने से पूछना चाहिए, प्रत्येक को अपने से पूछना चाहिए कि सब दांव पर लगाया है? या मन को भाती है जो बात, रुचती है जो बात, उसमें मुझसे राजी हो जाते हो? जो नहीं रुचती या तो उसको सुनते ही नहीं या सुन भी ली तो अनसुनी कर जाते हो। और जो करते भी हो, उसमें भी कितनी होशियारियां करते हो!

मुझे लोग पत्र लिखते हैं कि अगर आपकी आज्ञा हो तो मैं एक-दो महीने के लिए घर हो आऊं। अगर मैं कह दूं हो आओ, तो वे बड़े प्रसन्न। अगर मैं कह दूं नहीं, तो वे बड़े दुखी। मगर तुम्हारे दुख ने सब कह दिया। क्यों मांगी थी आज्ञा? आज्ञा मांगने की कोई ज़रूरत न थी। आज्ञा मांगी इसीलिए थी कि मैं वही कहूं जो तुम चाहते हो। तो फिर मुझसे बिना ही आज्ञा मांगे कर लेना था, ज़रूरत क्या थी? मुझे किसलिए परेशान किया? और फिर उदास बैठे हैं, फिर दुखी बैठे हैं। फिर जगह-जगह अपनी उदासी की चर्चा करते फिर रहे हैं कि मुझे आज्ञा नहीं मिली जाने की, फलाने को आज्ञा मिल गई जाने की; उसको हां भर दिया, मुझे हां नहीं भरा। फिर लाख शिकायतें कर रहे हैं।

और तुमसे पूछा किसने था कि तुम आज्ञा मांगो? तुम चले जाते। जिसको जाना है वह जाए, मज़े से जाए। लेकिन बेईमानी देखते हो? जाना भी चाहते हो और यह भी बताना चाहते हो कि आज्ञा के अनुसार जा रहे हो; चूंकि मैंने कहा, इसलिए जा रहे हो। अगर मैं मनाकर देता

तो कभी न जाते। मगर तब तुम इस तरह का चारों तरफ़ उदास चेहरा लिये घूमते कि सारे आश्रम को पता चल जाए कि तुम्हारी शिकायत क्या है।

लोग जो काम...मुझसे कहते हैं कि जो आप काम कहें, वही हम करेंगे। मगर उन्हें जो काम दिया जाता है, वह नहीं जमता। इसमें यह तकलीफ़ आती है, इसमें यह तकलीफ़ आती है, इसमें यह तकलीफ़ आती है। जब तक उनको वह काम नहीं मिल जाता जो वे करना चाहते हैं... इतना समय क्यों ख़राब करवाया? पहले ही कह देते कि मैं यह काम करना चाहता हूं। मगर यह मज़ा भी लेना था कि समर्पण हमारा पूरा है; जो आज्ञा दी जाएगी, वह हम करेंगे।

योग चिन्मय की हालत तो पक्की ऐसी है। यहां आश्रम में थे—अब तो वे सासबड़ में हैं—उनके पास ही एक नल को आठ बजे बन्द करना होता था। उनको कहा गया कि आठ बजे नल बन्द कर दिया करें।...कि वह मैं नहीं कर सकता हूं, क्योंकि मुझे रोज़ याद नहीं रह सकता। इतनी सी बात रोज़ याद नहीं रह सकती कि आठ बजे उसको बन्द कर देना है नल को? उन्हें जो भी काम दिया जाता है—'इतना ही मैं करूंगा, इतना ही हो सकता है।' क्षमता इनकी बहुत है। और मैं चाहता हूं तुम्हें तुम्हारी क्षमताओं से पार ले चलूं। तुम चढ़ सकते हो पहाड़, तुम जा सकते हो गौरी-शंकर पर। लेकिन तुम कहते हो : 'हम तो पूना की पहाड़ी चढ़ेंगे, बस इतना ही। इतने में भी थक जाते हैं।'

मैं चाहता हूं कि तुम्हारी क्षमताओं को उनकी आत्यन्तिक स्थिति तक खींचा जाए, क्योंकि वहीं से रूपान्तरण होता है। लेकिन तुम कंजूसी कर जाते हो। तुम आलस्य कर जाते हो। तुम अपने को रोक लेते हो। 'इतना ही मैं कर सकूंगा'...। और अपना हिसाब-किताब बताने को तैयार होते हैं कि सुबह का समय तो प्रवचन में चला गया; फिर भोजन में समय चला जाता है; फिर मुझे दोपहर को विश्राम भी करने में समय चाहिए; फिर कोई सत्संगी आ जाते हैं तो उनको भी समय देना पड़ता है; फिर शाम को घूमने जाना पड़ता है; फिर सन्ध्या के भोजन का वक़्त आ गया। फिर दिन-भर में बचता ही नहीं उनके पास कुछ समय। जो थोड़ा-बहुत बचता है, उसमें काम करते हैं।

समग्र समर्पण, सब-कुछ दांव पर लगाकर, जो लोग यहां मेरे पास हैं वे ही मेरे पास हैं! और जो लोग यहां भी हिसाब-किताब बिठा रहे हैं, वे समझ लें कि वे मेरे पास होने के भ्रम में हैं, मेरे पास नहीं हैं।

तुम कहते हो : 'सब-कुछ दांव पर लगाकर आपके बुद्ध-ऊर्जा क्षेत्र में डूबने के लिए इतने कम लोग क्यों आ पाते हैं?'

और तुमसे किसने कहा कि इतने कम लोग आ रहे हैं? तुम क्या सोचते हो इससे ज़्यादा लोग कभी भी आए हैं किसी के पास? बुद्ध के पास कितने लोग थे या महावीर के पास कितने लोग थे और जीसस के पास कितने लोग थे? और जितने थे उनमें से भी कितने सच में पास थे? आज जिस विराट पैमाने पर मेरे पास लोग आए हैं, सम्भवतः पृथ्वी पर कभी किसी के पास नहीं आए। आज सारी पृथ्वी पर डेढ़ लाख संन्यासी हैं। बुद्ध और महावीर के ऊर्जा-क्षेत्र तो बहुत सीमित थे, बिहार के बाहर नहीं। बिहार शब्द ही इसलिए पड़ गया उस प्रान्त का, क्योंकि वहां बुद्ध और महावीर घूमते थे, विहार करते थे। इसलिए बिहार नाम पड़ गया। जिस सीमा को उन्होंने भ्रमण किया था, वही बिहार की सीमा है। बिहार के बाहर से तो कोई आना-जाना बहुत हुआ नहीं।

जीसस तो जेरुसलम के आसपास सीमित रहे। बारह शिष्य थे ख़ास। उनमें से भी एक ने उन्हें तीस रुपए में बेच दिया। और बाक़ी ग्यारह भी, जब जीसस को सूली लगी, भाग खड़े हुए। जो लोग जीसस के पास सूली के बाद भी मौज़ूद रहे, जो उनको सूली से उतारने गए...। तुम चकित होओगे कि यह दुनिया कैसी अद्‌भुत है! तीन स्त्रियां जीसस को उतारने गई थीं सूली से। इसलिए मेरा स्त्रियों पर भरोसा ज़्यादा है पुरुषों के बजाय।

मुझसे लोग बार-बार पूछते हैं कि आपने इस आश्रम में स्त्रियों को सर्वाधिक कार्य क्यों दे रखा है? मेरा उन पर ज़्यादा भरोसा है। स्त्रियां ज़्यादा सरल, ज़्यादा सौम्य, ज़्यादा प्रीतिपूर्ण हैं। पुरुष—चालबाज, बेईमान, होशियार, हर तरह के षड्‌यन्त्र करने में कुशल। अपने हिसाब से चलें और दूसरों को भी अपने हिसाब से चलाएं—ऐसी आकांक्षा से भरे हुए। और जब जैसा मौक़ा देखें, अवसरवादी।

ग्यारह ही शिष्य भाग गए। यद्यपि बड़े मज़े की बात है कि जिन

तीन स्त्रियों ने जीसस को सूली से उतारा, ईसाई उनमें से तीनों में से किसी की पूजा नहीं करते। पूजा उन ग्यारह की होती है अब भी, जो भाग गए थे। क्या मज़ा है! अब भी उन ग्यारह भगोड़ों को, जीसस का गणधर, अपॉसल्स कहा जाता है। अब भी वे ही उनके ख़ास शिष्य हैं। मजबूरी थी पीछे आनेवाले लोगों की, क्योंकि उन तीन स्त्रियों में एक वेश्या थी—मेरी मेग्दालिन। अब वेश्या को कैसे वे आदर दें?

इसलिए, मैं तुमसे कहता हूं, यह दुनिया इतनी आसान और सीधी नहीं है, जैसा कि तुम सोचते हो। यहां सतियां धोखा दे जाएं और वेश्याएं निष्ठावान सिद्ध हो जाएं—यह दुनिया बहुत अद्‌भुत है! यहां ऊपर से ही तय मत कर लेना।

जब गर्दन कटने का वक़्त था तो मेरी मेग्दालिन पहुंच गई। उसने फ़िक्र नहीं की जीसस के साथ खड़े होने में, जीसस की लाश को सूली से उतारने में। और यह वही वेश्या है, जिसने एक दिन जीसस के पैरों पर आकर इत्र की बोतल उंडेल दी थी—धोने के लिए पैर। और अपने बालों से पैरों को पोंछा था। तो जुदास ने जिसने कि तीस रुपए में बाद में जीसस को बेचा, उसने एतराज़ किया था। यह ज़रा मज़े की बात है! यह घटना सोचने जैसी है। जुदास ने, जिसने कि जीसस को मरवाया, उसने ही एतराज़ किया कि आपको शर्म नहीं आती, वेश्या को पैर छूने देते हैं? और यह भी तो सोचिए कि इसने कितना कीमती इत्र पैरों में उंडेल दिया! यह इतना कीमती इत्र था कि इसको बेचकर पूरे गांव को एक दिन भोजन कराया जा सकता था। गांव में कितनी ग़रीबी है!

बड़ा समाजवादी था, साम्यवादी कहना चाहिए—जुदास। तर्क तो उसका सही मालूम पड़ता है। और जीसस से उसने कहा : 'यह उचित नहीं है। लोग देख रहे हैं, लोग क्या कहेंगे कि आप जैसा सद्‌गुरु और वेश्या को पैर छूने दे रहा है! अरे वेश्याओं को तो पत्थर मार-मारकर मार डालना चाहिए।'

तुम भी राजी होओगे कि ठीक तो बात है, इत्र की बोतल उंडेलने से क्या फ़ायदा? अरे पैर तो पानी से भी धोए जा सकते थे। और इत्र को बेचकर गांव के ग़रीबों के काम आ जाता। सर्वोदय के अनुकूल पड़ती

है बात। और फिर जीसस को इतना तो ख़याल होना चाहिए कि वेश्या को पैर न छूने दें, क्योंकि वेश्या को पैर छूने देना ख़ुद भी अपवित्र होना है।

लेकिन जीसस ने कहा कि जुदास, तू फ़िक्र न कर। इस इत्र को बेचकर भी उनकी कुछ ग़रीबी न मिट जाएगी। और फिर, हम इस इत्र के मालिक नहीं हैं; इस इत्र की मालकिन पैरों में डालना चाहती है, यह उसकी मर्ज़ी है। फिर मैं ज़्यादा देर यहां नहीं रहूंगा। मेरे जाने के बाद तुम्हें ग़रीबों को जो-जो बांटना हो बांट देना।

बड़ा प्यारा वचन जीसस ने कहा है कि जब दूल्हा मौज़ूद हो, तब तो उत्सव मना लो! 'दूल्हा' शब्द का उपयोग किया है...कि जब दूल्हा मौजूद हो तब तो उत्सव मना लो, तब तो ये बेहूदी बातें और ये तर्क न लाओ! और ग़रीब तो मेरे मरने के बाद भी रहेंगे, उनकी सेवा पीछे कर लेना। फिर जिसने इतने प्रेम से मेरे चरणों में इत्र डाला है और इतने अहोभाव से अपने बालों से मेरे पैरों को पोंछा है, कौन कहता है वह अपवित्र है? पवित्रता-अपवित्रता भाव की बात है। उसकी भावना मैं देख रहा हूं।

और मज़े की बात यह है कि जुदास ने तीस रुपए में बेच दिया जीसस को—सिर्फ़ तीस रुपए में! दुश्मनों से केवल तीस रुपए की रिश्वत मिली थी और जीसस को पकड़वा दिया। और वे तीस रुपए भी ग़रीबों में बांटे नहीं! कम-से-क़म वे तीस रुपए तो ग़रीबों में बांट देता, कि चलो कोई बात नहीं, तीस रुपए में एक दिन का कम-से-कम गांव-भर का भोजन तो हो जाएगा। उन दिनों हो भी जाता, तीस रुपए, चांदी के शुद्ध सिक्के थे। वे तीस रुपए तो जेब में डाल लिये। और जो स्त्री जीसस के पास खड़ी रही आख़िरी क्षण तक, वह यही वेश्या थी—यही मेग्दालिन थी। मगर ईसाइयों ने मेग्दालिन को कोई प्रतिष्ठा नहीं दी—वेश्या को कैसे प्रतिष्ठा दें।

इसलिए मैं कहता हूं : ईसाई कोई ईसा के दोस्त नहीं, दुश्मन हैं। दूसरी स्त्री इसी मेग्दालिन की बहन थी और तीसरी स्त्री थी जीसस की मां। ये तीन स्त्रियों ने जीसस को उतारा था। चलो छोड़ दो मेग्दालिन

को और उसकी बहन को, क्योंकि उनके चरित्र का कुछ ठिकाना न था। लेकिन मेरी के चरित्र का तो ईसाइयों को ठिकाना है। लेकिन भीतर से उनको शक है। यूं ऊपर से तो वे कहते हैं कि जीसस का कुंआरा जन्म हुआ, लेकिन ये ऊपर-ऊपर की बातें हैं, भीतर-भीतर उनके भी सरकता है कि कुंआरे में जन्म हो कैसे जाएगा? कहीं-न-कहीं डर भीतर छिपा है कि लगता है यह स्त्री, जीसस की मां भी विवाह के पहले किसी से सम्बन्धित रही होगी। मगर इसको कोई कहता नहीं, क्योंकि कौन कहे! कौन झंझट मोल ले! इसको लीप-पोत दिया है। यह बिना पुरुष के संसर्ग के जीसस के जन्म की कहानी गढ़ ली।

चलो ठीक है, तुम्हारी अगर कहानी सही है, तो कम-से-कम जीसस की मां के साथ तो सद्व्यवहार करते। तुमने परमात्मा के तीन रूप बताए हैं—पिता, बेटा और दोनों के मध्य में पवित्र आत्मा। कम-से-कम एक स्त्री को भी स्थान दे देते। उसमें मेरी को भी गिन लेते, तो क्या हर्जा हो जाता? मगर मेरी को भी उसमें न गिन सके। जीसस की मां को भी उसमें न गिन सके! एक तो स्त्री, स्त्री को कैसे गिनें! स्त्री तो पाप, स्त्री तो नरक का द्वार! स्त्री को वहां रख दें ईश्वर के साथ, वह ईश्वर तक को भ्रष्ट कर दे और पवित्र आत्मा को ले भागे या क्या गड़बड़ हो जाए, कुछ कहा नहीं जा सकता! स्त्री को घुसने ही नहीं देना।

वह पूरी ईसाइयों को जो त्रिमूर्ति है, तीनों ही पुरुष हैं। अब बड़ा मज़ा यह है कि पिता हैं तो मां कहां है? ये पिता बिना ही मां के पिता हैं! मगर यह मज़ा चलता है। तुम ईसाई पादरी को पिता कहते हो—फादर! उससे कभी पूछो भी तो कि मदर कहां है? तुम फादर हो कैसे गए! न पत्नी है, न बेटा है—और पिता हो गए? पिताश्री! ग़ज़ब कर रहे बाप जी! चमत्कार कर रहे।

मेरे पास एक ईसाई पादरी मिलने आते थे। मैं जबलपुर में जहां रहता था, उसके पास ही चर्च था। मैंने उनसे पूछा कि तुम्हें कभी इस पर विचार नहीं उठता कि तुम्हें लोग फादर कहते हैं, पिता क़हते हैं, बाप जी कहते हैं, तुम रोकते नहीं? मैं राजस्थान जाता था तो कुछ लोग मुझको बाप जी कहने लगे। राजस्थान में ग़ज़ब के लोग हैं। मैंने उनको कहा :

'रुको भई। कैसे तुम मुझे बाप जी कह रहे हो? मैं बाप जी नहीं हूं; क्योंकि न तो कोई माताराम है मेरे साथ, न कोई बेटाराम हैं, कोई बाल-बच्चे भी नहीं। अरे, अपने न हों, गोद लिये हों, वे भी नहीं। तुम मुझे बाप जी न कहो।'

मगर लोग तो अजीब, वे कहें : 'अरे नहीं बाप जी, आप कैसी बातें कर रहे हैं!'

मैंने उस पादरी को कहा कि तुम्हें जब लोग फादर कहते हैं तो तुम्हें संकोच नहीं होता सोचकर कि यह क्या बात हुई! फादर का मतलब क्या होता है? मगर वह बोला : 'मैंने कभी इस पर सोचा नहीं।'

मैंने कहा : 'तुम क्यों सोचोगे! ऊपर तुम्हारे जो फादर बैठा है, वह तक नहीं सोचता, तुम क्यों सोचोगे!'

यह चल रहा है मूर्खतापूर्ण सिलसिला। लेकिन स्त्री को कैसे जगह दें, यह अड़चन रही। तुम्हारी भी जो त्रिमूर्ति है परमात्मा की, उसमें एक भी स्त्री रूप नहीं है—ब्रह्मा, विष्णु, महेश। एकाध स्त्री को भी जगह दे देते तो कुछ बिगड़ जाता? मगर स्त्री को तो कहीं जगह नहीं मिल सकती।

मुझे तो स्त्री के जीवन में ज़्यादा स्वास्थ्य और ज़्यादा प्रेम दिखाई पड़ता है। इसलिए बहुत सी स्त्रियां तुम्हारे महात्मा और सन्त और महन्त नहीं हो सकीं, क्योंकि वे इतनी जीवन-विरोधी नहीं हो सकीं। वे हो नहीं सकतीं इतनी जीवन-विरोधी। पुरुष में यह जीवन-विरोध बहुत जल्दी पैदा होता है; वह भगोड़ा हो जाता है। इसलिए अगर मेरे पास स्त्रियों का एक बहुत बड़ा वर्ग इकट्ठा हो रहा है तो आश्चर्य नहीं है, क्योंकि जीवन का समर्थन कभी किसी ने इस प्रगाढ़ता से नहीं किया जिस प्रगाढ़ता से मैं कर रहा हूं। और स्त्री का सम्मान मेरे मन में जितना है, सम्भवतः तुम्हारे किसी तीर्थंकर, किसी अवतार के मन में नहीं था। कहीं-न-कहीं निन्दा के वचन हैं। कहीं-न-कहीं स्त्री को नीचा दिखाने की चेष्टा है। कहीं-न-कहीं पुरुष का अहंकार स्थापित हो जाता है।

अब तुम देखो, तुम्हारे हिन्दू अवतारों में क्या-क्सा अवतार नहीं हुए! मछली, कछुआ, सिंह, सुअर—हद हो गई! किसी को सुअर कह दो तो फ़ौरन तलवारें खिंच जाएं। मगर एकाध स्त्री को भी अवतार बन

जाने देते। नहीं। सुअर चल सकता है; वह भी सुअरनी नहीं, सुअर, ख़याल रहे। कछुवी नहीं, कछुआ। मछली नहीं, मछला। वह ही होना चाहिए पुरुष। सिंहनी नहीं, सिंह। यह पुरुषों के द्वारा अपने ही अंहकार को आरोपित करने की चेष्टा की गई है।

मेरी मौलिक जीवन-दृष्टि जगत को प्रेम से भरने की है। प्रेम मेरे लिए धर्म है। सार रूप में, निचोड़ रूप में धर्म प्रेम है।

और यह तुमसे किसने कहा कि 'इतने कम लोग क्यों आ पाते हैं?' इतने कम लोग नहीं है। किसी जीवित सद्‌गुरु के पास इतने लोग कभी इकट्ठे नहीं हुए। और फिर जितना ख़तरनाक मेरा जीवन-दृष्टिकोण है, उतने ख़तरनाक जीवन-दृष्टिकोण को देखते हुए इतने लोगों का आना भी परम आश्चर्य है। मैं परम्परावादी नहीं हूं, किसी रीति-रिवाज़, पुरानी धारणा, संस्कार, इनसे मेरा कुछ नाता नहीं है। मैं तुम्हें सारी प्राचीनता से मुक्ति दिलाना चाहता हूं। मैं तुम्हें चाहता हूं कि तुम नित नूतन होते रहो, रोज़-रोज़ अतीत के प्रति मरते रहो। इतनी आमूल क्रान्ति की बात के लिए जितने लोग इकट्ठे हो गए हैं, उसको योग चिन्मय, तुम कहते हो : 'इतने कम लोग क्यों आ पाते हैं?' तुम्हें गिनती आती है?

लेकिन हमारे सोचने के ढंग ही भीड़-भाड़ के होते हैं। तुम चाहते हो कि जिस तरह रामलीला में लाखों लोग बैठकर रामलीला देखते हैं, इस तरह लोग यहां आएं; या यज्ञ होता है और लाखों लोग यज्ञ में जाते हैं; या कुम्भ का मेला भरता है और करोड़ों मूढ़ इकट्ठे होते हैं—ऐसे ही यहां इकट्ठे हों। मैं होने नहीं दूंगा, अगर होना भी चाहे तो। मुझे भीड़-भाड़ में रस नहीं है।

भीड़ तो भेड़ों से बनती है, आदमियों से नहीं। भीड़ की चाल तो भेड़चाल होती है। मुझे तो उत्सुकता है उन थोड़े से हिम्मतवर लोगों में, जो अपनी जान हथेली पर लेकर खड़े हो सकते हों, जो अपने अहंकार को गिरा देने का बल रखते हों और जो उन महत्त्वपूर्ण प्रक्रियाओं से गुज़रने को राजी हों जो यहां चल रही हैं। और यह अभी केवल प्रारम्भ है। यह केवल अभी तैयारी है। यह अभी छलांग की तैयारी है। जैसे ही यह तैयारी पूरी हो जाएगी, तुम्हें उस अगम सागर में ले जाना है,

जिसका कोई कूल-किनारा नहीं है, न कोई नक्शा है; जिसमें डूबना ही उबरना है।

तो स्वभावतः चुने हुए लोग आएंगे। मगर वे ही चुने हुए लोग तो पृथ्वी के नमक हैं! उनके कारण ही तो जीवन में सौष्ठव है, सौन्दर्य है, सुवास है, मिठास है। उनके कारण ही तो जीवन में कभी-कभी फूल खिलते हैं, वसन्त आता है। उन थोड़े से लोगों के कारण ही मनुष्य मनुष्य है, नहीं तो मनुष्य अभी भी पशु होता, अभी भी झाड़ों पर बन्दरों की तरह उछल-कूद मचा रहा होता।

तुम पूछते हो : '...जबकि पलटू की तरह आपका आह्वान पूरे विश्व में गूंज उठा है।'

पलटू का आह्वान कभी भी विश्व में नहीं गूंजा। पलटू को तो बहुत ही कम लोग जानते रहे। पलटू तो सीधा-सादा आदमी है, ग्रामीण। उसकी तो भाषा भी गांव की। मगर बातें उसने पते की कही। और यह सूत्र उसका पते का है। गूंजना चाहिए था विश्व में, लेकिन नहीं गूंजा। विश्व में किसी बात को गुंजाने के लिए भी बड़ी व्यवस्था, बड़ी दृष्टि और सूझ-बूझ चाहिए। विश्व में किसी बात को गुंजाना आसान मामला नहीं है। और धर्म की बात को गुंजाना तो बहुत मुश्किल बात है। धर्म कोई जासूसी उपन्यास तो नहीं कि हर कोई पढ़ना चाहेगा। धर्म कोई हत्याओं, बलात्कार से भरी हुई फ़िल्म तो नहीं कि हर कोई देखना चाहेगा। धर्म कोई सनसनीखेज घटना तो नहीं कि हर अख़बार उसे सुर्ख़ियां देना चाहेगा।

धर्म तो बड़ी नाज़ुक बात है, न उसमें कुछ सनसनीखेज है, न हत्या है, न बलात्कार है, न आगजनी है। धर्म तो ध्यान है। ध्यान में किसको रस? ध्यान से किसको प्रयोजन? लोगों को धन से प्रयोजन है, ध्यान से नहीं; पद से प्रयोजन है, परमात्मा से नहीं। और-और तरह की बातों से प्रयोजन है, हर तरह के कूड़ा-करकट को इकट्ठा करने को वे राजी हैं; लेकिन मोक्ष, निर्वाण, ये शब्द ही उनके हृदय में कोई गूंज पैदा नहीं करते। इन शब्दों को सुनकर वे खिसक जाते हैं कि अभी तो मुझे जीना है, अभी तो मुझे हज़ार काम करने हैं।

बुद्ध जिस दिन मरे, एक आदमी भागा हुआ आया और उसने कहा

कि मुझे आना तो बहुत पहले से था, तीस साल से सोच रहा था आऊं, लेकिन नहीं आ सका। और आप मेरे गांव से कितनी बार नहीं गुज़रे! लेकिन कभी कोई मेहमान आ गया, कभी मैं दुकान अभी बन्द करके आपके दर्शन को आ ही रहा था कि कोई ग्राहक आ गया। बस कभी मैंने बिल्कुल तैयारी ही की थी कि पत्नी बीमार पड़ गई, कि चिकित्सक को बुलाने जाना पड़ा, कि मेरे ख़ुद ही सिर में दर्द हो गया।

हज़ार बहाने हैं। सब बहाने हैं, क्योंकि जिसे जाना हो वह सिर-दर्द हो तो भी जा सकता है और पत्नी बीमार हो तो भी जा सकता है। और जिसे जाना हो, आज नहीं सही एक ग्राहक, ज़िन्दगी-भर तो ग्राहक आए। और जिसे जाना हो, वह मेहमान को भी साथ ले जाएगा, क्यों रुकेगा? और मेहमान को नहीं जाना हो तो मेहमान आराम करे। लेकिन ये सब बहाने हैं और लोग चूकते चले जाते हैं।

अब जब उसको ख़बर मिली कि बुद्ध मर रहे हैं, अपनी अन्तिम सांस ले रहे हैं, तब भागा हुआ आया! बुद्ध ने कहा : 'तूने बहुत देर कर दी। अब तू क्या समझ पाएगा? मैं तुझे क्या समझाऊं अब? यह बात इतनी आसान तो नहीं। यह कुछ ऐसा मामला तो नहीं कि मैं तुझे दे दूं, कि यह ले जा, घुटी बनाकर पी लेना। धर्म कुछ ऐसी चीज़ तो नहीं कि मैं एक किताब पकड़ा दूं कि ले, पढ़ते रहना।'

धर्म तो जीवन साधना है। समग्र जीवन, श्वास-श्वास जब अनुप्राणित होते हैं, तब कहीं क्रान्ति घटती है।

मगर यह सूत्र क़ीमती है—

बहुरि न ऐसा दांव, नहीं फिर मानुष होना।
क्या ताकै तू ठाढ़, हाथ से जाता सोना।।

पलटू कह रहे हैं : चूको मत, दोबारा मौक़ा मिले न मिले। सम्भावना तो यही है कि शायद ही मिले। बहुरि न ऐसा दांव! अगर सद्गुरु मिल जाए तो लुट जाओ। अगर सत्य के मिलने की कोई सम्भावना हो तो सब गंवाने को राजी हो जाओ। तुम्हारे पास है भी क्या गंवाने को? क्या बचा रहे हो?

बहुरि न ऐसा दांव! कौन जाने फिर तुम मनुष्य हो सको दोबारा, न हो सको। कौन जाने मनुष्य भी हो जाओ तो कोई बुद्ध, कोई कृष्ण, कोई क्राइस्ट मिले न मिले। कौन जाने क्राइस्ट, बुद्ध, कृष्ण मिल भी जाएं तो तुम समझ पाओ, न समझ पाओ, बात मन को आकर्षित करे न करे। क्या पता! आज चूक रहे हो, कल का भरोसा क्या? जैसे आज चूक रहे हो वैसे ही कल भी चूकोगे, क्योंकि चूकने की आदत बन जाएगी।

लोगों की आदतें बन जाती हैं, भाषाएं बन जाती हैं, देखने-सोचने के ढंग सुनिश्चित हो जाते हैं। एक पुलिस इंस्पेक्टर एक जेबकतरे से कह रहा था : 'जेब काटते हुए तुम्हें कभी शर्म नहीं आती?'

जेबकतरे ने कहा : 'आती है साहब, ज़रूर आती है। जब किसी यात्री की जेब में एक रुपया भी नहीं मिलता तो बहुत शर्म आती है।'

अलग भाषाएं हैं, अलग सोचने के ढंग हैं। अब जेबकतरे को शर्म कब आती है? जेब काटने में नहीं, मगर जब एक पैसा भी नहीं मिलता। घंटों इसके पीछे चले, न मालूम कितने उपाय से इसकी जेब काटी। खोपड़ी ठोंक लेता है—क्या किस्मत है! किस मूरख के पीछे समय गंवाया!

एक चोर मुल्ला नसरुद्दीन के घर में घुसा। आधी रात, अंधेरे में। जैसे ही वह उसके घर के भीतर गया, अकेला नसरुद्दीन बिस्तर पर सोया था। वह तो भीतर गया, नसरुद्दीन भी चुपचाप उठा और जाकर उसके कन्धे पर हाथ रखकर बोला कि भाई साहब, घबराओ न। मैं ज़रा मोमबत्ती जला लूं!

चोर बहुत घबराया। उसने कहा : 'मोमबत्ती किसलिए जलाते हो?'

नसरुद्दीन ने कहा : 'तुम बिल्कुल चिन्ता न करो। मैं तीस साल से इस घर में रहता हूं, खोज-खोज मर गया, कुछ नहीं मिला; हो सकता है तुम्हारे भाग्य से कुछ मिल जाए। आधा-आधा कर लेंगे।'

अब उस समय ज़रूर इस चोर ने सिर पीट लिया होगा कि कहां फंस गए! यह और कुछ झटक न ले!

ऐसी ही एक कहानी और है कि एक रात दूसरा चोर उसके घर में घुसा! कुछ नहीं मिला। लेकिन नसरुद्दीन कम्बल ओढ़े पड़ा था, जब

चोर अन्दर गया फिर जब बाहर आया तो उसने कम्बल फ़र्श पर डाल दिया था। चोर ने कहा, चलो कुछ नहीं तो दूसरे घर से जो सामान चुराकर लाया था वह उसने कम्बल में बांध लिया और चल पड़ा। नसरुद्दीन उसके पीछे हो लिया। उसके पैरों की आवाज़ सुनकर थोड़ी देर बाद उस चोर ने कहा : 'आप कौन हैं, मेरे पीछे क्यों आ रहे हैं?'

उसने कहा : 'भई, मैं कोई भी नहीं। मैं दुश्मन नहीं, दोस्त हूं। अपनावाला समझो। अभी-अभी तुम जिसके घर से आ रहे हो, वही हूं। उसी घर का मालिक हूं।'

'तुम किसलिए आ रहे हो?' चोर घबराया।

कहा : 'मैं इसलिए आ रहा हूं, मैं मकान बदलने की बहुत दिन से सोच रहा था। अब यह एक ही कम्बल था, तुम वह ले चले तो मैंने सोचा चलो मकान ही बदल लो। अब तुम्हारे साथ ही मैं भी चल रहा हूं। जहां कम्बल रहेगा वहीं हम भी रहेंगे।'

चोर तो बहुत घबराया उसने कहा : 'भैया तू अपना कम्बल ले जा।'

नसरुद्दीन ने कहा : 'अरे क्या बात है जी? मैं आ रहा हूं साथ-ही-साथ रहेंगे। यहीं कौन से सुख भोग रहा हूं? सो जो दुख यहां भोग रहा हूं, वहां भोगूंगा। और तुम कमाकर लाओगे, करोगे तो कुछ-न-कुछ, भोजन वग़ैरह का भी इन्तज़ाम रहेगा ही।'

चोर तो इतना घबराया। उसने कहा : 'तू अपना कम्बल संभाल।' उसने कम्बल तो संभाला-ही-संभाला। चोर ने कहा : 'कम-से-कम वह सामान तो निकाल लेने दे भैया, जो दूसरे के घर का है।' वह उसका सामान भी ले चला जो दूसरे के घर का था। नसरुद्दीन ने कहा : 'अगर ज़्यादा तीन-पांच की तो वह शोरग़ुल मचाऊंगा कि छठी का दूध याद आ जाएगा।'

चोर बोला : 'जा भैया, ले जा। जो तुझे करना हो कर।'

कभी ऐसी हालतों में ज़रूर दिक़्क़त हो जाती है, कठिनाई हो जाती है। नहीं तो चोरों की अपनी एक भाषा है!

एक महिला दूसरी महिला से कह रही थी कि बहन, जब मैं बोलते-बोलते थक जाती हूं, तब मेरे पति सेठ चन्दूलाल को रेडियो सुनने बैठा देती हूं, ताकि उनकी सुनने की आदत बनी रहे।

न्यायाधीश ने कहा : 'आप मियां-बीवी के झगड़े को देखते हुए मेरी आपको यही सलाह है कि आप अपने पति को तलाक़ दे दीजिए।'

पत्नी ने कहा : 'यह क्या कह रहे हैं आप? मैं और तलाक़! मैं इसके बारे में कभी सोच भी नहीं सकती। साहब, आपको मालूम है मैंने अपने पति के साथ पच्चीस वर्ष बिताए हैं और अब आप यह चाहते हैं कि यह कम्बख्त मेरे बिना सुख-चैन और आराम से जीए! हर्गिज़ नहीं!'

लोग सुन भी लें तो भी समझ कहां पाते हैं! समझेंगे तो वही जो वे समझ सकते हैं। शब्द सुन लेंगे, लेकिन अर्थ कहां से आएंगे। चिल्लाते रहे पलटू—'बहुरि न ऐसा दांव!' फिर नहीं ऐसा दांव है। मत चूको। 'नहीं फिर मानुष होना। क्या ताकै तू ठाढ़।' लेकिन कितने लोग हैं जिनका कुल धन्धा इतना ही है तमाशबीनी! जिनका कुल काम इतना है कुतूहल। जिनके जीवन में कुतूहल से गहरी कभी कोई चीज़ नहीं होती। जिज्ञासा भी नहीं, मुमुक्षा की तो बात ही मत पूछो।

ये तीन तल हैं—कुतूहल, जिज्ञासा, मुमुक्षा। दुनिया में सौ में से निन्यानबे प्रतिशत लोग कुतूहल से जीते हैं। रास्ते पर झगड़ा हो रहा है, फ़ौरन भीड़ लग जाएगी। तुम किसलिए वहां खड़े हो? तुम वहां क्या कर रहे हो? दो आदमी लड़ रहे हैं, लड़ने दो। अगर कोई खड़ा न हो तो शायद वे लड़ें भी नहीं। मज़ा ही क्या आएगा लड़ने का, कोई देखनेवाला तक नहीं! कौन हारा, कौन जीता; कौन पिटा, कौन कुटा—कुछ पता भी नहीं चलेगा। थोड़ा शोरग़ुल करके देखकर कोई नहीं आता, अपने-आप चले जाएंगे। लेकिन भीड़ खड़ी है और भीड़ बड़ी उत्सुकता से देख रही है कि अब हुआ कुछ, अब हुआ कुछ, अब होता ही है कुछ, मुफ्त का तमाशा कौन नहीं देखना चाहता! दुख तो तब होता है जब कुछ नहीं होता, कि दोनों चले जाते हैं बिना लड़ाई-झगड़ा किए।

लुई फिशर ने अपने संस्मरणों में लिखा है कि मैं जब पहली दफ़ा चीन गया, तो मैंने चीन के एक गांव में एक अजीब तमाशा देखा। स्टेशन पर उतरा, दो आदमियों में बड़ी तीन-पांच हो रही थी, बड़ी गाली-गलौज हो रही थी। ऐसा कि दौड़-दौड़ पड़ते थे एक-दूसरे के ऊपर कि अब गर्दन दबा देंगे, कि खोपड़ी खोल देंगे, लट्ठ उठ गए। और भीड़ खड़ी देख रही। यह इतनी देर चलता रहा कि लुई फिशर ने अपने दुभाषिए से पूछा कि माज़रा क्या है, यह झगड़ा शुरू कब होगा? शोरग़ुल तो बड़ा मच रहा है, चिल्ल-पों तो बड़ी ज़ोर से हो रही है, डंडा भी उठ जाता है, डंडा घूम भी जाता है; मगर न तो कोई किसी को मारता, न कोई किसी को चोट पहुंचाता। उस दुभाषिए ने कहा कि आपको मालूम नहीं है यहां का रिवाज़। चीनी रिवाज़ यह है कि जो आदमी पहले मारेगा, वह हार गया। मतलब उसने अपना धैर्य खो दिया! सो ये एक-दूसरे को उकसा रहे हैं और भीड़ खड़ी यह देख रही है कि कौन हारता है। हारने का मतलब चीन में बिल्कुल उलटा। हारने का मतलब यह कि कौन पहले अपना धीरज खोता है। जैसे ही एक आदमी अपना धीरज खो देगा और दूसरे को मार बैठेगा, लोग कहेंगे : 'गया काम से।' बस भीड़ छंट जाएगी कि हार गया।

मगर कुछ भी हो, चीन हो कि भारत हो, रिवाज़ कुछ भी हो, भीड़ इसलिए खड़ी होती है कि देखे ले और जब कभी कुछ नहीं होता तो लोग इस उदासी में जाते हैं कि अरे बेकार समय गंवाया, नाहक खड़े रहे, कुछ भी न हुआ! हो जाते दो-दो हाथ, खिंच जाते लट्ठ, थोड़ा ज़िन्दगी में मज़ा आ जाता! ख़ून में थोड़ी गति आ जाती। थोड़ी हृदय में धड़कन आ जाती। थोड़ा मुर्दापन कम हो जाता। कुतूहल, सिर्फ़ कुतूहल।

यहां भी लोग आ जाते हैं बहुत कुतूहल से कि क्या हो रहा है, क्या माजरा है, क्या मामला है? कुछ लोग, निन्यानबे प्रतिशत है इनकी संख्या, कुतूहल से जीते हैं। ऐसे व्यक्तियों को तो पलटू की बात समझ में नहीं आएगी। दांव वग़ैरह उन्हें लगाना नहीं।

तुमने देखा, कहीं लोग शतरंज खेल रहे हों, चार आदमी शतरंज

खेलते हैं और दस-पन्द्रह का घेरा खड़ा होकर देखता है। शतरंज के नक़ली घोड़ा-हाथी, शतरंज सब नक़ली खेल है, राजा, वज़ीर सब नक़ली हैं। खेल कोई और रहा है और ये दस-पन्द्रह आदमी अपने हज़ार काम छोड़कर खड़े हैं, देख रहे हैं कि क्या हो रहा है!

एक आदमी मछली मार रहा था। तीन घंटे से मुल्ला नसरुद्दीन उसके पीछे खड़ा देख रहा था। आख़िर मुल्ला उससे बोला कि तीन घंटे ख़राब किए, तुमने एक मछली न पकड़ी। उसने कहा : भैया, मैंने मछली पकड़ी या नहीं पकड़ी, तुम क्या कर रहे हो यहां? तीन घंटे मेरे ख़राब गए, मैंने मछली नहीं पकड़ी। और तुम सिर्फ़ मुझको देख रहे हो! तुम घर क्यों नहीं जाते?

नसरुद्दीन ने कहा कि मैं इस कुतूहल में खड़ा हूं कि देखूं यह आदमी पकड़ पाता है कि नहीं! अब यह पकड़ भी लेगा तो तुम्हें क्या सार है? और नहीं भी पकड़ा तो तुम्हारा क्या बिगड़ता है? मगर उस आदमी को दोष दे रहा है कि तीन घंटे तेरे बेकार गए, एक मछली नहीं पकड़ी। और तीन घंटे से ख़ुद खड़ा देख रहा है। अपने तीन घंटे बेकार गए, इसकी उसको फ़िक्र नहीं है।

दुनिया में तमाशबीनी बढ़ती चली गई है। इतनी बढ़ गई है कि अब हर चीज़ में तमाशबीनी है। तुम प्रेम नहीं करते; जब प्रेम वग़ैरह का ख़याल उठता है, फ़िल्म देख आए। अरे जब दूसरे पेशेवर प्रेम करनेवाले मौज़ूद हैं, जो तुमसे अच्छे ढंग से कर सकते हैं, क्या-क्या लहजे से करते हैं, तो तुम काहे को मेहनत करो अलग से! फ़िल्म ही देख आए, मामला ख़त्म हो गया। कुश्ती लड़नी है, क्या अपने हाथ से लड़नी, क्यों डंड-बैठक लगाना सालों, और मुसीबत करो और पसीना झेलो और परेशानी उठाओ। अरे नागपंचमी के दिन लड़नेवाले लड़ेंगे, तुम जाकर देख आना!

तुमको पूजा भी करनी हो तो तुम ख़ुद नहीं करते। पुजारी पूजा करता है तुम देख लेते हो। तुम्हें कुछ नहीं करना। तुम सिर्फ़ तमाशबीन हो। रेडियो सुन लेते हो, टेलीविज़न देख लेते हो। लोगों का कुल धन्धा इतना है कि दूसरे करें और वे देखते रहें। हर चीज़ में पेशेवर करनेवाले हैं। और बाक़ी लोगों का काम सिर्फ़ देखना है। जैसे तुम इसीलिए पैदा

हुए हो—तमाशबीनी के लिए।

ज़िन्दगी में कुछ और गहरी खोज भी करो। कुतूहल को जिज्ञासा बनाओ। लेकिन जिज्ञासा बनते ही ख़तरा शुरू होता है। उसका मतलब, तुम्हें थोड़ा गहरे उतरना पड़ेगा, किनारे से नीचे उतरना पड़ेगा, पानी में उतरना पड़ेगा। कम-से-कम पैर भिगोने पड़ेंगे, कपड़े भी भीग सकते हैं।

और जो जिज्ञासा करेगा, वह आज नहीं कल मुमुक्षा भी करेगा। जिज्ञासा का अर्थ है : मैं सत्य को जानूं। और मुमुक्षा का अर्थ है : मैं सत्य हो जाऊं। क्योंकि जो जानने चलेगा, उसे एक दिन पता चलता है कि बिना हुए जाना ही नहीं जा सकता। जिज्ञासु को यह पता चलना शुरू हो जाता है कि धीरे-धीरे यह मामला तो होने का है, सिर्फ़ जानने का नहीं है। प्रेम को जानना है, प्रेम हो जाओ। और सत्य को जानना है, सत्य हो जाओ। ईश्वर को जानना है, ईश्वर हो जाओ। इसके सिवा कोई जानने का उपाय नहीं।

मुमुक्षा तक तो कभी कोई लाख में एक आदमी पहुंचता है। जो मुमुक्षा तक पहुंचता है उसी को पलटू के वचन समझ में आएंगे। या कम-से-कम जो जिज्ञासा तक पहुंचा हो, उसे थोड़ी सी पलटू की झलक मिलेगी।

बहुरि न ऐसा दांव, नहीं फिर मानुष होना।
क्या ताकै तू ठाढ़, हाथ से जाता सोना।।

जीवन कितना बहुमूल्य है! हाथ से सोना निकला जा रहा है और तुम खड़े देख रहे हो। बहुत देख चुके, अब कुछ जीओ, अनुभव करो। लोग रामायण पढ़ रहे हैं और रामलीला देख रहे हैं। राम कब बनोगे? कृष्णलीला देख रहे हैं। कृष्ण कब बनोगे? बुद्ध की मूर्ति की पूजा कर रहे हैं, बुद्ध नहीं होना? बुद्धू ही रहना है?

क्या ताकै तू ठाढ़, हाथ से जाता सोना।

यह जीवन का एक-एक क्षण बहुमूल्य है, क्योंकि इस एक-एक क्षण में तुम्हारे जीवन में क्रान्ति घट सकती है, तुम्हारे भीतर बुद्धत्व का अवतरण हो सकता है। तुम्हारे भीतर वही फूल खिल सकते हैं, जो बुद्ध की चेतना

में खिले। वही बांसुरी तुमसे बज सकती है, जो कृष्ण के ओठों पर बजी। वही घूंघर तुम्हारे पैरों में रुनझुन कर सकते हैं, जो मीरा के पैरों में बंधे। जहां इतना अभूतपूर्व कुछ हो सकता है, वहां तुम क्या कर रहे हो? ठीकरे जोड़ रहे हो! व्यर्थ के कचरे में उलझे हुए हो! राख छान रहे हो! जहां जीवन-ज्योति बन सकता है—ऐसी ज्योति जो कभी न बुझे; ऐसी ज्योति कि जिस ज्योति से औरों की ज्योति भी जल जाए—वहां तुम क्या कर रहे हो?

पलटू का वचन प्यारा है।

बहुरि न ऐसा दांव, नहीं फिर मानुष होना।
क्या ताकै तू ठाढ़, हाथ से जाता सोना।।

लेकिन लोग मूर्च्छित हैं। लोग यूं जीए जा रहे हैं कि उन्हें होश ही नहीं है।

चन्दूलाल ने अपनी पत्नी से कहा : 'अरी सुनती हो, आज तो मैं अपना छाता ले जाना ही भूल गया था।'

पत्नी ने पूछा : 'आपको कब पता चला?'

चन्दूलाल ने सिर खुजाते हुए कहा : 'अरे वह तो जब बारिश रुक गई और छाता बन्द करने के लिए मैंने अपना हाथ ऊपर उठाया, तब पता चला कि छाता तो है ही नहीं।'

तुम अपनी ज़िन्दगी में ऐसे हज़ार मौक़े पाओगे, जब छाता नहीं है; इसका पता ही तब चलता है जब छाता बन्द करने के लिए हाथ उठाते हो। नहीं तो चले जा रहे हो, जैसे शराब पी रखी हो। होश में नहीं हो। होश में आओ! बहुरि न ऐसा दांव, हाथ से जाता सोना।

• दूसरा प्रश्न : ओशो,

साधु-महात्माओं व मुनि-महाराजों को आप गधों की उपाधि से विभूषित क्यों करते हैं? गधा शब्द से आपका क्या तात्पर्य है? समझाने की कृपा करें।

● ...,

प्रश्नकर्ता ने अपना नाम नहीं लिखा है। पता नहीं किस गधे ने यह प्रश्न पूछा है। मालूम पड़ता है ज़रूर कोई गधा नाराज़ हो गया है। नाराज़ होना भी चाहिए, क्योंकि गधे इतने गए-बीते नहीं। मुझसे भूल तो हो गई।

गधे तो बड़े शालीन होते हैं। गधों का मौन देखो। यूं कभी-कभी रेंक देते हैं, मगर रेंकने में भी बड़ी अटपटी वाणी है, जिसको सधुक्कड़ी भाषा कहते हैं, कि कोई समझनेवाला ही समझे-तो-समझे। कुछ ऐसी गहरी पते की बात कहते हैं कि जो शब्दों में आती ही नहीं; शास्त्र जिसको कह-कहकर थक गए...। ऐसा कभी-कभी। नहीं तो यूं मौन रहते हैं।

और गधों के चेहरे देखो—कैसे उदासीन, कैसे विरक्त! न कोई लाग, न कोई लगाव। अनासक्त भाव से चले जा रहे हैं। और कुछ भी बोझा लाद दो—क़ुरान लाद दो, गीता लाद दो, वेद लाद दो—कोई किसी तरह की धार्मिक मतान्धता नहीं। क़ुरान ला दो तो ठीक, वेद ला दो तो ठीक, गीता रख दो तो ठीक, तो ऐसा सर्व-धर्म-समन्वय...अल्लाह ईश्वर तेरे नाम, सबको सन्मति दे भगवान! कुछ भेद-भाव नहीं करते, अद्वैतवादी हैं।

और गधे इतने गधे नहीं होते जितना कि आमतौर से लोग सोचते हैं। पता नहीं क्यों गधे बदनाम हो गए! कैसे बदनाम हो गए!

मुझे बचपन से ही गधों में रुचि रही। मेरे गांव में बहुत गधे थे—सभी जगह होते हैं। गधों की कहां कमी है? घोड़े तो मेरे गांव में बहुत कम थे; बस जितने तांगे थे, थोड़े से...। और बिल्कुल मरियल घोड़े, ग़रीब गांव, ग़रीब तांगे, उनके ग़रीब घोड़े। किसी के ऊपर घाव बन गए हैं, हड्डी-हड्डी हो रहे हैं। खच्चर तो बिल्कुल ही नहीं थे, क्योंकि खच्चर तो पहाड़ी इलाक़ों में काम आते हैं। वह कोई पहाड़ी इलाक़ा न था। मगर गधे काफ़ी थे। अच्छे मस्त गधे थे!

और मुझे बचपन से ही गधों पर चढ़ने की धुन थी। शाम हुई कि मैं गधों की तलाश में निकला। और तभी मुझे पता चला कि गधे इतने गधे नहीं, जितना लोग समझते हैं। गधे मुझे पहचानने लगे। मुझे दूर से ही देखकर एकदम रेंकने लगते, भागने लगते। मैं भी चकित हुआ। मैं

पहले वही सोचता था कि गधे सच में गधे होते हैं। रात के अंधेरे में, जैसे मेरी बास भी उन्हें समझ में आने लगी। मैं कितना ही धीमे-धीमे उसके पास जाऊं...। दूसरे लोग निकल जाएं उनके बगल से, वे बराबर खड़े रहें। मैं उनके पास गया नहीं कि वे भागे। तब मुझे पता चला कि इतने गधे नहीं हैं। बड़े पहुंचे हुए सिद्ध हैं! अपनी मतलब की बात पहचान लेते थे, अब बाक़ी ऐरे-गैरे नत्थू-खैरे निकल रहे हैं तो निकलने दो। इनसे क्या लेना-देना? जैसे ही उनको दिखा कि यह आ रहा है ख़तरनाक आदमी और उन्होंने रेकना शुरू किया।

इसलिए मैंने कहा कि अभी गुजरात के गधों की मैं जनगणना कर रहा हूं। मेरे हाथ तो एक सूत्र लग गया। अब मैं सारे भारत के गधों की जनगणना कर लूंगा यहीं बैठे-बैठे, न कहीं गए, न कहीं उठे। जब गुजरात के सब गधे रेंक चुके होंगे, तब मैं जाऊंगा कटक। फिर उड़ीसा के गधों की रेंक शुरू होगी। फिर चले कलकत्ता। अपना बिगड़ता क्या है? फिर बंगाली गधों की जांच-पड़ताल कर लेंगे। जितने भी गधा बाबू होंगे उनका पता लगा लेंगे। फिर चले बिहार। अरे न कहीं आना, न जाना! मगर यूं बैठे-बैठे गधों की जनगणना तो हो ही जाएगी अपने-आप गधे बोल देंगे। यह बचपन से ही मेरा उनसे नाता है। वे मुझे देखकर एकदम छड़कते हैं, एकदम भागते हैं।

तो गधे इतने तो गधे नहीं होते। इसलिए एक लिहाज़ से तो ठीक ही है जिस गधे ने भी यह पूछा है, उससे मैं माफी मांगता हूं कि मुझे साधु-सन्तों को, मुनि-महात्माओं को गधा नहीं कहना चाहिए, क्योंकि गधों ने बेचारों ने किसी का कभी कुछ नहीं बिगाड़ा। गधे बिल्कुल निर्दोष हैं। इनके ऊपर कोई हिन्दू-मुसलमान दंगे-फसाद का, मस्जिद-मन्दिर को जलाने का कोई आरोप नहीं कर सकता।

मगर गधा शब्द का मेरा अर्थ भी समझ लो। उससे तुम्हें आसानी होगी। कम-से-कम मेरे संन्यासियों को आसानी होगी; कोई गधा पूछ ही बैठे तो तुमको आसानी रहेगी। कोई गधा पूछ बैठे तो उसको कहना कि हे गधाराम जी...। राम तो लगा ही देना पीछे। राम लगाने से बड़ी बचत हो जाती है। जैसे ही किसी के नाम के पीछे राम लगा दो तो चित्त प्रसन्न

हो जाता है उसका। तो कहना : हे गधाराम जी, आपको नाराज़ वग़ैरह होने की कोई ज़रूरत नहीं है। क्योंकि मेरा जो गधा शब्द का प्रयोग है, वह तो शार्ट फार्म है ग अर्थात गम्भीर और धा अर्थात धार्मिक। जो बहुत गम्भीर रूप से धार्मिक है, उसको मैं गधा कहता हूं।

और गधों को बिगाड़ना मेरा धन्धा है। धा को तो रहने देता हूं, ग को मिटाता हूं। गम्भीरता मिटानी है। मस्ती लानी है। नृत्य लाना है। धार्मिकता तो अच्छी है। धा यानी मेधा, प्रतिभा। ग को मिटा देना है।

अगर कच्छ गए ही और गधे अपना नाम तो ज़ाहिर किए ही दे रहे हैं, फिर इनका ग मिटाने की कोशिश करेंगे, ताकि सिर्फ़ धा बचे, धार्मिकता बचे, मेधा बचे। अपने से जो भी सेवा बन सकेगी, करेंगे।

इसलिए गधों से मेरी प्रार्थना है, नाराज़ न होना। जिसकी सूरत पर सदा बारह बजे रहते हों और जो धर्म की बकवास करता फिरे—भावार्थ पंडित-पुरोहित, साधु-महात्मा संयमी-तपस्वी, मुनि-मौलवी इत्यादि-इत्यादि। मेरा तात्पर्य कोई चौपाए गधे से नहीं था। उस बेचारे ने तो किसी का कुछ भी नहीं बिगाड़ा। ये जो दोपाए गधे हैं, इन्होंने मनुष्य जाति का बहुत अहित किया है। इनसे छुटकारे की आवश्यकता है।

- **अन्तिम प्रश्न : ओशो,**

इसे आप सामान्य अर्थों में स्तुति अथवा प्रशंसा न समझें। सच में ही यह मेरा भाव है कि आपकी अनुकम्पा अपार है। जीवन में मैं पहली बार इस योग्य हुआ कि आपके निकट बैठ सकूं और सुन सकूं। आपने कहा कि मेरी आधी यात्रा पूरी हो गई है। सद्गुरु साहिब, मेरी शेष आधी यात्रा को पूरा होने में क्या अब और आठ वर्ष लगेंगे?

- सन्त महाराज,

यह कहना कठिन है, क्योंकि तुमने पंजाबी ढंग की होशियारी की।

अब जैसे 'स्वभाव' हैं, वे भी पंजाबी हैं। सो हाथी तो निकल गया, पूंछ रह गई। पूंछ नहीं निकल रही है। सन्त तो हैं ही अंट-शंट, इसलिए तो मैंने उनको सन्त नाम दिया है। पहुंचे हुए अंट-शंट हैं। इनने देखा कि कई पंजाबी फंस गए हैं; हाथी तो निकल जाता है, पूंछ अटक जाती है। सो इन्होंने पूंछ तो पहले निकाल दी, अब हाथी अटक गया है। अब पूंछ निकालने में आठ साल लगे; हाथी निकालने में कितने साल लगेंगे, मैं भी कैसे कहूं?

पर सन्त महाराज, तुम निकलने-विकलने की फिक्र छोड़ो। निकलना-विकलना कहां है? जहां हैं, वहीं काबा, वहीं काशी, कहां निकलना? पूंछ को भी भीतर कर लो। वैसे ही बरसात हो रही है बाहर। 'स्वभाव' वग़ैरह को भीगने दो, तुम तो पूंछ भी भीतर कर लो। तुम बिल्कुल फिक्र ही छोड़ो। अरे, जब मैं चल पड़ूंगा बैकुंठ, तो मुझे कोई सवारी की ज़रूरत तो पड़ेगी ही। और वहां कोई रॉल्सरॉयस तो जा नहीं सकती। सन्त की ही सवारी करनेवाला हूं!

आज इतना ही।

विज्ञान और धर्म का समन्वय

पहला प्रश्न : ओशो,

आप गांधीवादी विचारधारा के विरोधी और आधुनिक प्रविधि और यन्त्र के समर्थक मालूम पड़ते हैं। लेकिन आपको मालूम है कि प्रविधि और यन्त्र के कारण पश्चिम का जीवन कितना अशान्त और तनावग्रस्त एवं क्षुब्ध हो चला है। वह सामूहिक विक्षिप्तता के कगार पर खड़ा है। तब क्यों आप उसका अन्ध समर्थन करते हैं?

• चिमनभाई देसाई,

मैं विचारधाराओं मात्र का विरोधी हूं, गांधीवादी विचारधारा का ही नहीं। विचार के पार जाना है, तो किस वाद को मानकर तुम उलझे हो, इससे भेद नहीं पड़ता। किस झाड़ी के कांटों में उलझे हो, इससे मुझे बहुत प्रयोजन नहीं है। कांटों से मुक्त होना है। और समस्त विचार कांटों से ज़्यादा नहीं हैं; उलझा सकते हैं, सुलझा नहीं सकते।

चूंकि मैं विचारधाराओं मात्र का विरोधी हूं, इसलिए स्वभावतः गांधीवादी विचार की झाड़ी भी उसमें एक झाड़ी है। और चूंकि नई है, इसलिए बहुत लोगों को उलझा लेती है। विशेषकर भारतीय मन के लिए उसमें बड़ा आकर्षण है। वह आकर्षण रुग्ण है। उस आकर्षण के आन्तरिक और अचेतन कारण बहुत हैरान करनेवाले हैं। पहला तो कारण यह है

कि गांधीवादी विचारधारा दरिद्र को गौरीशंकर पर बिठा देती है। उससे हमारी आत्महीनता की भावना को बड़ा सहारा मिलता है। हमारे घाव फूलों से ढक जाते हैं। हम दरिद्र हैं और यह बात कचोटती है। और गांधीवादी विचारधारा हमें दरिद्रनारायण बना देती है—शब्दों में ही! सब जाल शब्दों का है। दरिद्र को दरिद्रनारायण कह देने से कुछ भेद नहीं पड़ता। कैंसर को कैंसरनारायण कह देने से क्या भेद पड़ेगा?

पुराने आयुर्वेदिक शास्त्रों में ट्यूबरकुलोसिस को राजरोग कहा है। इससे क्या कुछ मज़ा आ जाएगा कि टी. बी. हो गई—राजरोग हो गया! चलो इस बहाने सही, राजा हो गए! टी. बी. तो फिर भी मारेगी। राजरोग कह देने से कुछ बचाव नहीं है। लेकिन फिर भी मन सान्त्वनाएं खोजता है। और ये सान्त्वनाएं सदियों तक भटकाए रख सकती हैं, भरमाए रख सकती हैं।

दरिद्रता महारोग है। और दरिद्र को नारायण कहना उसके महारोग को ओट देना है। दरिद्रता मिटनी चाहिए, दरिद्र मिटने चाहिए। और दरिद्रता के मिटाने के लिए अब एक ही उपाय है, वह वैज्ञानिक तकनीकों का अधिकतम उपयोग है।

मैं वैज्ञानिक तकनीकों का समर्थन जो कर रहा हूं, वह इसलिए कि तुम्हारे घाव सिवाय उसके और किसी तरह भरेंगे नहीं। छिप सकते हैं। छिपे हुए घाव उघड़े घावों से ज़्यादा ख़तरनाक हो जाते हैं, क्योंकि तुम उन्हें भूलने लगते हो और भीतर-ही-भीतर उनकी मवाद फैलने लगती है। जो छोटी सी फुंसी थी, वह भी अगर छिपा ली जाए तो नासूर हो सकती है। और अगर उसकी चिकित्सा की ही न जाए तो कैंसर भी बन सकती है।

भारत का रोग बहुत पुराना हो गया है। भारत सदियों से दरिद्र है। उन दिनों भी दरिद्र था, जब सारी दुनिया उसे सोने की चिड़िया कहती थी। था सोने की चिड़िया कुछ थोड़े से लोगों के लिए, सो उन कुछ थोड़े से लोगों के लिए अब भी सोने की चिड़िया है। दरिद्रता की एक अनिवार्य प्रक्रिया है। सौ लोगों में से निन्यानबे लोग जब दरिद्र होते हैं तो एक व्यक्ति के हाथ में सोने की चिड़िया लग जाती है। स्वभावतः निन्यानबे

व्यक्तियों की दरिद्रता, उनके गड्ढे एक व्यक्ति के जीवन को धन के शिखर पर बिठा देते हैं। तो ज़रूर राजा थे, महाराजा थे, नगरसेठ थे। और उनके लिए जीवन सोने की चिड़िया था। इतिहास और पुराण उनकी ही स्तुति गाते हैं। और इससे एक भ्रान्ति पैदा होती है, जैसे कि सारा देश अमीर था। यह बात बिल्कुल ही झूठ है। यह देश कभी भी देश की तरह अमीर नहीं रहा। एक छोटा सा वर्ग इस सारे देश का शोषण करके छाती पर बैठा रहा है।

रामराज्य लाना चाहते थे महात्मा गांधी। लेकिन रामराज्य की अगर पूरी अन्तर्व्यवस्था हम समझें तो बिल्कुल सड़ी-गली थी, रुग्ण थी। रामराज्य में आदमी बाज़ारों में बिकते थे ग़ुलामों की तरह। और क्या होगी दरिद्रता, जहां आदमी बिकने को मजबूर होते हों? ऐसी दरिद्रता तो आज भी नहीं है। कौन बिकने को राजी है? बाज़ार में जैसे ढोरों के बाज़ार भरते हैं, मवेशियों के बाज़ार भरते हैं और बोली लगती है—ऐसे आदमियों के बाज़ार भरते थे जहां आदमी बिकते थे। आदमी तो कम, औरतें ज़्यादा बिकती थीं। साधु-सन्तों का देश है! सती-साध्वियों का देश है! सीता, पार्वती, द्रौपदी का देश है! स्त्रियां बाज़ारों में यूं बिकती थीं जैसे सामान बिकता है। बोली लगती थी। इस रामराज्य को भारत में गांधी फिर लाना चाहते थे! निश्चित, मैं विरोध में हूं।

अतीत में लौटने की कोई भी आवश्यकता नहीं है। और कोई लौटना भी चाहे तो नहीं लौट सकता है। समय में पीछे जाया ही नहीं जा सकता। समय की घड़ी को पीछे की तरफ़ घुमाया ही नहीं जा सकता! लेकिन पीछे की सुन्दर-सुन्दर कहानियां गढ़ी जा सकती हैं, सपने संजोए जा सकते हैं। लोगों को भरमाया जा सकता है।

कार्ल मार्क्स ने कहा है : 'धर्म अफीम का नशा है।' वह तो महात्मा गांधी के पहले उसने कहा था। अगर वह महात्मा गांधी के बाद पैदा होता तो महात्मा गांधी को एक प्रमाण की तरह उपस्थित करता, कि यह देखो धर्म अफीम का नशा है! पूरा देश ग़रीब है और अफीम पिलाई जा रही है दरिद्रनारायण की! पूरा देश सदियों से ग़रीब है और रामराज्य की झूठी, काल्पनिक कहानियां गढ़ी जा रही हैं। और यह हवा फैलाई

जा रही है। रामराज्य फिर आना चाहिए।

बुद्ध के समय में भारत की कुल आबादी दो करोड़ थी। आज भारत की आबादी सत्तर करोड़ के क़रीब पहुंच रही है। इस भारत में से बंगला देश अलग हो गया, पाकिस्तान अलग हो गया, ब्रह्मदेश अलग हो गया। अगर उन तीनों को भी जोड़ लें तो इस देश की आबादी अब एक अरब के ऊपर जा चुकी है। कहां दो करोड़ और कहां एक अरब! पचास गुनी आबादी हो गई। और तुम चरखों की बातें करते हो? होश की कुछ बात करो! चरखे चलाकर तुम एक अरब लोगों के तन ढक सकोगे? तो तन ढक लेना, पेट ख़ाली रह जाएगा। पेट भरोगे तो तन नंगा रह जाएगा। और तुम इन एक अरब लोगों के लिए हलबखर से खेती करोगे? ज़मीन कहां है इतनी? और हलबखर से खेती कितनी हो सकती है? और क्या पैदा हो सकता है?

नई प्रविधियों का उपयोग करना होगा और ऐसी क्या घबराहट है नई प्रविधि से? रूस में ऐसे मौक़े आए हैं पिछले वर्षों में जब इतना गेहूं पैदा हो गया कि उन्हें गेहूं को रेल के इंजनों में कोयले की तरह जलाना पड़ा, क्योंकि कोयला महंगा और गेहूं सस्ता था। अमरीका और कैनेडा इतना उत्पादन कर लेते हैं कि सारी दुनिया को सहायता देने को तत्पर होते हैं। इतना दूध इकट्ठा कर लेते हैं कि सारी दुनिया को दूध का पाउडर बांटते रहते हैं। और तुम्हारी गौ-माताओं की हालत देखो! उनसे दूध निचोड़ना भी पाप मालूम पड़ता है। हड्डी-हड्डी हो रही हैं। तुम ख़ून निचोड़ रहे हो। उनके प्राण सूखे जा रहे हैं—अस्थि-पंजर! और कितनी गौ-माताएं हैं! जितनी भारत में हैं उतनी कहीं भी नहीं—अठारह करोड़ और दूध के नाम पर पानी पी रहे हो। और फिर भी वही मूर्खतापूर्ण बातों को दोहराए चले जाते हो।

महात्मा गांधी न तो कोई बड़े विचारक थे और न ही कोई बड़ी विचारधारा छोड़ गए हैं। बहुत साधारण-सी बातें हैं, जिसको गांधीवादी विचारधारा के नाम से तुम शोरग़ुल मचाते हो। मगर अन्धे के हाथ में तो कुछ भी लग जाए तो लगता है बहुत बड़ी चीज़ लग गई। सोच-विचार की क्षमता भी तुमने खो दी है। मैं तो तुम्हें सोच-विचार के पार ले जाना

चाहता हूं, तुम सोच-विचार से भी नीचे जा रहे हो।

थोड़ा सोचो तो सही, महात्मा गांधी रेलगाड़ी के विरोध में थे और ज़िन्दगी भर रेलगाड़ी में चले! तार टेलीफोन के ख़िलाफ़ थे, पोस्ट-ऑफिस के ख़िलाफ़ थे। और ज़िन्दगी-भर जितने तार, टेलीग्राम और चिट्ठी-पत्री उन्होंने लिखी, शायद ही किसी ने लिखी हो। पाखाने में बैठे-बैठे भी चिट्ठी लिखवाते थे। संडास पर बैठे हैं और सेक्रेटरी पाखाने के बाहर बैठा है। वे बोलते जा रहे हैं और सेक्रेटरी चिट्ठी लिख रहा है।

तुम किस दुनिया की बातें कर रहे हो? बिजली न हो आज, रेलगाड़ी न हो आज, हवाई-जहाज़ न हो, कार न हो, टेलीग्राफ़ न हो, टेलीफोन न हो, रेडियो न हो—तो तुम एक आदिम अन्धकार में गिर जाओगे। चलाते रहना अपनी तकली और चरखा। और चरखा चलानेवालों की हालत तो देखो, चक्रम हो जाते हैं! और जो बहुत ज़्यादा चलाते हैं, वे तो घनचक्कर हो जाते हैं। अब जैसे मोरारजी देसाई को देखो! चरखा चलाते-चलाते ऐसे घनचक्कर हो गए कि स्वमूत्र पीने लगे। ये महागांधीवादी विचारक हैं!

तुम पूछते हो : 'आप गांधीवादी विचारधारा के विरोधी और आधुनिक प्रविधि—और यन्त्र के समर्थक मालूम पड़ते हैं।'

निश्चित ही मैं विज्ञान का समर्थक हूं। समग्ररूपेण मेरा विज्ञान को समर्थन है, बेशर्त समर्पण है और समर्थन है। क्योंकि मुझे सिर्फ़ एक ही आशा दिखाई पड़ती है अब मनुष्य को बचने की—और वह विज्ञान है।

लेकिन इस देश के मूढ़ एक से एक बातें खोज लेते हैं। और वे यह भी नहीं देखते कि उनके तर्क कितने भ्रान्त हैं! तुम कहते हो कि 'लेकिन आपको मालूम है कि प्रविधि और यन्त्र के कारण पश्चिम का जीवन कितना अशान्त, तनावग्रस्त और क्षुब्ध हो चला है!' वह प्रविधि और यन्त्र के कारण नहीं है। उसका कारण है : धर्म का अभाव, ध्यान का अभाव।

ये गांधीवादी यह मूर्खता फैला रहे हैं इस देश में। और गांधीवादी ही नहीं, इस देश में और भी विज्ञान-विरोधी लोग हैं। और उनके वैज्ञानिक विरोध का एकमात्र कारण है कि अगर विज्ञान सही है तो हमारे पांच हज़ार वर्षों के सारे ऋषि-मुनि थोथे सिद्ध होते हैं। उन्होंने हमें विज्ञान

से वंचित रखा। उन्होंने संसार को माया कहकर हमें संसार को समझने का मौक़ा नहीं दिया। उसमें तुम्हारे अवतार, तीर्थंकर और तुम्हारे शंकराचार्य सब फंसेंगे उस जाल में। क्योंकि उन सबका ही जुम्मा है, जिन्होंने भी कहा यह संसार माया है। कहते ही रहे माया, फिर चाहे वे महावीर हों और चाहे बुद्ध हों और चाहे शंकराचार्य हों। माया कहते ही रहे, लेकिन भोजन तो मांगने जाना ही पड़ता था। अब संसार ही माया है तो क्या भिक्षा मांगते हो? बुद्ध ने सब तो छोड़ दिया था, लेकिन भिक्षापात्र तो रखते थे। अब क्या भिक्षापात्र रखते हो जब संसार माया ही है, तो किससे मांगना, क्या मांगना, क्या ज़रूरत?

बुद्ध के साथ निरन्तर जीवक नाम का, उस समय का सर्वाधिक प्रसिद्ध चिकित्सक चलता था। वह एक सम्राट—बिम्बिसार—ने बुद्ध को भेंट किया था। वह सम्राट का निजी चिकित्सक था। जब संसार माया है तो क्या दवा, क्या औषधि? और जब संसार माया ही है तो किसको समझा रहे हो? यह भी बड़े मज़े की बात है! शंकराचार्य से अगर मेरा कहीं मिलना हो जाए तो पहली बात तो मैं उनसे यह पूछूं कि जब सब झूठ ही है तो तुम क्यों सिर पचा रहे हो, झूठ के साथ!

अगर तुम यहां हो ही नहीं तो मेरा बोलना पागलपन होगा। तुम हो तो मेरे बोलने में कोई सार्थकता है। तुम नहीं हो तो मैं विक्षिप्त हूं; कोई नहीं है और बोल रहा हूं! संसार है ही नहीं तो संसार में लोग कहां? सब माया है, तो तुम किसको समझा रहे हो? रस्सी ही है, सांप दिखाई पड़ रहा है। मगर शंकराचार्य पीट रहे हैं रस्सी को डंडों से और फिर भी कहते हैं : 'अरे रस्सी है, सांप थोड़े ही!' फिर डंडे से पीट किसलिए रहे हो? ज़िन्दगी-भर माया के खंडन में लगे हैं! जो है ही नहीं उसका खंडन करना पड़ता है? कोई 'गधे के सींग नहीं हैं' यह सिद्ध करने के लिए शास्त्र लिखता है? गधे भी नहीं लिखते कि गधे के सींग सब माया है। आकाशकुसुम नहीं है, इसको सिद्ध करने के लिए कोई तर्क-विवाद खड़ा करना पड़ता है?

लेकिन शंकराचार्य पूरे जीवन एक ही बात सिद्ध करने में लगे रहे कि जगत माया है। और उनके बाद इन हज़ार सालों में तथाकथित शंकर

के अद्वैत को माननेवाले, दंडीधारी, साधु-महात्मा बस एक ही काम कर रहे हैं कि संसार माया है। इसका परिणाम यह हुआ कि हम संसार को समझने से वंचित रह गए। जो है ही नहीं, उसको समझना क्या? उसके रहस्यों को क्या समझना? इसलिए विज्ञान से वंचित हुए। अब विज्ञान से वंचित हो गए हैं तो अब एक ही सहारा खोजा है कि अरे विज्ञान में कोई सार नहीं! अंगूर खट्टे हैं। और देखते नहीं पश्चिम में क्या हालत हो रही है कि विज्ञान के कारण ही जीवन अशान्त और तनावग्रस्त व क्षुब्ध हो चला है! यह सरासर झूठी बात है।

मैं तो वैज्ञानिक ढंग से ही रहता हूं। मैं तो विज्ञान की सारी प्रविधि का उपयोग करता हूं। न तो विक्षिप्त हूं, न तनावग्रस्त हूं। विज्ञान ने जो भी खोजा है उसका मैं उपयोग करता हूं, मैं तो परम रूप से विज्ञान का उपभोक्ता हूं। मेरी दरिद्रता में कोई आस्था नहीं है और संसार को मैं माया नहीं कहता। संसार उतना ही सत्य है जितना ब्रह्म; थोड़ा ज़्यादा ही भला, कम नहीं। क्योंकि ब्रह्म को भी जानना हो तो संसार के ही मार्ग से जाना होगा। ब्रह्म भी जाना जाता है तो संसार से ही। संसार में ही छिपा है, ब्रह्म। संसार प्रकट है, ब्रह्म छिपा हुआ है, गुप्त है। संसार ठोस है, ब्रह्म वायवीय है। संसार पत्थर जैसा है, ब्रह्म हवा जैसा है; दिखता नहीं, अनुभव होता है।

मैं तो विक्षिप्त नहीं हूं। मैं तो पागल नहीं हूं। तुम मेरी जीवन-प्रक्रिया देखो, बिल्कुल वैज्ञानिक है। जो भी विज्ञान ने खोजा है, जो भी श्रेष्ठतम विज्ञान ने खोजा है, उसका मैं उपयोग करता हूं—उसका ही उपयोग करता हूं।

पश्चिम की तकलीफ़ यह नहीं है कि उन्होंने विज्ञान के कारण अपनी विक्षिप्तता पैदा कर ली : उनकी तकलीफ़ अतिवाद है, जैसी तुम्हारी तकलीफ़ अतिवाद है। तुम ब्रह्मवादी होकर मरे, वे संसारवादी होकर मर रहे हैं। लेकिन अति न तुम देखोगे, ने वे देखेंगे। तुम इसलिए सड़ रहे हो, गल रहे हो, भूखे हो, दरिद्र हो, दीन हो, रुग्ण हो, क्योंकि तुमने विज्ञान का उपयोग करके सम्पदा पैदा न की। और तुम्हारे थोथे साधु-संन्यासी तुम्हें समझाते रहे संसार-त्याग। अब जब संसार का त्याग ही करना है

तो क्या सम्पदा पैदा करनी! अरे सम्पदा तो हाथ का मैल है, मिट्टी है! छोड़ो, भागो! जितनी जल्दी भाग जाओ उतने होशियार और कुशल हो!

लेकिन बड़े आश्चर्य हमें ये दिखाई पड़ते हैं कि आंखें रहते हुए हम देखते नहीं ग़ौर से। जैनों ने, उनके मुनियों ने संसार छोड़ा, लेकिन जैनों के मन्दिर जितने समृद्ध हैं उतने किसी के नहीं। तुम्हें विरोधाभास नहीं दिखाई पड़ता? संसार तो माया है। सोना तो मिट्टी है, मगर महावीर की प्रतिमाएं बनाई हैं स्वर्ण की—शुद्ध सोने की! मिट्टी की नहीं बनाईं? मन्दिर पर कलश चढ़ाते हैं, स्वर्ण का चढ़ाते हैं। मिट्टी का नहीं चढ़ा देते! और दौड़ लगी रहती है, होड़ लगी रहती है हर धर्म में कि किसका मन्दिर कितना समृद्ध, कितनी चढ़ोतरी होती है, कितनी हुंडियां आती हैं, मन्दिर की कितनी जायदाद है, कितना धन है मन्दिर के पास! यह मन्दिर की प्रतिष्ठा होती है। और ये वे ही लोग हैं जो कहते हैं कि सम्पदा तो कुछ है ही नहीं, अरे सपना है! कहां उलझे हो!

यह बड़े मज़े की बात है। ये सारे शास्त्र जैनों के, बौद्धों के, हिन्दुओं के सम्पदा को गाली देते हैं और दान की महिमा गाते हैं। मैं कभी-कभी चौंकता हूं कि हम कब सोचेंगे, हमारे भीतर बुद्धि कब पैदा होगी? अगर धन मिथ्या है तो दान में क्या रहा फिर? यूं समझाते हैं कि धन में कुछ सार नहीं, मगर दान में बड़ा पुण्य है! असार का पुण्य करोगे, असार का दान करोगे? असार से पुण्य अर्जित करोगे? किसको धोखा दे रहे हो? मगर ऐसा ज़हर पिलाया है, ऐसी अफीम पिलाई है सदियों से कि लोगों को विरोधाभास दिखाई नहीं पड़ता।

एक स्त्री अपनी पड़ोसिन से कह रही थी कि तुमने मेरे बेटे को क्यों मारा? उस स्त्री ने कहा : 'उसने मुझे मोटी भैंस कहा।'

तो पहली स्त्री ने कहा : 'बहन, तुम्हें मेरे बेटे को मारने के बजाय अपनी खुराक़ में कमी करनी चाहिए। बेटे ने कुछ ग़लत तो नहीं कहा।'

बच्चों को तो सीधा दिखाई पड़ता है। रही होगी कोई टुनटुन।

मैंने सुना है कि टुनटुन एक बस में सफ़र कर रही थी। एक तरफ़ अमिताभ बच्चन और दूसरी तरफ़ विनोद खन्ना बैठे थे। आख़िर विनोद

तो मेरे संन्यासी हैं, थोड़ी देर तो उन्होंने बर्दाश्त किया। लेकिन बर्दाश्त करना मेरे संन्यासियों की कोई साधना नहीं है। आख़िर उन्होंने कहा : 'बहन जी, आप क्यों मुझे हुद्दे मार रही हैं?'

टुनटुन ने कहा : 'हद हो गई, मैं हुद्दे मार रही हूं? अरे क्या सांस लेना जुर्म है?'

अब टुनटुन के पास बैठोगे तो वह सांस लेगी तो हुद्दे तो लगेंगे ही! ज्वार-भाटा आ रहा है, उसमें हुद्दे तो लगनेवाले ही हैं! वह बेचारी श्वास ही ले रही है।

बजाय इसके कि तुम अपनी मूर्खताएं देखो...चिमनभाई देसाई पोरबन्दर निवासी हैं। सो उन्हें बहुत दुख हो गया मालूम होता है। पोरबन्दर निवासी हैं। गांधी जी की जन्मभूमि! और मैं गांधीवादी विचारधारा का विरोधी! सो उनको बेचैनी हो गई होगी।...तुम ज़रा आंखें तो खोलो।

तुम एक काम करो। पोरबन्दर रहते हो, बन्दन-छाप काला दन्तमंजन आंखों में सुरमे की तरह लगाओ। और बुढ़िया का काजल दांतों में घिसो, क्योंकि दांत जितने मज़बूत होते हैं आंख उतनी मज़बूत होती है। सो बुढ़िया का काजल दांतों में घिसना और बन्दर-छाप काला दन्त-मंजन! यह बन्दर-छाप काला दन्त-मंजन सबसे पहले बजरंग बली ने खोजा होगा। वह उन्होंने सबसे पहले आंखों में आंजा था। यह बड़ी ग़ज़ब की चीज़ है। यह राज़ तुम्हें बताता हूं, दांतों पर मत घिसते रहना, आंखों में आंजना। तभी तो संजीवनी बूटी लेने गए थे तो सारे पहाड़ पर संजीवनी बूटी दिखाई पड़ने लगी, सो पहाड़ ही ले आए। ऐसी आंखें देखने लगीं कि सारी बूटियां संजीवनी बूटियां दिखाई पड़ें।

थोड़ी आंख खोलो। थोड़ी होशियारी की बात करो। थोड़ी समझ का उपयोग करो।

पश्चिम इसलिए पागल नहीं हो रहा है कि विज्ञान ने उसे नई आधुनिक सम्पदा दे दी है; वैभव दे दिया है। पश्चिम इसलिए विक्षिप्त हो रहा है कि विज्ञान ने तो अभूतपूर्व साधन जुटा दिए, लेकिन ध्यान की क्षमता नहीं पैदा हुई। जैसे बच्चे के हाथ में तलवार लग जाए तो

तलवार को कोई क़सूर है? तलवार तो मार भी सकती है, बचा भी सकती है। लेकिन बच्चे के हाथ में लग जाए तो ख़तरा ही है। या तो किसी को मारेगा या ख़ुद को मार लेगा। लहू बहेगा—या तो किसी और का या ख़ुद का। तलवार जैसी चीज़ बच्चे के हाथ में पड़ जाए तो ख़तरा है। मगर इससे तलवार को गाली मत देना। तलवार का क्या क़सूर है? बच्चे को प्रौढ़ करो!

तो पश्चिम उस कोशिश में लगा हुआ है। मुझसे लोग पूछते हैं कि आपके पास पश्चिम से इतने लोग आ रहे हैं, भारतीय क्यों नहीं आते?

भारतीय क्या करें! वे तो बन्दर-छाप काला दन्त-मंजन आंखों में लगा रहे हैं। बुढ़िया का काजल दांतों में घिस रहे हैं। और चरखा चला रहे हैं। उनको फ़ुरसत कहां है ध्यान वग़ैरह की? लेकिन पश्चिम में एक तीव्र क्रान्ति उठी है, एक तूफ़ान उठा है, ध्यान के प्रति आकर्षण उठा है। एक प्रबल अभीप्सा जगी है। साफ़ हो गई है पश्चिम के विचारशील व्यक्ति को यह बात कि विज्ञान अकेला हमें साधन तो दे देगा, लेकिन साधन का उपयोग करनेवाला कहां है? और जितने सूक्ष्म साधन होंगे, उतनी ही सूक्ष्म चेतना चाहिए। जितने जटिल साधन होंगे, उतनी ही शान्त चेतना चाहिए। नहीं तो साधनों की जटिलता की छाप चेतना की जटिलता बन जाएगी। इतना धन का अम्बार लगेगा और तुम्हारे भीतर वही पुरानी बचकानी वृत्तियां रहीं, तो इस धन का तुम करोगे क्या? इससे कुछ-न-कुछ ख़तरा होनेवाला है। वेश्यागमन करोगे, शराब पीओगे, जुआ खेलोगे, कुछ उलटा-सीधा करोगे। लेकिन अगर भीतर ध्यान भी हो तो धन का अद्‌भुत उपयोग हो सकता है।

मैं धन-विरोधी नहीं हूं। न धन-विरोधी हूं, न ध्यान-विरोधी हूं। मैं मानता हूं कि ध्यानी के हाथ में धन हो तो धन भी अभूतपूर्व रूप से उपयोगी हो जाता है। और धनी के हाथ में ध्यान लगे तो ध्यान भी सुगमता से सधता है।

दरिद्र ध्यान नहीं साध सकता; अभी धन ही नहीं साध सका, अभी बाहर का ही नहीं सधा, भीतर का क्या ख़ाक सधेगा! और अगर किसी

तरह खींचतान करके भीतर का साध ले तो बाहर से हमेशा व्याघात खड़े होते रहते हैं। कभी भूख सताती, कभी रोग सताता। छप्पर नहीं है, वर्षा हो रही है। कपड़े नहीं हैं, सर्दी पड़ रही है, तो हम एक से एक मूर्खता की बातें खोजते हैं। हम कहते हैं कि कपड़े उतार दो, नग्न रहो, तपश्चर्या करो। अगर कपड़े नहीं हैं तो भभूत रमा लो। बजाय इसके कि कपड़े खोजो, भभूत रमाना हम सिखाते हैं।

अब भभूत रमाना—तुम शायद चकित होओगे जानकर—है तो कपड़े का ही परिपूरक, मगर अवैज्ञानिक। जब कोई व्यक्ति शरीर पर राख मल लेता है तो तुम जानते हो उसका वैज्ञानिक अर्थ क्या होता है? उसका अर्थ होता है उसने अपने सारे रोओं के जो छिद्र हैं, वे राख से भर लिये। वहां से हवा शरीर में भीतर जाती है। हर रोआं श्वास लेता है। तुम सिर्फ़ नाक से ही श्वास नहीं लेते। तुम सिर्फ़ नाक की ही श्वास के बल पर ठीक से जीवित भी नहीं रह सकते।

वैज्ञानिक कहते हैं कि अगर तुम्हारे पूरे शरीर के सारे रन्ध्र वैज्ञानिक विधि से बन्द कर दिए जाएं, जैसे कोलतार पोत दिया जाए पूरे शरीर पर, मोटी पर्त कोलतार की तुम्हारे पूरे शरीर पर चढ़ा दी जाए, नाक खुली छोड़ दी जाए, मुंह खुला छोड़ दिया जाए—तो तुम तीन घंटे के भीतर मर जाओगे। सिर्फ़ तीन घंटे जी सकते हो। तुम्हारी नाक श्वास लेती है, वह तो ठीक; लेकिन तुम्हारे प्रत्येक जीव-कोष्ठ को श्वास की ज़रूरत है। और तुम्हारे शरीर में सात करोड़ जीव-कोष्ठ हैं। सात करोड़ जीवित अणु हैं। उनको श्वास चाहिए।

भभूत रमाकर बैठ गए, तो तुम सोचते हो त्याग-तपश्चर्या कर ली तुमने? भभूत रमाए हुए कोई ठंड में बैठा है तो तुम सोचते हो : 'अहा, क्या तपस्वी है! हम गरम ऊन का कोट पहने बैठे हैं, अन्दर स्वेटर भी डाटे हुए हैं, कपड़ों-पर-कपड़े पहने हुए हैं, रजाई ओढ़े हुए हैं और फिर भी कांप रहे हैं। और एक यह आदमी है, क्या तपश्चर्या है!' तपश्चर्या वग़ैरह कुछ भी नहीं, इसने सिर्फ़ शरीर के रन्ध्र बन्द कर लिए हैं तो श्वास बन्द हो गई, हवा भीतर नहीं जाती, तो उसे ठंड नहीं लग रही है।

गर्मी में लोग अपने चारों तरफ़ अंगीठी जला लेते हैं। उसको हम तपश्चर्या कहते हैं। वह भी तपश्चर्या नहीं है तुम्हारा प्रत्येक जीव-कोष्ठ जब तुम गर्म होने लगते हो तो पसीना छोड़ता है। पसीना छोड़ना गर्मी से बचने की एक प्राकृतिक व्यवस्था है। वह तुम्हें वातानुकूलित रखने का एक आयोजन है। जब तुम्हारे शरीर से, रोएं-रोएं से पसीने की बूंदें झलकने लगती हैं, तो उसका अर्थ तुम समझे? ये पसीने की बूंदें तुम्हारे शरीर की गर्मी से उत्तप्त होकर वाष्पीभूत हो जाएंगी। शरीर की गर्मी, जो तुम्हें परेशान कर रही थी, इस पानी को जो पसीने की तरह आया है, भाप की तरह बनाने के काम आ जाएगी। गर्मी पसीने को भाप बनाने में लग जाएगी, तुम्हारा शरीर शीतल हो जाएगा।

लेकिन जो व्यक्ति अंगीठी जलाकर गर्मी के दिनों में बैठ जाता है, उसका परिणाम यह होता है कि उसके जीव-कोष्ठों में जितना पानी होता है, सब बह जाता है। जब सब पानी बह जाता है तो जीव-कोष्ठ सूख जाते हैं, क़रीब-क़रीब मुर्दा हो जाते हैं। उस मुर्दगी से भरी हुई पर्तों के भीतर गर्मी नहीं पहुंचती फिर, न शीत पहुंचती, न गर्मी पहुंचती। उस आदमी ने अपनी चमड़ी को संवेदन-शून्य कर लिया। उस आदमी ने अपनी चमड़ी को मार डाला। उस आदमी की चमड़ी में अब जीवन नहीं है। और उतना ही जीवन उसका कम हो गया। चमड़ी तुम्हारी पांचवीं, इन्द्रिय है, वह आदमी एक बटा पांच मर गया।

तुम्हारे रोएं-रोएं को जीवित होना चाहिए। विज्ञान ने सारी सुविधाएं जुटा दी हैं। तुम्हें यह पता है भलीभांति कि सदियों से तुम्हारे साधु-संन्यासी हिमालय जाते रहे। किसलिए? हिमालय पर शान्ति है, सन्नाटा है, शीतलता है। उस शीतलता और सन्नाटे की तलाश में हिमालय जाते रहे। मगर आज विज्ञान ने यह उपाय कर दिया है कि तुम्हारे घर में ही साउंडप्रूफ़ वातानुकूलित कक्ष हो सकता है। हर घर में होना चाहिए। उसको ही मन्दिर बनाना चाहिए। हिमालय, इतनी दूर जाने की क्या ज़रूरत, जब हिमालय घर में लाया जा सकता है। और कितने लोग हिमालय जाएंगे? समझो कि सभी लोग चल पड़ें...।

पश्चिम के बहुत बड़े विचारक इमेनुअल कांट ने कहा है : 'उस

नियम को ही नीति मानो, जिसको सब लोग पूरा करें तो पूरी हो सके। उस नीति को नियम मत मान लेना, जिसको कुछ लोग पूरा करते हों और काम चल जाता हो। जब तक सब लोग उसे पूरा न कर सकें, तब तक वह नीति नहीं है, नियम नहीं है, अपवाद है।' यह उसकी कसौटी थी नीति को कसने की और मैं मानता हूं कि उसकी कसौटी उपयोगी है। जैसे उसने ब्रह्मचर्य को नैतिक नहीं माना, मैं भी नहीं मानता। कारण? क्योंकि इमेनुअल कांट कहता है : 'अगर सारे लोग ब्रह्मचर्य धारण कर लें तो उसका परिणाम पृथ्वी पर आत्मघात होगा। आत्मघात, पूरी मनुष्य-जाति का, यह नैतिक नहीं हो सकता।'

तो ब्रह्मचर्य में कहीं अनीति है। हां, कुछ लोग करते हों तो पता नहीं चलता; क्योंकि कुछ लोगों से कुछ फ़र्क़ नहीं पड़ता। ख़ुद इमेनुअल कांट ने विवाह नहीं किया। मैंने नहीं किया। लेकिन इसको मैं नैतिक नियम नहीं बना सकता। यह मेरी मौज़, यह मेरी मर्ज़ी। मैं अपवाद होकर जीना चाहता हूं। यह मेरी शैली। मगर मैं यह नहीं कह सकता कि इसको मैं सबके ऊपर थोप दूं और प्रत्येक व्यक्ति से कहूं कि ब्रह्मचारी हो जाओ। हालांकि मनुष्य का अहंकार ऐसा है कि जो वह करता है, वह चाहता है सब पर थोप दे। और इन्हीं अहंकारियों की वजह से बहुत सी मूर्खतापूर्ण बातें तुम्हारे ऊपर थोप दी गई हैं। जो वे करते हैं वही तुमसे करवाएंगे।

इमेनुअल कांट से मैं राजी हूं। इसका अर्थ यह हुआ कि संन्यास की जो पुरानी धारणा है, वह नैतिक नहीं है। क्योंकि अगर सारे लोग संन्यासी हो जाएं तो क्या परिणाम होगा? भीख कौन देगा इन्हें, भोजन कौन देगा, कपड़े कौन देगा? ये जिएंगे कैसे? कुछ लोग संन्यासी हो जाते हैं तो करोड़ों लोगों के बीच कुछ पता नहीं चलता। ठीक है चल जाता है।

उसी बात को नैतिक कहा जा सकता है जिसको सब लोग मानें और तो भी जीवन को हानि न हो।

महात्मा गांधी की विचारधारा बिल्कुल अनैतिक है, क्योंकि अगर सारे लोग उनकी बात को मानकर जीएं तो हिन्दुस्तान की आबादी पुनः दो करोड़ रह जाएगी; अस्सी करोड़ आदमियों को मरना पड़ेगा। हालांकि

वे कहते हैं कि अहिंसक हैं, लेकिन अस्सी करोड़ लोगों की हिंसा का जुम्मा उनको उठाना पड़ेगा। और इतनी बड़ी हिंसा दुनिया में किसी ने भी नहीं की—न अडोल्फ हिटलर ने, न जोसेफ स्टेलिन ने, न माओत्से तुंग ने, न चंगेजख़ान ने, न तैमूरलंग ने, न नादिरशाह ने। सच तो यह है कि जितने दुनिया में हिंसक हुए हैं आज तक—तैमूर से लेकर माओत्से तुंग तक—सबने भी मिलकर जितनी हत्या की है, वह भी इतनी बड़ी हत्या नहीं है जितनी बड़ी हत्या महात्मा गांधी के सिर पर लगेगी। अगर महात्मा गांधी की बात मानकर तुम चलते हो समग्ररूपेण, तो दो करोड़ आदमी भारत में ज़िन्दा रहते हैं, वे भी न्यूनतम ढंग से ज़िन्दा रहेंगे। बस किसी तरह ज़िन्दा रहेंगे। अस्सी करोड़ आदमियों को मरना होगा। मर ही रहे हैं, ऐसे ही मर रहे हैं। क्या ख़ाक जी रहे हैं? सड़ रहे हैं, सरक रहे हैं, घिसट रहे हैं। मगर फिर भी हमारी मूढ़ता है कि हम अपनी दलीलों को दोहराए चले जाते हैं। और हम ऐसे उपाय खोजते हैं, जिनकी मूढ़ता बिल्कुल स्पष्ट होती है, मगर फिर भी अन्धी आंखें देख नहीं पातीं।

एक मरीज़ डॉक्टर के पास गया। डॉक्टर ने पूछा : 'आपको रोग क्या है?'

मरीज़ ने कहा : 'सवेरे उठने के बाद एक घंटे तक सिर चकराता रहता है।'

डॉक्टर ने कहा : 'उसमें क्या है! अरे एक घंटे बाद उठा करो।'

क्या सरल तरकीब बताई! क्या सीधा नुस्खा बता दिया! मगर मूर्खता देखते हो? वह एक घंटे बाद उठेगा तो फिर चकराएगा। उसका उठने के बाद चकराता है, इससे एक घंटे बाद उठे कि दो घंटे बाद, क्या फ़र्क़ पड़ता है?

पश्चिम क्षुब्ध है निश्चित, लेकिन क्षुब्ध होने का कारण विज्ञान नहीं है; क्षुब्ध होने का कारण धर्म का अभाव है। तुम भी क्षुब्ध हो और तुम्हारे क्षुब्ध होने का कारण विज्ञान का अभाव है।

मैं एक ऐसी मनुष्यता चाहता हूं, जहां धर्म और विज्ञान संयुक्त हो जाएं। विज्ञान बाहर का धर्म है; धर्म भीतर का विज्ञान है। इन दोनों में कोई विरोध बनाए रखने की ज़रूरत नहीं है। और महात्मा गांधी की

विचारधारा इनमें विरोध खड़ा करती है। महात्मा गांधी बातें तो समन्वय की करते हैं, लेकिन समन्वय को समझते भी हैं या नहीं यह सन्दिग्ध है। समन्वय का एक ही अर्थ हो सकता है कि जो-जो हमें बातें विरोधी दिखाई पड़ती हैं उनके भीतर हम कोई सेतु खोजें। मनुष्य के शरीर और आत्मा के बीच सेतु, पृथ्वी और आकाश के बीच सेतु, पश्चिम और पूरब के बीच सेतु। अल्लाह ईश्वर तेरे नाम, इसमें कुछ सेतु नहीं है। क्योंकि ये अल्लाह को माननेवाले वैसे ही मूढ़ हैं जैसे ये ईश्वर को माननेवाले मूढ़ हैं। इन दोनों मूढ़ताओं में कोई सेतु मिलाने की ज़रूरत नहीं है। ये तो मिले ही हुए हैं। इसमें कुछ ख़ास मामला नहीं है। ये एक तरह के मूढ़ हैं, वे एक तरह के मूढ़ हैं। एक-दूसरे की तरफ़ पीठ किए खड़े हैं माना, मगर हैं दोनों परम बुद्धू।

विज्ञान और धर्म के बीच असली समन्वय सिद्ध होना है। और उसी दिन पृथ्वी पर मनुष्य अपनी समग्र गरिमा में, गौरव में, महिमा में, सौन्दर्य में प्रकट होगा।

लेकिन चिमनभाई देसाई कहते हैं कि पश्चिम सामूहिक विक्षिप्तता के कगार पर खड़ा है। निश्चित खड़ा है। और तुम कहां खड़े हो? तुम सामूहिक आत्महत्या के कगार पर...तुम भी खड़े हो। और अगर इन दोनों में से ही चुनना हो तो भी मैं कहूंगा पश्चिम को चुनो। अगर इन दो ही में से चुनना हो, अगर यही विकल्प हो, तो मैं कहूंगा कि सारी समृद्धि का उपभोग करते हुए पागल होना बेहतर है—बजाय भूखे मरकर, सड़ते हुए, भीख मांगते हुए, रोते गिड़गिड़ाते हुए जीने के। यह कोई जीना है?

मुल्ला नसरुद्दीन का बाप जब मर रहा था तो उसने अपने बेटे को पास बुलाया और कहा कि नसरुद्दीन, मुझे तुझे एक सीख देनी है। आख़िरी सीख है, बेटा, भूलना मत। जीवन-भर के अनुभव का मेरा निचोड़ है, तुझे कहे जाता हूं कि धन से सुख नहीं ख़रीदा जा सकता।

मुल्ला नसरुद्दीन ने कहा कि पिताजी, आप कहते हैं तो मानता हूं आपकी बात कि धन से सुख नहीं ख़रीदा जा सकता। लेकिन एक बात मैं भी निवेदन कर देना चाहता हूं—क्योंकि फिर मिलना हो कि न हो—कि धन से कम-से-कम अपना मन-पसन्द दुख तो ख़रीदा जा सकता है!

ज़रा सोचो ग़ौर से। मुल्ला ने बात पते की कही। मनपसन्द दुख। माना कि धन से सुख नहीं ख़रीदा जा सकता, सो कोई निर्धन होने से भी नहीं ख़रीदा जा सकता। इसलिए वह बात छोड़ो; उसका कोई मतलब न रहा। मगर धन से मनपसन्द दुख ख़रीदा जा सकता है। यह भी क्या कम है? झोंपड़े में भी दुखी रहोगे, महल में भी दुखी रहोगे—तो फिर महल में ही दुखी क्यों न रहो! कम-से-कम महल में रहने का तो मज़ा ले ही लो; दुःख तो भोगना ही है, झोंपड़े में भोगा कि महल में भोगा। रेगिस्तान में भी दुखी रहोगे और बग़ीचे में भी, तो बग़ीचे में ही दुखी रहना बेहतर है, कम-से-कम कोयल तो पुकारेगी कभी, पपीहा तो पी-पी करेगा, फूल तो खिलेंगे! भूले-चूके कभी कोई गन्ध भी उड़ती आ जाएगी! कभी मोर तो नाचेगा! माना कि दुखी रहोगे, मगर रेगिस्तान में दुखी रहने की बजाय बग़ीचे में दुखी रहना बेहतर है।

मैं तुमसे कहता हूं कि अगर पूरब और पश्चिम ही विकल्प हों, अगर इनके बीच कोई समन्वय बन ही न सकता हो, तो पश्चिम को चुनना, पूरब को नहीं। लेकिन समन्वय बन सकता है, इसलिए चुनाव का कोई सवाल नहीं है। वही मैं कोशिश कर रहा हूं। इसलिए मुझसे पूरब भी नाराज़ होगा और पश्चिम भी नाराज़ होगा। मैं जिस काम में लगा हूं उसमें लाखों-करोड़ों लोग मुझसे नाराज़ होनेवाले हैं। और मज़ा यह कि उनके लिए ही मैं काम में लगा हूं। मगर यही इस काम का मज़ा है। मज़ा ही कहना चाहिए। यही इस काम की रौनक है। यही इस काम का चमत्कार है कि तुम जिनके लिए करोगे वही तुम्हें गालियां देंगे। पूरब गाली देगा कि मैं पूरब को बर्बाद कर रहा हूं, क्योंकि में पूरब की संस्कृति को डुबाए दे रहा हूं, धर्म को डुबाए दे रहा हूं; क्योंकि पूरब का धर्म और संस्कृति तो ग़रीबी में ही रह सकती है। ग़रीबी गई कि सब गड़बड़ हुआ। यह तो ज़बर्दस्ती ग़रीबी में थोपी गई संस्कृति है। इसलिए तुम देखते हो, जो अमीर होता है वह तुम्हारी संस्कृति को औपचारिक रूप से ही मानता है सिर्फ़, नहीं तो पेरिस में जाकर मज़े करता है।

मैंने सुना, स्वर्ग में एक दिन जीसस के पिता जोसेफ और उनकी मां मैरी, दोनों बैठे गपशप कर रहे थे। काम भी स्वर्ग में क्या है—गपशप

करो, और क्या करोगे! मैरी ने कहा : 'जोसेफ, कभी-कभी मेरा मन होता है कि अब दो हज़ार साल हो गए, एक दफ़ा देख तो आऊं अपने बेटे को माननेवाले लोगों की सुनते हैं करोड़ों संख्या हो गई। तब तो उन दुष्टों ने सूली दे दी थी, अब बड़ी पूजा करते हैं—चर्च-मन्दिर बनाए हैं; करोड़ों पादरी-पुरोहित हैं। बड़ा मन में ख़याल आता है एक दफ़ा जाकर देख तो आऊं।

जोसेफ ने कहा : 'ज़रूर चली जाओ, मुझे भी ख़बर मिल जाएगी। जाओ, ज़रूर जाओ, मगर रोज़ शाम को मुझे फ़ोन से ख़बर कर देना कि क्या हालत है, कैसा चल रहा है।'

तो मैरी पृथ्वी पर आई। रोज़ शाम को ख़बर करती थी। जेरुसलम गई पहले तो—पुरानी परिचित जगह। शाम को ख़बर की कि सब ठीक चल रहा है; चर्चों में प्रार्थनाएं हो रही हैं; साधु हैं, साध्वियां हैं, आश्रम हैं। एक मोनेस्ट्री भी जाकर आई हूं। जीसस के विचार ख़ूब फैले हैं। फिर रोम गई, बेटिकन गई। जगह-जगह से फ़ोन करती रही। मगर फ़ोन का लहज़ा रोज़-रोज़ बदलता गया। जोसफ़ रोज़ पूछे कि अब तू आती कब है? तो कहती कि आऊंगी, जल्दी क्या है? आख़िर वहां काम भी क्या है? फिर पांच-सात दिन तक फ़ोन आया ही नहीं। जोसेफ हैरान, परेशान। सेंट पीटर को कहा कि भई पता लगाओ, खोजबीन करो कि हुआ क्या, गई कहां? सातवें दिन फ़ोन आया, तो हमेशा, कहती थी : 'हे परमपूज्य पतिदेव, हे मेरे परमात्मा, हे प्यारे!' आज फ़ोन आया तो हालांकि फ़ोन बड़ी दूर से आ रहा है, मगर शराब की गन्ध साफ़ मालूम हो रही है, डटकर पी गई है। और बोली : 'प्यारे जो-जो!'

जोसेफ तो बहुत हैरान हुए कि 'जो-जो'! इसने तो कभी इस तरह के शब्द उपयोग किए नहीं। हमेशा कहती थी—परमपूज्य पतिदेव; आज कह रही है—'जो-जो'! कहा कि सात दिन से ख़बर नहीं की?

मैरी बोली : 'जो-जो, ख़बर करने की फ़ुरसत ही नहीं मिली। पेरिस में हूं। क्या मज़ा आ रहा है, क्या गुलछर्रे हैं! मैं तो कहती हूं तुम भी आ जाओ। अब कब तक वहां बैठे-बैठे बूढ़े होते रहेंगे? मेरी मानो, तुम भी आ जाओ। कुछ दिन मज़ा कर लो।'

जोसेफ को शराब की गन्ध भी आ रही है, बातचीत के ढंग में भी शराब का नशा मालूम हो रहा है। पूछा कि मैरी, तुझे हो क्या गया है? मैरी ने कहा : 'मैरी नाम यहां मैरी नहीं है, मिम्मी। यह पेरिस है। और मैं तुमसे कहे देती हूं कि मेरा आने का अब कोई इरादा नहीं है। देख लिया तुम्हारा स्वर्ग।

आदमी ने स्वर्ग को बनाने का क़रीब-क़रीब पूरा इन्तज़ाम कर लिया है। बस कमी रह गई है तो एक, कि बाहर तो स्वर्ग बनाने का पूरा इन्तज़ाम हो गया है पश्चिम में, लेकिन भीतर एक अर्थहीनता का बोध है, एक रिक्तता है। वह रिक्तता ध्यान से भर जाएगी। बस ध्यान की ज़रूरत है विज्ञान के साथ जोड़ देने की। और जो कभी नहीं घटा पृथ्वी पर, वह घट जाएगा। फिर स्वर्ग को आकाश में रखने की ज़रूरत नहीं है, फिर पृथ्वी पर हम स्वर्ग बसा सकते हैं। असल में आकाश पर रखते ही उसको इसलिए थे कि पृथ्वी पर बसाने में असमर्थ थे।

पश्चिम समर्थ है स्वर्ग को बसाने में। और पूरब के पास ध्यान का विज्ञान है। दोनों का लेन-देन हो सकता है। इस सौदे में किसी का नुक़सान नहीं होगा, दोनों लाभ-ही-लाभ में रहेंगे।

तुम कहते हो : 'तब क्यों आप उसका अन्धसमर्थन करते हैं?'

यह अन्धसमर्थन है या तुम्हारा अन्धविरोध है? मैं तो जो देख रहा हूं, जैसे देख रहा हूं, उसका समर्थन कर रहा हूं। लेकिन तुम नहीं देख रहे हो। तुम तो अपनी धारणाओं को सिद्ध करने में लगे हुए हो। तुम्हारी कितनी समझ है पश्चिम के सम्बन्ध में? मेरे पास पश्चिम के इतने लोग हैं और उनमें मैं जो ख़ूबी देखता हूं वह पूरब के आदमी में नहीं है। उनमें एक ख़ूबी है कि वे जिस काम में लगते हैं उसे परिपूर्ण निष्ठा से करते हैं। और परिपूर्ण शिल्प, कुशलता, विज्ञान, बुद्धि का पूरा उपयोग करते हैं। पूरब का आदमी उनके सामने बिल्कुल आलसी और काहिल और सुस्त मालूम होता है। बिल्कुल निकम्मा!

मुझसे यहां लोग आकर पूछते हैं कि 'आपने सारे कामों में पश्चिम के लोगों को क्यों आगे रखा है!' करो क्या?

तुम जानकर हैरान होओगे कि ऐसे काम भी, जो कि पश्चिम का आदमी कर ही नहीं सकता, वह भी वही कर रहा है। जैसे हिन्दी पुस्तकों के लिए कवर-डिज़ाइन बनाने का काम। अंग्रेज़ी की पुस्तकों का कवर डिजाइन तो ठीक है। अंग्रेज़ कर लेते हैं, पश्चिम से आए हुए लोग कर लेते हैं। लेकिन हिन्दी पुस्तकों का कवर तो हिन्दी में बनाना है; वह भी जितनी सुन्दरता से पश्चिम का आदमी करता है, पूरब का नहीं कर पाता। पूरब के लोगों को उसमें से भी हटा देना पड़ा। हिन्दी में लिख रहा है अब वह। लेकिन अभी तुमने जो नई किताबें देखीं वे सब पाश्चात्य लोगों की हिन्दी है। वह सब लिपि उनकी है। मगर उसकी एक पकड़ है, एक वैज्ञानिक सूझबूझ है।

और मेरे देखने में दूसरी बात समझने में आ रही है : इसी सूझबूझ को ज़रा भीतर की तरफ़ मोड़ देना है कि यही सूझबूझ उसके लिए ध्यान बन जाती है। और पूरब का आदमी इतना टूट गया है और हर चीज़ को माया कह-कहकर, त्याग कर-करके उसने अपने हाथ-पैर तोड़ लिये हैं। कुछ करते नहीं बनता अब। और कुछ करते नहीं बनता, उसको वह कहता है भाव-भजन। न भाव-भजन करते बनता है अब। कुछ भी करते नहीं बनता। एकदम काहिल और सुस्त। हां, उसको चरखा पकड़ा दो तो चलाता रहेगा। अब चरखा चलाने में भी कोई खूबी की बात है? जमानों से बूढ़ियां यही काम करती रही हैं। जब उनसे कोई काम नहीं होता, तो गांव में लोग बुढ़ियों को चरखा पकड़ा देते हैं। वही हालत भारत की है। कुछ इनसे बनता नहीं तो अब इनको चरखा पकड़ा दो।

कोई चरखा गांधी जी की ईजाद है, तुम समझते हो? यह तो सदा की ईजाद है। बूढ़ियां करती ही रही हैं यह। सदियों से बच्चों को चांद पर हम बताते रहे हैं कि बुढ़िया चरखा कात रही है। मगर क्यों बुढ़िया? बुढ़िया ही चरखा कातती रही। अब जिससे कुछ नहीं बनता था, वह चरखा कातती थी। जिनसे अभी कुछ बन सकता है, इनसे भी चरखा कतवाओगे? और चरखा कातकर क्या मिल जानेवाला है इनको?

और गांधी के ढंग एकदम बेहूदे हैं। जो काम सरलता से हो सके,

उसको बेहूदे ढंग से करने में इस देश में प्रशंसा मिलती है। अब जैसे मच्छरदानी कोई बहुत बड़ी वैज्ञानिक चीज़ नहीं है मगर गांधी मच्छरदांनी न बांधेंगे। क्या करेंगे मच्छरदानी की जगह—घासलेट का तेल मुंह पर लगाकर सोएंगे! बुद्धि भी गंवाते हैं, तो भी आदमी थोड़ा हिसाब रखता है। मगर इसकी प्रशंसा होती है! गांधी के ऊपर किताबें लिखी गई हैं, जिनमें इस बात की प्रशंसा है कि देखो त्याग, मच्छरदानी नहीं बांधते, मुंह पर घासलेट का तेल लगाते हैं! अब घासलेट का तेल बहुत मुश्किल से मिलता है। और मच्छरदानी में क्या अड़चन है? मच्छरदानी कोई ऐसी बड़ी भारी वैभव की चीज़ भी नहीं है। मगर मुंह पर मिट्टी का तेल लगाओगे, मुंह ख़राब करोगे। चमड़ी ख़राब करोगे। और मिट्टी के तेल को लगाकर स्वभावतः मच्छर पास नहीं आएंगे। अरे मच्छर तक पास नहीं आते! और महात्मागण मिट्टी का तेल लगाकर बैठे हुए हैं।

ज़रा इन बेहूदगियों को तो देखो। मगर तुम एक आदत पकड़कर बैठे हो कि जिनको महात्मा कह दिया वह बेहूदगी कैसे कर सकता है! इसलिए अगर मैं तुम्हारे महात्मा को बेहूदा कह दूं तो बस मैं तुम्हारा दुश्मन, कि हमारे महात्मा को बेहूदा कह दिया! अब मैं क्या करूं? बेहूदगी तुम्हारे महात्मा करें, इसमें मैं क्या करूं?

एक बेटा मां से बोला : 'मां, एक चवन्नी दे दो।'

मां ने कहा : 'क्यों?'

बेटे ने कहा : 'स्कूल मैं लेट गया था, इसलिए अध्यापक ने चवन्नी दंड लगाया है।'

मां ने कहा कि सुन, तू भी अपने बाप की तर्ज पर जा रहा है। जहां गए वहीं लेट गए। तो लेटने की ज़रूरत क्या थी?

दिमाग़ में एक कचरा भरा हुआ है, उसके बिना सुन ही नहीं सकते। उसी धारणा से सुनते हैं। वह कह रहा है कि मैं स्कूल लेट गया था, इसलिए अध्यापक ने चवन्नी दंड लगाया है। मां ने फ़ौरन समझ लिया कि अच्छा तो तुम भी लेटने लगे इधर-उधर! तेरा बाप भी यही कर रहा है।

स्कूल से प्रोग्रेस रिपोर्ट आई फजलू की, नसरुद्दीन के बेटे की। लिखा था अध्यापिका ने : 'वैसे तो आपका बेटा फजलू काफ़ी मेधावी है, बस एक ही दोष है उसमें—वह यह कि वह अपना ज़्यादातर समय स्कूल की लड़कियों का पीछा करने तथा उनसे छेड़छाड़ करने में बिताता है। मैं उसकी यह आदत छुड़ाने की कोई तरकीब सोच रही हूं।' स्कूल की अध्यापिका ने स्कूल की प्रोग्रेस की रिपोर्ट में लिखा था। यह रिपोर्ट जब गुलजान को मिली तो उसने उसे पढ़कर लिखा कि आपकी भेजी गई प्रोग्रेस-रिपोर्ट मिली, आशा है कि निकट भविष्य में आप मेरे बच्चे की आदत छुड़ाने में अवश्य सफल हो जाएंगी। और फिर नीचे पुनश्च करके लिखा : 'यदि आप वह तरकीब खोजने में सफल हो जाएं तो कृपया मुझे भी बताने की कृपा करें ताकि मैं उसे फजलू के पिता मुल्ला नसरुद्दीन पर आजमा सकूं।'

अपनी-अपनी धारणाएं। उन्हीं धारणाओं से हम चीज़ों को देखते हैं, सोचते हैं। और उन्हीं धारणाओं के चक्कर में हम घूमते रहते हैं। ग़रीब हो, बजाय ग़रीबी मिटाने के तुम इस कोशिश में लगे रहते हो कि ग़रीबी के लिए किसी तरह समर्थन मिल जाए। अब पश्चिम में अगर लोग पागल हो जाते हैं या आत्महत्या कर लें, तुम्हारा दिल प्रसन्न हो जाता है कि अहा धन्यभागी हैं हम! क्या हमारी ग़रीबी! न आत्महत्या की ज़रूरत, न पागल होने की ज़रूरत।

लेकिन ख़याल रखना, पागल होने के लिए भी थोड़ी प्रतिभा चाहिए। तुमने कभी किसी बुद्धू को पागल होते देखा? किसी जड़बुद्धि को तुमने पागल होते देखा? तो किसी को पागल होते देखकर जड़बुद्धि भी प्रसन्न होता होगा कि अहा, हम ही धन्यभागी हैं! ज़रूर पिछले जन्म में कुछ पुण्य-कर्म किए होंगे, तभी तो परमात्मा ने जड़बुद्धि बनाया है! नहीं तो देखो क्या हालत हो रही है!

तुम यह जानते हो कि दुनिया में जो भी श्रेष्ठतम प्रतिभा के लोग हुए हैं, उनमें से बहुतों को पागल होना पड़ा है? क्यों? प्रतिभा में ख़तरा है, क्योंकि जब तुम प्रतिभा के शिखर छूते हो तो गिरने का डर है। फ्रेड्रिक नीत्शे पागल होकर मरा। लेकिन चिमनभाई देसाई पोरबन्दरवाले, अगर

मुझे चुनाव करना हो कि चिमनभाई देसाई होना कि फ्रेड्रिक नीत्शे, मैं फ्रेड्रिक नीत्शे होना पसन्द करूंगा। मुझे अगर चुनाव करना हो कि महात्मा गांधी होना है कि फ्रेड्रिक नीत्शे, मैं फ्रेड्रिक नीत्शे होना पसन्द करूंगा। पागल होकर मर जाना बेहतर है, मगर मुंह पर मिट्टी का तेल थोपने को मैं राजी नहीं। यह पागल होने से भी बदतर बात हो गई। आख़िर फ्रेड्रिक नीत्शे अपनी प्रतिभा की ऊंचाइयों के कारण पागल हुआ। बच सकता था पागल होने से। काश उसको ध्यान की कला मिल जाती तो वह बुद्धत्व को उपलब्ध होता!

फ्रेड्रिक नीत्शे में वही क्षमता थी जो बुद्ध में थी। मैंने दोनों को बहुत बारीक़ी से छाना-बीना है। उसमें वही सूझबूझ है। उसमें वही अन्तर्दृष्टि है, वही पैनापन, वही निखार, वही तेज़ है—जो बुद्ध में है। थोड़ी ज़्यादा ही, कम नहीं। बस चूक हो गई तो एक कि उसे भीतर जाने का कोई उपाय न मिला। और प्रतिभा इतनी थी कि बाहर से राजी न हुई। जल्दी ही उसे बाहर जो था वह सब व्यर्थ दिखाई पड़ने लगा और भीतर जाने का मार्ग मालूम नहीं। इस दुविधा में पागल हुआ। मगर यह पागल होना सौभाग्यपूर्ण है। फ्रेड्रिक नीत्शे दूसरे जन्म में बुद्ध होगा ही। मगर महात्मा गांधी को बहुत जन्म लग जाएंगे। शायद चौरासी कोटि योनियों में भटकें तो भी अगर बुद्ध हो जाएं तो चमत्कार। क्योंकि वे चरखा अगर कातते ही रहे, कातते ही रहे, कातते ही रहे, तो क्या करोगे? चरखा ही कातते रहे तो बस चरखा ही हो जाएंगे।

विंसेंट वानगॉग ने आत्महत्या की—पश्चिम के बहुत बड़े चित्रकार ने। इन दो सौ वर्षों में पश्चिम में उसके मुक़ाबले में कोई चित्रकार नहीं हुआ। और आत्महत्या क्यों की? क्योंकि बाहर का जो भी चित्रण करना था, चित्रण हो चुका। एक चित्र को बनाने में, अन्तिम चित्र को बनाने में एक वर्ष लगाया—सूर्योदय के चित्र को बनाने में। वह उसकी जीवन-भर की आकांक्षा थी कि एक ऐसा सूर्योदय बना जाऊं, जैसा कभी किसी ने न बनाया हो। और जब वह पूरा हो गया तो उसने गोली मार ली। सूर्योदय बनाने में पागल भी हुआ, एक साल पागल रहा, क्योंकि चौबीस घंटे सूर्य की सारी कलाओं का अध्ययन करता रहा। अब सूर्य को खुली

आंख से देखोगे और आरलीज में जहां वह सूर्य का अध्ययन कर रहा था, फ्रांस में जहां सूरज सबसे ज़्यादा तेज़ी से चमकता है, चौबीस घंटे सूरज को देखते-देखते उसका सिर भन्नाने लगा। मगर चित्र बना गया। जिस दिन चित्र बन गया, उस दिन उसने गोली मार ली। पत्र लिखा अपने भाई को, कि मेरा काम पूरा हो गया, अब तो कुछ और चित्र बनाने को बचा नहीं। काश, इस आदमी को ध्यान का पता होता तो एक नई दुनिया मिल जाती चित्र बनाने की, जिसका कभी अन्त नहीं होता है?

बाहर की दुनिया की सीमा है, भीतर की दुनिया की कोई सीमा नहीं है। लेकिन अगर मुझे चुनाव करना हो चरखा कातने में और विंसेंट वानगॉग के चित्र बनाने में तो मैं विंसेंट वानगॉग होना पसन्द करूंगा; फिर चाहे एक साल पागल हो जाऊं और फिर चाहे आत्महत्या क्यों न करनी पड़े। इस आत्महत्या में भी गौरव है। इस पागलपन में भी प्रतिभा की घोषणा है।

पश्चिम को एकदम से कुछ कहने की कोशिश न करो। समझने की कोशिश करो। अपनी दीनता को छिपाने की कोशिश न करो। उसमें बड़ी गहरी चालबाजी है।

मुल्ला नसरुद्दीन चन्दूलाल से पूछ रहा था कि भैया चन्दूलाल, तुम्हारी साइकिल की दुकान तो ख़ूब चल गई यार! पंक्चर सुधारने से दम मारने की फ़ुर्सत ही नहीं रहती तुम्हें! जब देखो तब लगे काम में! जब देखो तब लगे काम! आधी-आधी रात तक पंक्चर सुधारते रहते हो!

चन्दूलाल बोला : 'हां भाईजान, इसका भी एक राज़ है। मेरा लड़का घूम-घूमकर साइकिलें पंक्चर करता रहता है। मैं उसे प्रति पंक्चर दस पैसे देता हूं और प्रति पंक्चर ठीक करने के पच्चीस पैसे लेता हूं। नकद सौदा है वह भी कमा रहा है दिन-भर घूम-घूमकर। स्कूल वग़ैरह अब नहीं जाता। अब तो साइकिलें पंक्चर करना उसका काम है। वह साइकिलें पंक्चर करता है, मैं साइकिलें जोड़ता हूं। जितनी साइकिलें पंक्चर करके भेज देता है, दस पैसे के हिसाब से ले लेता है और पच्चीस पैसे के हिसाब से जोड़ ले लेता हूं। दोनों मज़े में हैं। बेटा भी कमा रहा है, मैं भी कमा रहा हूं। यह बाप-बेटे की साझेदारी चल रही है।'

तुम्हारे पंडित-पुरोहित नहीं चाहते कि तुम समृद्ध हो जाओ। तुम्हारे धर्मगुरु नहीं चाहते कि तुम समृद्ध हो जाओ। तुम्हारे जितने न्यस्त स्वार्थ तुम्हारे ऊपर हावी हैं, कोई भी नहीं चाहता कि तुम समृद्ध हो जाओ। तुम्हारे राजनैतिक नेता नहीं चाहते कि तुममे किसी तरह की बुद्धि, प्रतिभा, क्षमता, गरिमा, व्यक्तित्व का बोध पैदा हो जाए। क्योंकि तुम्हरे भीतर अगर व्यक्तित्व का बोध पैदा हो जाए, तुममें अगर थोड़ा प्रतिभा में निखार आ जाए, तुम अगर चक्रम होने से बच जाओ, अगर चरखा वग़ैरह कातना छोड़कर तुम थोड़ा बुद्धि को निखार लो, या तुम थोड़ी ध्यान पर धार धर लो, तो तुम इन बुद्धुओं को नेता मानोगे? मोरारजी देसाई को एक मत भी इस देश में मिल सकता है अगर लोगों में थोड़ी भी प्रतिभा हो? लेकिन लोगों में प्रतिभा नहीं है तो फिर तुम चाहो, गांव में खेत में जो धोखे का आदमी खड़ा कर देते हैं, डंडा लगाकर, हंडी लटकाकर सिर पर और कुर्ता पहना दिया पुराना एक, खादी का हो तो फिर कहना ही क्या और गांधी टोपी भी लगा दो हंडी के ऊपर और चूड़ीदार पाजामा भी पहना दो—उसको भी वोट मिल जाएंगे, वह भी चुनाव जीत जाएगा कि क्या शुद्ध खादीधारी है! बगल में एक चरखा रख दो, हाथ में झंडा पकड़ा दो। क्या कमी रह गई? और चाहिए क्या? और है ही क्या मोरारजी देसाई में, सिवाय इसके? किसी खेत में खड़े करने लायक हैं कि पशु-पक्षियों को भगाते रहें। मैं समझता हूं, पशु-पक्षी भी शायद ही भागेंगे—अरे ये मोरारजी, खड़ा रहने दो! यह क्या पशु-पक्षी भगाएगा! मुंह पर मक्खियां बैठी हैं, उनको तो भगा लो! पशु-पक्षी भगाओगे?

तुम्हारे राजनेता इससे प्रसन्न हैं कि तुम जैसे हो ऐसे ही रहो। और जहां-जहां भी तुम्हारे राजनेताओं ने भूल कर ली है तुम्हें बदलने की, वहीं उनको बड़ी तकलीफ़ झेलनी पड़ी है। अभी ईरान के शहंशाह की मृत्यु हुई। उस आदमी का एक ही क़सूर था कि उसने ईरान को सुशिक्षित करने की, समृद्ध करने की, एक विश्व-शक्ति बनाने की चेष्टा की। उसने अपने इस दुष्कर्म का फल पाया।

इथोपिया के सम्राट हेलसियासी को उन्नीस सौ तीस में वैज्ञानिकों का एक दल कहा कि अगर इथोपिया के लोगों को शुद्ध जल पीने मिलने

लगे तो इनकी बीमारियां कम हो जाएंगी, इनकी उम्र बढ़ जाएगी। इथोपिया में लोग बहुत ही गन्दा जल पीते हैं। सड़क के किनारे जो गड्ढों में जल भर जाता है वर्षा का, वह भी पीते हैं। हेलसियासी हंसा और उसने कहा कि ये समझदारी की बातें तुम अपने पास रखो। मैं नहीं चाहता कि इथोपिया के लोग जैसे हैं इससे ज़रा भी बदलें, क्योंकि उनकी ज़रा-सी भी बदलाहट अन्ततः मुझ पर परिणाम लाएगी।

सियासी बड़ी ग़ज़ब की बात कह रहा था। था बुड्ढा बहुत होशियार! उसने कहा : 'मरने दो उनको मरना है तो। जल्दी मरते हैं तो कोई हर्जा नहीं। बीमार रहते हैं कोई हर्जा नहीं। मगर मैं किसी तरह की सामाजिक क्रान्ति अपने देश में नहीं चाहता हूं और न किसी तरह की वैज्ञानिक प्रविधि का उपयोग करना चाहता हूं।'

ईरान के शाह ने वही भूल की। सियासी के चरणों में बैठकर उसको कुछ पाठ लेने थे। जिन लोगों को इसने शिक्षित किया वे ही लोग इसकी जान के हत्यारे हो गए। आख़िर ईरान में जो अब बगावत हुई है, वह विद्यार्थियों के द्वारा हुई है। और यह जानकर तुम हैरान होओगे कि ईरान के शाह ने सारी दुनिया में ईरान से विद्यार्थी भेजे। अरबों रुपए इन पर ख़र्च किए शिक्षा के लिए, कि ये सुशिक्षित हो जाएं। मगर जैसे ही ये सुशिक्षित होते हैं, इनमें सींग निकलने शुरू हो जाते हैं क्योंकि सोच-विचार शुरू हो जाता है। सोच-विचार शुरू होता है तो सवाल उठता है कि लोकतन्त्र चाहिए, यह तानाशाही नहीं चलेगी!

यह बड़ी अजीब दुनिया है। इस दुनिया में राजनेता का हित यही है कि तुम ग़रीब रहो, अशिक्षित रहो, मूढ़ रहो। तुम जितने मूढ़ हो उतना ही उसका बल है।

ज़रा तुम अपने राजनेताओं की शक्लें तो देखो! एक से एक पहुंचे हुए पुरुष तुम्हारे राजनेता हैं, जिनको दो कौड़ी की समझ और प्रतिभा नहीं है। कोई मोरारजी देसाई अकेले ही नहीं; चरणसिंह कोई किसी से पीछे हैं, कि जगजीवन राम बाबू किसी से पीछे हैं! इन सबका आधार तुम्हारी मूढ़ता पर है। ये नहीं चाहते कि तुम समृद्ध होओ, विचारशील होओ। ख़तरा है। और तुम्हारे पंडित-पुरोहित, तुम्हारे महन्त, तुम्हारे सन्त,

तुम्हारे महात्मा, इन सबका तो एक ही आधार है कि संसार दुख है। ये कैसे संसार को सुख बनने दें? इनकी तो ज़मीन खिसक जाएगी। फिर ये कैसे लोगों को समझाएंगे कि आवागमन से छूटो? लोग कहेंगे कि महाराज, आप ही छूटो, हम तो बहुत मज़े में हैं! हमें आवागमन से छूटना ही क्यों? हम तो पुनः-पुनः आना चाहते हैं।

रवीन्द्रनाथ ने यही प्रार्थना की है कि हे मेरे प्रभु, तेरी दुनिया इतनी प्यारी है, तेरे फूल इतने सुन्दर, तेरी तितलियों के रंग ऐसे, तेरे इन्द्रधनुष, तेरा सूरज, तेरा चांद, तेरे तारे! मैं कैसे कहूं कि आवागमन से छुटकारा चाहता हूं? मेरी तो तेरे से एक ही प्रार्थना है कि मुझे बार-बार इस दुनिया में भेजते रहना। अनन्त बार मुझे इस दुनिया में भेजते रहना।

अब तुम्हारे साधु-महात्माओं का रवीन्द्रनाथ से कहां मेल होगा? कैसे मेल होगा? और मैं कहता हूं : रवीन्द्रनाथ महर्षि हैं और तुम्हारे साधु-सन्त गधे हैं। रवीन्द्रनाथ पते की बात कह रहे हैं। और यह दुनिया...अभी चांद-तारे ज़रूर सुन्दर हैं, क्योंकि तुम उनको बिगाड़ नहीं पाए। और इन्द्रधनुष भी अभी सुन्दर हैं, क्योंकि तुम क्या करोगे इन्द्रधनुषों पर? अभी इन्द्रधनुष हिन्दू नहीं, मुसलमान नहीं, ईसाई नहीं। अभी चांद-तारे चांद-तारे हैं; कोई जैन नहीं, कोई दिगम्बर नहीं, कोई श्वेताम्बर नहीं। लेकिन ज़मीन को तुमने बर्बाद कर दिया। अगर यह ज़मीन फिर प्राकृतिक हो जाए, अगर यह ज़मीन फिर स्वाभाविक हो जाए, अगर तुम्हारे महन्तों के बाड़े तोड़ दिए जाएं, अगर ये कारागृह मिटा दिए जाएं, अगर आदमी को विज्ञान के द्वारा बाहर की समृद्धि मिल जाए और—धर्म के द्वारा—धर्म! हिन्दू नहीं, मुसलमान नहीं, ईसाई नहीं, जैन नहीं, बौद्ध नहीं—सिर्फ़ धर्म! एस धम्मो सनन्तनो! धर्म का वह जो शाश्वत नैसर्गिक नियम है, जिससे व्यक्ति अपनी आत्मा में प्रवेश कर जाता है और स्वयं के केन्द्र पर थिर हो जाता है—काश, उसका तुम्हें अनुभव हो जाए तो क्या आवागमन से मुक्त होना है। क्यों होना है? किसलिए होना है?

मगर तब तुम्हारे पंडित-पुजारियों का क्या होगा? ये तो तुम्हारे दुख पर जी रहे हैं। इनका धन्धा ही ग़लत है। इनके धन्धे में ही ख़तरा है। इनके धन्धे में षड्यन्त्र है।

एक रात एक शराबख़ाने में बहुत देर तक कुछ लोग डटकर शराब पीए, पीते ही गए, पीते ही गए, बहुत गुलछर्रे किए, नाचे-कूदे, धुआंधार शराब पी। जब आधी रात विदा होने लगे, तो शराबघर के मालिक ने अपनी पत्नी से कहा कि अगर ऐसे ग्राहक रोज़-रोज़ आएं तो कुछ ही दिनों में अपनी अटारी खड़ी हो जाए। जो आदमी पैसे चुका रहा था, हंसने लगा। और उसने कहा कि रोज़-रोज़, अरे हम तो सुबह भी आएं, दोपहर भी आएं, शाम भी आएं। बस परमात्मा से यही प्रार्थना करो कि हमारा धन्धा ठीक से चलता रहे।

तो दुकानदार ने कहा कि ज़रूर प्रार्थना करेंगे कि परमात्मा तुम्हारा धन्धा ठीक से चलाता रहे। लेकिन जब वह आदमी दरवाज़े के बाहर निकल रहा था, तब दुकानदार ने कहा : 'लेकिन यह तो बता जाओ कि तुम्हारा धन्धा क्या है?'

उस आदमी ने कहा : 'यह तुम न पूछो तो अच्छा है। तुम तो प्रार्थना करना कि धन्धा ठीक चलता रहे।'

तब उसे और सन्देह हुआ। उसने कहा : 'फिर भी धन्धा कम-से-कम मुझे बता दो ताकि मैं प्रार्थना करूं तो मुझे भरोसा तो रहे कि मैं किस चीज़ के लिए प्रार्थना कर रहा हूं।'

तो उसने कहा : 'अब धन्धा तो मेरा ऐसा है कि क्या कहूं! मरघट पर लकड़ी बेचने का धन्धा है। लोग रोज़-रोज़ मरें तो मेरा धन्धा चलता है। जितने ज़्यादा मरें उतना मेरा धन्धा चलता है। इसलिए तुमसे कहता हूं धन्धा न पूछो। मेरा धन्धा चलता रहे, लोग रोज़-रोज़ मरते रहें। जितने ज़्यादा लोग मरें उतनी लकड़ी बिकती है। उतनी ही लकड़ी बिकती है। उतनी ही बचत होती है। उसी बचत की मज़े-मौज़ हम कर लेते हैं। अभी यह जो गांव में हैजा फैला है, उसके कारण ही तो आज यह मज़ा-मौज़ चला। अब यह हैजा चलता रहे, चलता ही रहे, तो क्या कहने, रोज़ गुलछर्रे उड़ेंगे!'

दुनिया में ऐसे धन्धे हैं जो तुम्हारे हैजे से चलते हैं, तुम्हारे मलेरिया से चलते हैं, तुम्हारे रोगों से चलते हैं। और इसी तरह के धन्धे पंडित-पुरोहित चला रहे हैं।

मेरा जो विरोध होता है, उसका कुल कारण इतना है कि अगर मैं सच हूं तो तुम्हारे सब पंडित-पुरोहित ग़लत हैं। यह संघर्ष बड़ा है। यह संघर्ष ऐसा कुछ नहीं है जैसा कि पुराने दिनों में था कि हिन्दू मुसलमानों के विरोध में हैं, ईसाई हिन्दुओं के विरोध में हैं, जैन बौद्धों के विरोध में हैं, बौद्ध सिक्खों के विरोध में हैं। यह कोई टुटपुंजिया संघर्ष नहीं है। मेरा संघर्ष ऐसा है कि अगर मैं सही हूं तो हिन्दू, मुसलमान, ईसाई, जैन, बौद्ध, सिक्ख, उन सबके धर्मगुरु और उन सबका धर्म का जो फैलाव है, वह सब ग़लत है। अगर मैं सही हूं तो तुम्हारे सब सन्त-महन्तों का जीवन-आधार ख़तरे में है। इसलिए मुझे वे ज़िन्दा रहने दें, यह आसान नहीं।

तुम जल्दी करो। अगर मुझे समझना हो तो जल्दी समझ लो। अगर मेरी बात पहचाननी हो तो देर-अबेर न करो, कल पर मत टालो, क्योंकि कल का कोई भरोसा नहीं है। ये सारे सन्त-महन्त और राजनीतिज्ञ मिलकर मुझे मिटाना ही चाहेंगे। यह बिल्कुल स्वाभाविक है। मैं समझ पाता हूं कि इसमें कुछ अस्वाभाविक नहीं है। और उसका सीधा तो कारण है कि मैं जो कह रहा हूं वह है इस पृथ्वी को स्वर्ग बनाने की कला। इसमें महात्मा गांधी राजी नहीं हो सकते। वे भी ऊपर के स्वर्ग की आशा लगाए बैठे हैं। उनको भी बैकुंठ जाना है।

मुझे बैकुंठ यहां लाना है! हो चुकी यह बकवास बहुत बैकुंठ जाने की। मरने के बाद की बातचीत सब धोखेधड़ी की बातचीत है। अभी हम जिन्दा हैं। अगर हम ज़िन्दा होने से स्वर्ग में नहीं हो सकते तो मरकर क्या ख़ाक हम स्वर्ग में होंगे?

मैं तुमसे कहता हूं : अभी तुम स्वर्ग में होना सीख लो। अगर मरने के बाद कोई स्वर्ग होगा तो तुम्हें कम-से-कम स्वर्ग में होने की थोड़ी शैली तो आ जाएगी।

ख़लील जिब्रान ने ठीक कहा है। राजी हूं मैं उससे। ख़लील जिब्रान ने कहा है कि मत रोक ये धर्मगुरु, मुझे शराब पीने से, क्योंकि तूने ही लिखा है, तूने ही कहा है कि स्वर्ग में शराब के चश्मे बहते हैं, झरने बहते हैं। थोड़ी मुझे पी लेने दे, ताकि पीने की आदत बनी रहे। नहीं

तो वहां कैसे एकदम पीऊंगा? थोड़ी-थोड़ी मुझे पीने दे, अभ्यास करने दे। मत रोक मुझे। थोड़ा डालने दे, ताकि जब मैं वहां जाऊं तो जी भरकर पीऊं। और यहां तो कुल्हड़ों में पी रहा हूं, यहां तो जामों में पी रहा हूं; वहां तो फिर नदियां बह रही हैं तो थोड़ा अभ्यास तो कर लेने दे। यह क्या तेरा फलसफा है। कि यहां पीओ तो हराम है। और वहां पीओ तो हलाल है! पीना वही है, पीनेवाले वही हैं, पिलानेवाला वही है। यहां पीओ तो हराम है, वहां पीओ तो हलाल है! यह कैसा बेबूझ फ़लसफ़ा है? यह कैसा जीवन-दर्शन है?

मैं अपने संन्यासियों को कहता हूं : यहां पीओ, यहां जीओ! जी भर कर जीओ, जी भरकर पीओ। एक क्षण भी ख़ाली न जाए, क्षण-क्षण के रस को आत्मसात कर लो, क्योंकि परमात्मा है—रसो वै सः! वह रस-रूप है। फिर उसे पीएंगे, अगर यहां पीने का अभ्यास रहा। तुम्हारे साधु-सन्त तो वहां भी नहीं पी सकेंगे। वे वहां भी अकड़े खड़े रहेंगे। वे कैसे पी सकते हैं? जिन्होंने कुल्हड़ों से न पी, वे झरनों से पीएंगे? जो कभी रिन्द न बने, वे क्या ख़ाक पीएंगे! और जब मैं शराब की बात करता हूं तो मैं परमात्मा की ही बात कर रहा हूं। जीवन का आनन्द बाहर भी है, भीतर भी है। दोनों तरफ़ पीओ, क्योंकि परमात्मा ही बाहर फैला है, परमात्मा ही भीतर है। ताकि तुम, आनेवाला अगर कोई जीवन हो...मैं नहीं कहता कि विश्वास करो; होगा तो देखेंगे, नहीं होगा तो हम यहां भी चूकें नहीं, हम कुछ उसके सहारे बैठे नहीं। मैं यहां आनन्द में हूं। कल अगर मरकर कुछ भी न हो, कोई स्वर्ग न हो, कोई परमात्मा न हो, तो भी मैंने कुछ गंवाया नहीं। मगर जो उस आशा में बैठे हैं : उनकी हालत बड़ी बुरी हो जाएगी, बड़ी खस्ता हो जाएगी।

और अगर कोई परमात्मा हो, कोई स्वर्ग हो, कोई बहिश्त हो, कोई जन्नत हो, कोई बैकुंठ हो, तो भी तुम ख़याल रखना कि मेरे संन्यासी कतार में आगे रहेंगे, क्योंकि उनको पीना आएगा, जीना आएगा। वे वहां भी नाचेंगे, वे वहां भी गुनगुनाएंगे। और तुम्हारे साधु-सन्त-महन्त वहां भी पीछे खड़े रहेंगे—उदास, मक्खियां उड़ाते हुए! क्योंकि उनकी हिम्मत ही नहीं पड़ेगी कि अब किस मुंह से पीएं, अब किस ढंग से जीएं, अब

क्या करें, क्या न करें!

अब तुम सोचो, स्वामी नारायण सम्प्रदाय के ये प्रमुख स्वामी—प्रमुख महाराज—अगर ये स्वर्ग चले जाएं और उर्वशी सामने आ जाए तो क्या करेंगे? एकदम घूंघट डालना पड़ेगा, इन्हीं को डालना पड़ेगा। उर्वशी तो घूंघट डालती नहीं, सुना नहीं, शास्त्रों में कहीं लिखा नहीं। ये प्रमुख महाराज को घूंघट डालकर चलना पड़ेगा स्वर्ग में। जैसे मारवाड़ी औरतें दो अंगुलियों में से देखती रहती हैं घूंघट से, ऐसे प्रमुख महाराज देखते रहेंगे कि आदमी है कि औरत।

अभी उनका लन्दन में हाथी पर जुलूस निकला है। और मैंने जब महन्तों को गधा कहा, तो आज किसी ने प्रश्न पूछा है कि श्री प्रमुख स्वामी जी का जुलूस लन्दन में हाथी पर निकला, गधे पर क्यों नहीं? गधे पर इसलिए नहीं भैया, कि फिर लोग पहचानते कैसे कि कौन-कौन हैं? हाथी पर गधे को बिठाल दो, अलग दिखाई पड़ेगा। अब गधे पर गधे को चढ़ा दो तो लोग पूछेंगे, इसमें स्वामी जी कौन हैं? मतलब, नमस्कार किसको करें? उसमें अड़चन होगी, और कोई बात नहीं। इसलिए हाथी पर बिठालना पड़ता है।

मगर ये स्त्रियों को न देखनेवाले लोग अप्सराओं के साथ बड़ी मुश्किल में पड़ जाएंगे। मेनका आ जाएगी और इनके प्राण निकले! उर्वशी गुज़री और उनके प्राण निकले! इनके कितने बार प्राण निकलेंगे, बड़ा मुश्किल है कहना। इन पर तो हार्ट-अटैक पर हार्ट-अटैक होते रहेंगे। इनको तो अगर स्वर्ग में कोई अस्पताल वग़ैरह हो, पुराणों में कोई चर्चा नहीं है, तो अस्पताल में ही रखना पड़ेगा, इमर्जेंसी वार्ड में हमेशा। और वहां भी नर्सें होंगी। और बड़ी अड़चनें आनेवाली हैं, बड़ी कठिनाइयां इनको पड़नेवाली हैं।

मैं तुम्हें जीवन की कला सिखा रहा हूं। महात्मा गांधी की जीवनदृष्टि कोई जीवन-दृष्टि कहने योग्य नहीं है, न उनकी विचारधारा कुछ विचारधारा कहने योग्य है। एक राजनीतिक व्यक्ति हैं, इससे ज़्यादा कुछ भी नहीं। न कभी ध्यान जाना, न कभी समाधि का अनुभव हुआ। ज़िन्दगी-भर व्यर्थ के कामों में अपने को संलग्न रखा। मगर जो भी किया, उसको

ज़िद से किया। और इस देश में ज़िद का बड़ा सम्मान है। ज़िद्दी को हठयोगी कहते हैं। और यहां तुम ज़िद से कोई भी काम करो, तुम्हें दस-पचास शिष्य और अनुयायी मिल जाएंगे। और महात्मा गांधी तो इस परम्परा के परिपोषक थे, इसलिए ख़ूब शिष्य और अनुयायी मिल गए। और इस देश के लोगों को बात बिल्कुल जंची। जंचने का कारण था, क्योंकि वही भाषा बोल रहे थे जो तुम बोल रहे हो।

एक बेटी अपने पिता से कह रही थी : 'पापा, मेरा प्रेम हो गया है। अब मेरा विवाह करवा दो इसी लड़के से। करूंगी तो इसी लड़के से। जीऊंगी तो इसी लड़के के लिए, नहीं तो मर जाऊंगी।'

पापा ने कहा : 'बेटी, धीरज रख। शादी के पहले यह तो पता कर ले कि लड़का क्या काम करता है, उसकी कितनी जायदाद है?'

बेटी ने कहा : 'ओह पापा, आप उससे मिलकर ज़रूर ख़ुश होंगे, क्योंकि वह भी बिल्कुल यही बातें आपके बारे में पूछ रहा था।'

भाषा वही है। लड़का भी यही पता लगा रहा है कि बाप की क्या हालत है, जायदाद कितनी है? बाप भी यही पता लगा रहा है, लड़के की क्या हालत है, जायदाद कितनी है? भाषा ठहर गई है।

इस देश की भाषा को ठहरे पांच हज़ार साल हो गए; डबरा हो गई है इस देश की भाषा। नदी तो कब की खो गई, डबरों में हम सड़ रहे हैं! और मैं तुम्हें पुनः सरिताएं बनाना चाहता हूं, तो तुम्हें अड़चन आनी स्वाभाविक है। मेरी बात तुम्हें चोट करती है, तुम्हें तिलमिलाती है, तुम्हें बेचैन करती है, तुम क्रुद्ध हो जाते हो, तुम क्रोध में इस तरह की बातें कहने लगते हो, जो कि तुमने सोची नहीं हैं।

अब तुम कह रहे हो : 'तब क्यों आप उसका अन्धसमर्थन करते हैं?'

मैंने अपने जीवन में किसी चीज़ का अन्धसमर्थन नहीं किया, न अन्धविरोध किया। करना भी चाहूं तो नहीं कर सकता, क्योंकि ध्यान आंख है और ध्यान के अतिरिक्त और कोई आंख नहीं है। और समाधि तो परम दृष्टि है। समाधि का एक बार अनुभव हो जाए तो तुम्हारे जीवन

में कुछ भी अन्धापन रह नहीं जाता—रह नहीं सकता है!

• **आख़िरी प्रश्न : ओशो,**

नहा-धोकर आ गई हूं। आपका दुलार तो बहुत ही मिला, अब थोड़ी सी पी-गई भी कर दो।

• कृष्ण शोभना,

यह अच्छा किया कि नहा-धोकर आ गई। नहाने-धोने का अर्थ तुम समझ लो, क्योंकि तुम समझ न पाओगे। कृष्ण शोभना ज़रा सधुक्कड़ी भाषा बोल रही है; ज़रा बारीक़ और महीन बात कह रही है।

कृष्ण शोभना को मैंने निश्चित इतना प्रेम दिया जितना बहुत कम लोगों को दिया। मगर अक्सर यह हो जाता है कि जब प्रेम मुफ्त मिल जाए तो हम उसका अर्थ नहीं समझ पाते, उसका मूल्य नहीं समझ पाते। वही कृष्ण शोभना के जीवन में हुआ। मैंने इस देश में न मालूम कितने लोगों को प्रेम दिया, बेशर्त प्रेम दिया! और दे-देकर बार-बार यह अनुभव किया कि जितना प्रेम लोगों को दो, उतना ही लोग समझने में असमर्थ हो जाते हैं। क्योंकि मेरे प्रेम में कोई शर्त नहीं है, कोई मांग नहीं है, उन्हें कोई मूल्य नहीं चुकाना पड़ता, उन्हें कोई पात्रता भी सिद्ध नहीं करनी पड़ती। मैं देता हूं, क्योंकि मैं प्रेम से भरा हूं। उनकी पात्रता-अपात्रता का कोई प्रश्न ही नहीं है। मैं देता हूं, क्योंकि मेरे पास है। मैं देता हूं, क्योंकि देने से बढ़ता है। मगर तब मुझे यह दिखाई पड़ना शुरू हुआ कि उनको मिल नहीं पाता। वे ले नहीं पाते। या वे धीरे-धीरे आदी हो जाते हैं—ऐसा कि यह तो मेरा स्वभाव है। वे मूल्य से वंचित हो जाते हैं। वे क़ीमत नहीं आंक पाते। वे उस प्रेम को अपने हृदय में विराजमान नहीं कर पाते। फिर मुझे मजबूरी में अपने हाथ हटा लेने पड़े। फिर मुझे

मजबूरी में लोगों से अपने को तोड़ना शुरू करना पड़ा। तब लोगों को सूझबूझ आनी शुरू हुई।

लोग अजीब हैं। जब चीज़ें खो जाएं तब उन्हें पता चलता है। जो मिलता रहे, उसको तो वे अंगीकार ही कर लेते हैं कि जैसे यह हमारा अधिकार है। जब खो जाता है तब रोते हैं, तब पछताते हैं। वैसे ही कृष्ण शोभना पछताई है और रोई भी। जब प्रेम मिल रहा था तब यह भी हालत आ गई कि उसने संन्यास भी छोड़ दिया। क्योंकि प्रेम मिल ही रहा था तो संन्यास का मूल्य भी उसको समझ में न आया। लेकिन अब मैंने अपने हाथ खींच लिये हैं। अब मैं बहुत सोच-समझकर एक-एक क़दम उठा रहा हूं। इसलिए नहीं कि कंजूस हो गया हूं; इसलिए कि यही एक उपाय है कि मैं तुम्हारा हृदय आनन्द से भर सकूं, और कोई उपाय नहीं है। नहीं तो तुम चूक ही जाओगे। मैं बरसता रहूंगा, तुम्हारे घड़े उलटे रखे रहेंगे। अब मुझसे मिलना भी मुश्किल हो गया। अब मैं किसी को मिलता भी नहीं। अब बात भी करनी बन्द कर दी। यूं धीरे-धीरे अपने को हटाए चला जा रहा हूं। जल्दी ही बोलना भी बन्द कर दूंगा। तभी तुम समझ पाओगे। जैसे-जैसे दूर हटूंगा, तभी तुम्हारी समझ में आएगा कि अरे कितना मिल रहा था, हम लिये नहीं!

और यह कोई कृष्ण शोभना के अकेले के साथ नहीं हुआ, बहुतों के साथ हुआ है। अभी स्वामी आनन्द वापस आ गए हैं। अभी कुछ दिन पहले संन्यास छोड़कर चले गए थे। छोड़कर तो यूं अकड़ में गए थे कि जैसे कुछ पा लिया। अब ऐसे नहीं लूंगा। जो हरकतें करके गए हो, उनको ख़याल करो। और जिन और दूसरे नासमझों को तुम भड़का रहे थे, उनका ख़याल करो। उन सबसे क्षमा मांगो। और जिन-जिन को तुमने जाकर उलटी-सीधी बातें कही थीं, उनसे माफी मांगो कि तुमने ग़लती की थी और तुम मूर्खतापूर्ण बातें कर रहे थे। तो वापस प्रवेश मिलेगा।

ऐसी ही शोभना भी चली गई थी। जो वह कह रही है कि 'भगवान नहा-धोकर आ गई हूं, अब वह यह कह रही है कि उस सब कचरे को मैं बहाकर आ गई हूं। आपका दुलार तो बहुत ही मिला...।' लेकिन यह पहचान शोभना, तुझे अब आई, तब नहीं। तब आती तो आज न मालूम

कहां होती! मगर चलो, देर-अबेर आई, सुबह का भूला सांझ भी घर आ जाए तो कुछ बुरा नहीं।

अब तू कहती है : 'अब थोड़ी सी पी-गई भी कर दो।' मैंने तो बहुत पिलाया था, तब तो तूने ओंठ भी न खोले। पिलाने को अब भी राजी हूं, मगर अब पीने के लिए पात्रता जुटानी पड़ेगी। तब तो तू पात्र थी या अपात्र, मैंने पूछा भी नहीं था। अब सिर्फ़ तेरी प्रार्थना से पी-गई नहीं कर सकता हूं। अब तो पात्रता के साथ प्रार्थना होगी तो ही पी-गई हो सकती है। अब ऐसे मैं कठोर होता जा रहा हूं और कठोर मुझे होना ही पड़ेगा। पर तू नहा-धोकर आई, यह अच्छा है। यह सिर्फ़ कहना ही न हो, ख़याल रखना, सच में ही नहा-धोकर आ गई हो।

एक बच्चे ने अपने पिता जी से पूछा : 'पिता जी, हम लोग जासूस-चोर का खेल खेल रहे हैं और मैं जासूस हूं। कुछ तरकीब बताएं मैं किसी को पहचान में न आ सकूं।' 'बेटे—' बाप ने कहा : 'साबुन से मुंह धो लो, फिर कोई तुम्हें नहीं पहचान पाएगा।'

तो मैं सोचता हूं कि तू बिल्कुल साबुन से मुंह धोकर आ गई होगी। पुरानी पहचान छोड़। पुराना तादात्म्य छोड़। पीना भी हो जाएगा।

एक शराबी अपने मित्रों से कह रहा था : 'आजकल शक्ल बहुत धोखा देती है। एक बार एक साहब मुझे विनोद खन्ना ही समझ बैठे।'

दूसरा बोला : 'यह तो क्या, कुछ भी नहीं! एक सज्जन मुझे मोरारजी देसाई समझ बैठे। मैं शराब पी रहा था, वे समझे कि स्वमूत्र पी रहा हूं।'

तीसरा बोला : 'अरे छोड़ो, यह कुछ भी नहीं। जब मैं पांचवीं बार जेल गया तो जेलर बोला—हे भगवान, तो तू फिर आ गया!'

पीना भी हो जाएगा, बिल्कुल घबरा मत। लेकिन अब पात्रता जुटा। अब मुफ्त में नहीं हो सकता है।

आज इतना ही।

सारे धर्म मेरे हैं

पहला प्रश्न : ओशो,

आपने उस दिन हमारे पूज्य आचार्य, श्री तुलसी को भोंदूमल कहा तथा मुनि श्री नथमल को थोथूमल कहा तथा अन्य साधुओं को गधा कहा। जब आप हमारे पूज्य मुनियों और साधुओं को ऐसी गालियां देते हैं तो आपका विरोध क्यों न हो? भगवान महावीर ने तो साधुओं, मुनियों, सिद्धों, आचार्यों और उपाध्यायों को नमस्कार कहा है, जिसका आपने महावीर-वाणी के एक प्रवचन में समर्थन भी किया है। फिर यह विरोधाभास क्यों?

● हीरालाल जैन,

महावीर ने निश्चय ही अरिहन्तों को, सिद्धों को, आचार्यों को, उपाध्यायों को, साधुओं को नमस्कार कहा है। लेकिन भोंदूमल या थोथूमल, इनमें से कोई भी नहीं—न अरिहन्त हैं, न सिद्ध हैं, न आचार्य हैं, न उपाध्याय हैं, न साधु हैं।

फिर भोंदूमल को भोंदूमल कहने में गाली कहां है? गुलाब को गुलाब कहने में गाली नहीं, तो गधे को गधे कहने में गाली कैसे हो जाएगी? जो जैसा है उसको वैसा ही कहना उचित है, उससे अन्यथा कहना असत्य है।

महावीर ने भी कुगुरु, कुशास्त्र, कुदेव की भरपूर आलोचना की है, कठोर-से-कठोर आलोचना की है। 'कुदेव' उसे कहा है, जो मनुष्य द्वारा कल्पित है, जो वस्तुतः है नहीं। तुम्हारे हनुमान जी, गणेश जी और हज़ारों देवी-देवता, सब कुदेव हैं। ये तुम्हारी कल्पनाएं हैं, इनका कोई वास्तविक अस्तित्व नहीं है। और कैसी-कैसी बचकानी कल्पनाएं हैं! और कैसी मूढ़ता कि आदमी होकर बन्दरों को पूज रहे हो, कि आदमी होकर हाथी की सूंड़वाले गणेश को पूज रहे हो और जय गणेश, जय गणेश कहते थकते नहीं! शर्म भी नहीं आती, लज्जा भी नहीं लगती। विचार भी नहीं उठता कि मैं क्या कर रहा हूं! काली को पूज रहे हो, बकरे काट रहे हो। कलकत्ते की काली के सामने जितना ख़ून बहा है, शायद दुनिया में किसी मन्दिर में नहीं बहा होगा। और उस ख़ून से सराबोर प्रसाद को पाने के लिए पागलों की तरह दीवाने हो उठते हैं, ऐसी भीड़ लगती है! ज़रा सा प्रसाद मिल जाए, ख़ून से सराबोर, तो जीवन धन्य हो गया। इनको महावीर ने कुदेव कहा है।

'कुशास्त्र' कहा है उन शास्त्रों को जो ऐसे लोगों के द्वारा लिखे गए हैं, जिन्होंने सत्य का कोई अनुभव नहीं किया है। जिन्होंने सत्य को नहीं जाना, वे सत्य के सम्बन्ध में जो कुछ भी कहेंगे-लिखेंगे, वह झूठ होगा। सच तो यह है कि सत्य को जाननेवाला भी सत्य को कहने में असमर्थ अनुभव करता है अपने को। लाओत्सु ने कहा है : सत्य को कहा कि वह असत्य हुआ। क्योंकि शब्द बहुत छोटे हैं और सत्य बहुत विराट। सत्य को जाननेवाले सत्य को कहने में संकोच अनुभव करते हैं। फिर उनकी तो गिनती कहां करोगे, जिन्होंने जाना ही नहीं और कहते रहे हैं, कहते रहे हैं? उनको कुशास्त्र कहा है।

दुनिया में शास्त्र बहुत कम हैं; सौ शास्त्रों में एकाध शास्त्र मुश्किल से। उस एकाध शास्त्र में भी अगर सौ श्लोक हों तो एकाध श्लोक सत्य होगा। तुम ज़रा अपने वेदों को उठाकर देखो। सौ में निन्यानबे सूत्र धर्म से कोई सम्बन्ध ही नहीं रखते—शुद्ध अधार्मिक हैं। कोई प्रार्थना कर रहा है इन्द्र से कि मेरे खेत में वर्षा ज़्यादा कर देना और पड़ोसी के खेत में कम; मेरी गायों के थन में दूध ज़्यादा आ जाए और दुश्मनों की गायों

के थनों का दूध सूख ही जाए; कि हे प्रभु, मुझे शत्रुओं पर विजय दिला और मेरे शत्रुओं को ऐसी मात दिला कि उन्हें पाठ मिल जाए। इन सब बातों का धर्म से कोई सम्बन्ध हो सकता है? तो महावीर ने वेदों की स्पष्ट आलोचना की, उन्हें कुशास्त्र कहा है।

हिन्दुओं ने जैनों का विरोध क्यों किया है? इसीलिए कि जैन वेद-विरोधी हैं। हिन्दुओं ने जैनों के विरोध में हज़ारों साल लगाए हैं, उसका कुल कारण इतना है कि जैन न तो हिन्दू देवताओं को मानते हैं, न हिन्दू शास्त्रों को। और इन शास्त्रों को माननेवाले और इन देवताओं को पूजनेवालों को और पूजा करवानेवालों को कुगुरु कहा है। तो मैंने अगर किसी को भोंदूमल और थोथूमल कहा, तो क्या चिन्ता कर रहे हो?

अरिहन्त का अर्थ होता है, जो सत्य के साथ एक हो गया। सत्य के साथ जो एक हो गया है, वह पूछेगा कि मैं ध्यान कैसे करूं? और भोंदूमल ने यही मुझसे पूछा कि ध्यान कैसे करूं। सत्य के साथ जो एक हो गया है, अब क्या ध्यान? स्वस्थ जो हो गया है, अब क्या औषधि?

अरिहन्त परम अवस्था है भगवत्ता की।

ध्यान रहे, महावीर ने भगवान का कोई अस्तित्व नहीं माना है। निश्चित ही जो भगवान को मानते हैं, उन सबको चोट पड़ी होगी; जैसी चोट हीरालाल जैन को पड़ गई। तिलमिला गए होंगे। महावीर को नास्तिक कहा है हिन्दुओं ने। और हिन्दुओं की नास्तिक की व्याख्या यही है—जो वेद को न माने, ईश्वर को न माने, अब और नास्तिकता क्या होगी? हिन्दुओं ने जैन धर्म को धर्म नहीं माना है; धर्म की आड़ में नास्तिकता माना है। कारण? कारण स्पष्ट है। महावीर ने भगवत्ता स्वीकार की है, भगवान को स्वीकार नहीं किया। और मैं उनसे राजी हूं।

यह अस्तित्व भगवत्ता से भरा हुआ है। भगवत्ता एक गुण है, व्यक्ति नहीं। फूलों की गन्ध में भगवत्ता है। यह वर्षा की बूंदाबांदी में भगवत्ता है। कहीं सोई है, कहीं जागी है। जब जाग जाती है तो अरिहन्त, जब सोई होती है तो हमें पहचान में नहीं आती। चट्टानों में भी भगवत्ता सोई हुई है, क्योंकि उनमें भी जीवन है। जहां जीवन है वहां भगवत्ता की सम्भावना है। लेकिन जिनमें जागी न हो और वे इस तरह के दावे कर

रहे हों कि जाग गई है, उनको अगर भोंदूमल न कहो तो और क्या कहो?

मुझसे एकान्त में जैन मुनि मिलते हैं तो पूछते हैं कि आत्मा को कैसे पहचानें और रोज़ सुबह-शाम आत्मा की ही चर्चा करते हैं।

एक धर्म-सभा में चन्दन मुनि मुझसे पहले बोले। आत्मा की ख़ूब शास्त्रीय व्याख्या की, लोगों को बड़ी उत्प्रेरणा दी आत्मज्ञान की। लेकिन उनकी प्रत्येक बात से लग रहा था कि ये सब बातें शास्त्रीय हैं, शाब्दिक हैं, तोते जैसी हैं। उनकी आंखों में आत्मबोध की कोई झलक, उनके शब्दों में आत्मभाव का कोई गीत, उनके उठने-बैठने में आत्म-अनुभूति का कोई सौन्दर्य, कुछ भी नहीं है। मैं उनके पीछे बोला तो मैंने कहा कि अगर चन्दन मुनि ईमानदार आदमी हैं तो उन्हें स्वीकार करना चाहिए कि वे जो कह रहे हैं, सिर्फ़ कह रहे हैं, जाना नहीं है। बहुत तिलमिलाए। वहां तो स्वीकार न कर सके। लेकिन आदमी अच्छे हैं, उनको मैं भोंदूमल नहीं कहूंगा। वे भी तेरापन्थी साधु हैं, उनको थोथूमल भी नहीं कहूंगा। थोड़े हिम्मतवर तो कम हैं, लेकिन दोपहर मुझे ख़बर भेजी कि मिलना चाहता हूं। और जब मैं उनसे मिला तो उन्होंने कहा कि मुझे क्षमा करें, मैं वहां साहस न जुटा सका कहने का। लेकिन मैं बेचैन रहा। यह बात मुझसे किसी ने कभी कही ही नहीं। और आपने यूं कह दी कि छाती में तीर की तरह चुभ गई। और जब तक मैं आपसे निवेदन न कर दूं सत्य का, यह तीर चुभा रहेगा और प्राणों में मेरे पीड़ा होती रहेगी।

उनकी आंखों में आंसू थे और उन्होंने मुझसे कहा कि मुझे आत्मा का कोई भी पता नहीं है। जो शास्त्रों में पढ़ा वही दोहराता हूं। आप मुझे बताएं, आत्मा को कैसे जाना जा सकता है?

इस व्यक्ति को मैं थोथूमल नहीं कहूंगा। इस व्यक्ति को भोंदूमल भी नहीं कहूंगा। इस व्यक्ति को मैं मुमुक्षु कहूंगा, जिज्ञासु कहूंगा, सत्य का खोजी कहूंगा। यह व्यक्ति साधक है, तो कभी साधु हो सकता है। और साधु हो जाए तो अरिहन्त होना भी दूर नहीं।

लेकिन आचार्य तुलसी को इतना ईमानदार नहीं मानता हूं। जो मेरा उनका अनुभव आया, उसमें चालबाजी, राजनीति, कूटनीति, वे सब तो मुझे दिखाई पड़ी बातें, आत्मानुभव बिल्कुल दिखाई नहीं पड़ा। और जो

उन ने मुझसे पूछा, वे प्रश्न ही सूचक थे इस बात के। मैंने आज तक किसी से नहीं पूछा कि ध्यान कैसे करूं, क्यों पूछूं? क्या ज़रूरत पूछने की? मैंने किसी से नहीं पूछा कि आत्मा को कैसे पाऊं। एक मैंने कस्त कर ही लिया था कि अगर आत्मा मेरे भीतर है तो किसी से क्या पूछना है? खोजूंगा, तलाशूंगा, टटोलूंगा। देर-अबेर मिलेगी ही मिलेगी। अगर मेरे ही भीतर है तो खोदता रहूंगा, खोदता रहूंगा। जो भी क़ीमत चुकानी होगी, चुका दूंगा।

पूछने का अर्थ ही यही है अभी कुछ पता नहीं है और ध्यान पर रोज़ बोल रहे हैं, समाधि पर व्याख्यान चल रहे हैं। हज़ारों लोगों को उत्प्रेरण दे रहे हैं। अनुशास्ता है अणुव्रत के। सात सौ साधुओं के गुरु हैं। पाया कुछ भी नहीं। अरिहन्त होते तो मैं भी कहता कि ज़रूर उनको नमस्कार करना चाहिए। ठीक कहा महावीर ने। 'नमो अरिहन्ताणं! नमस्कार करता हूं अरहिन्तों को।' लेकिन अरिहन्तों को। महावीर ने कृष्ण को भी नमस्कार नहीं किया है, तो ये भोंदूमल को क्या नमस्कार करेंगे? जैन शास्त्रों ने कृष्ण को नरक में डाला है; भोंदूमल को कहां डालूं, तुम बोलो। सातवें नरक में डाला है, उसके आगे कोई नरक नहीं। और थोड़े दिनों के लिए नहीं डाला है; यह सृष्टि जब तक चलेगी, तब तक नरक में वे रहेंगे। इस सृष्टि के समाप्त होने पर, जब महाप्रलय होगी तभी नरक से मुक्त होंगे।

यह समझ में आनेवाली बात है। जैनों को लगा कि जिस व्यक्ति ने महाभारत का युद्ध करवाया, उस व्यक्ति की और क्या सज़ा हो सकती है? वे हिम्मतवर लोग थे, हिम्मतवर दिन थे। अब तो लल्लो-चप्पो के दिन आ गए हैं। हर कोई हर किसी की चमचागिरी कर रहा है। एक-दूसरे की चमचागिरी लोग कर रहे हैं। कोई सत्य बोलता नहीं। वे कहते हैं कि आप महान हैं; दूसरा भी कहता है कि आप महान हैं : एक कहता है मैं आपके सामने कुछ भी नहीं; दूसरा कहता है मैं आपके सामने कुछ भी नहीं। सभी लखनवी हो गए हैं। शिष्टाचार चल रहा है; सत्य बोलने की हिम्मत नहीं।

महावीर को शिष्टाचार नहीं था, जिन्होंने यह हिम्मत की कि कृष्ण को नरक में डाल दिया। इनकी छाती को धन्यवाद देना होगा। यह कोई

छोटा-मोटा काम नहीं था। हिन्दुओं के देश में, हिन्दुओं के पूर्णावतार को नरक में डालना...मैं नहीं कहता कि यह ठीक है या ग़लत है; मैं सिर्फ़ इतना कह रहा हूं कि महावीर को जो ठीक लगता था वह उन्होंने कहा। और यह कहने का प्रत्येक व्यक्ति को हक़ है।

मैं तो जब आचार्य तुलसी को मिला तो जो बात मेरे मन में पहली बार उठी, वह यह थी कि यह आदमी निपट भोंदू है। जो बात मेरे मन में उठी, वह मुझे कहने का हक़ है। उनके मन में जो उठी हो वे कहें। उसमें मुझे कुछ एतराज़ नहीं।

तुम पूछते हो : 'आपका विरोध क्यों न हो?'

ज़रूर हो, जी भरकर हो। वही तो मैं चाहता हूं। मेरे अपने हिसाब हैं। मेरे काम करने के अपने ढंग हैं। मैं तो चाहता हूं जितने विरोधी पैदा हो जाएं उतना अच्छा है; यह सारा मुल्क एक ही चिन्तना से भर जाए : या तो मेरे पक्ष में या मेरे विपक्ष में। यह सारी पृथ्वी पर एक ही विभाजन की रेखा हो जाए : या तो मेरे साथ या मेरे ख़िलाफ़। यही चाहता हूं, क्योंकि उससे चिन्तन पैदा होगा, विचारणा पैदा होगी। लोग मन्थन करेंगे कि बात में क्या सच है और क्या झूठ है? आख़िर इतने लोग क्यों चिन्तन कर रहे हैं? क्यों इतने लोग विरोध में हैं, क्यों इतने लोग पक्ष में हैं? मैं तो बांट देना चाहता हूं सारी दुनिया को।

तो ज़रूर हीरालाल जैन—ख़ुशी से विरोध करो, जी भरकर विरोध करो। मुझे विरोध से कोई एतराज़ नहीं। मज़ा आ जाएगा! तुम विरोध करोगे तो मैं कोई चुप रहनेवाला हूं? तुम सुई उठाओगे तो मैं तलवार उठाऊंगा। मुझे कुछ अड़चन नहीं है विरोध इत्यादि से। उसका मैं सामना कर सकता हूं भलीभांति।

अरिहन्तों को ज़रूर नमस्कार है। लेकिन महावीर ने बुद्ध को भी नमस्कार नहीं किया है, कृष्ण को भी नमस्कार नहीं किया है, राम को भी नमस्कार नहीं किया है। इनमें से किसी को अरिहन्त नहीं माना है। और तुम सोचते हो कि आचार्य तुलसी और मुनि नथमल, ये अरिहन्त हैं? अरिहन्त का अर्थ है : जो सत्य के साथ एक हो ही गया, भगवत्ता को उपलब्ध हो गया।

अरिहन्त की ही समकोटि का व्यक्ति है : सिद्ध। इसलिए दूसरा सूत्र है : 'नमो सिद्धाणं। सिद्धों को नमस्कार'। अरिहन्तों और सिद्धों में थोड़ा सा भेद है। अरिहन्त वे हैं जिन्होंने जाना और जो जनाने में भी कुशल हैं; जिन्होंने जिया और जो दूसरों को जीने के लिए अनुप्रेरित कर सकते हैं; जो जागे और दूसरों को जगा सकते हैं। सिद्ध भी अरिहन्त की अवस्था में हैं; भेद इतना है कि वे स्वयं जाग गए लेकिन किसी को जगा नहीं सकते। उन्होंने स्वयं जान लिया, रस पी लिया, मस्त हो गए। अब उन्हें कोई फ़िक्र नहीं। किसी को और रस पिलाने की।

कबीर ने कहा है : 'हीरा पायो गांठ गठियायो, बाको बार-बार क्यों खोले!' यह सिद्ध की अवस्था है। अब मिल गया हीरा, अपनी गांठ में गठियाया, अब बार-बार खोलो, कोई चुरा ले जाए, कोई झटक ले, कोई झंझट खड़ी हो। क्यों उसे बार-बार खोलना? अलग-अलग प्रवृत्तियों के लोग हैं।

बुद्ध ने इस भेद को बोधिसत्त्व और अर्हत का भेद कहा है। जिसको महावीर ने अरिहन्त कहा है, उसको बुद्ध ने बोधिसत्त्व कहा है—जो दूसरों के भीतर बुद्धत्व को जगाए। और जिसको महावीर ने सिद्ध कहा है, उसको बुद्ध ने अर्हत कहा है—जो किसी और को जगाने की चिन्ता में नहीं पड़ता; जो जाग गया, बात पूरी हो गई; यात्रा समाप्त हो गई, मंज़िल पर आ गया, विश्राम मिल गया। अब क्या करना है? उस पार निकल गया है, अब लौट कर नहीं आता पुकारने। पहुंच गया शिखर पर; अब चिल्लाता नहीं घटी में भटकते हुए लोगों के लिए।

ये व्यक्ति-व्यक्ति के भेद हैं। सिद्ध अन्तर्मुखी होता है।

पश्चिम के बड़े मनोवैज्ञानिक कार्ल गुस्ताव जुंग ने दो भेद किए हैं मनुष्यों के बीच—अन्तर्मुखी और बहिर्मुखी। सिद्ध अन्तर्मुखी होता है। अर्हत अन्तर्मुखी होता है। उसने पा लिया, अपने भीतर बन्द हो जाता है; जैसे कि भौंरा कमल पर बैठकर रस पीता है, सांझ जब कमल बन्द होता है तो भौंरा कमल के भीतर ही बन्द हो जाता है। उड़ता भी नहीं, पीता ही रहता है रस। कमल बन्द हो जाता है, उसको फ़िक्र भी नहीं है। ऐसा सिद्ध कमल के भीतर बन्द भौंरा है। उसकी गुन-गुन भी तुम्हें

सुनाई न पड़ेगी। रस तो जी भरकर पी रहा है। डूबा हुआ है रस में।

लेकिन अरिहन्त बहिर्मुखी व्यक्ति है। उसने जाना है, लेकिन जानने के साथ-साथ उसके भीतर एक प्रगाढ़ करुणा उठी है कि जो भटक रहे हैं उन्हें भी राह सुझा दे।

न तो तुम्हारे भोंदूमल, थोथूमल अरिहन्त हैं, न सिद्ध हैं।

तीसरा सूत्र है : 'नमो आयरियाणं। आचार्यों को नमस्कार।'

पहले दो व्यक्ति धर्म के जगत के हैं। दूसरे दो व्यक्ति आचार्य और उपाध्याय नीति के जगत के व्यक्ति हैं। आचार्य का अर्थ है : जिसने सुना है अरिहन्तों से और उसको अपने आचरण में उतार रहा है। आचार्य शब्द का अर्थ ही यह होता है कि जो उसको आचरण में उतार रहा है। सुना है अरिहन्तों से। बैठा है अरिहन्तों के पास। समझा है उनसे जिन्होंने समझ लिया। और अब उसको अपने आचरण में उतार रहा है। अरिहन्त आचरण में नहीं उतारता। उसके भीतर तो दीया जलता है, वही उसका आचरण है। सिद्ध आचरण में नहीं उतारता; उसके भीतर जो घटा है, वहीं उसके बाहर घटने लगता है।

आचार्य वह है जिसके भीतर तो कुछ नहीं घटा है, लेकिन किसी अरिहन्त के चरणों में झुका है, किसी सिद्ध के पास बैठा है, किसी अरिहन्त की गन्ध उसे मिली है। इतना उसे सबूत हो गया है कि यह पारलौकिक जगत है। लेकिन यह प्रमाण अभी दूसरे से मिला है, अपना अनुभव नहीं है। फिर भी वह इसे अपने आचरण में उतारने की कोशिश कर रहा है। उसको आचार्य कहा है।

न तो तुम्हारे तुलसी किसी अरिहन्त के पास बैठे हैं और न किसी सिद्ध के पास बैठे हैं। इनको मैं आचार्य भी नहीं कह सकता हूं।

मेरी बातों को तुम ठीक से साफ़-साफ़ समझ लो। और जब समझ रहे हो तब क्रुद्ध मत हो जाना, नहीं तो समझ नहीं पाओगे। इनको मैं आचार्य भी नहीं कह सकता हूं। ये किसी अरिहन्त के पास नहीं बैठे हैं, न किसी सिद्ध के पास बैठे हैं। इन्होंने किसी सद्गुरु का सत्संग नहीं किया है।

चौथी व्यवस्था है उपाध्याय की—'नामो उपाध्यायाणं। उपाध्यायों को नमस्कार करता हूं।' उपाध्याय और भी नीची कोटि है। यह न तो सिद्धों के पास बैठा, न अरिहन्तों के पास बैठा। इसने आचार्यों से सुना है। जिन्होंने किसी से सुना था, उनसे सुना है। मगर उनके तर्क इसे जंचे हैं। उनका जीवन तो कुछ नहीं है; लेकिन उनके तर्क, उनके प्रमाण, उनकी वाणी, उनकी शास्त्रीयता ने इसे प्रभावित किया है। यह उपाध्याय है। यह पंडित है। महावीर कहते हैं, इसको भी नमस्कार। माना कि यह बहुत दूर हो गया है अरिहन्तों से; जैसे गंगा निकली गंगोत्री से, और अब बहुत दूर हो गई काशी आते-आते और न मालूम कितना कचरा मिल गया इसमें, कितनी गन्दगी मिल गई इसमें, कितने मुर्दे इसमें सड़ गए; क्या-क्या नहीं हो गया! कितनी नालियां-नाले, सब इसमें हो गया है कूड़ा-करकट। अब यह वह बात नहीं रही जो गंगोत्री पर थी। जो गंगोत्री की शुद्धि थी, जो स्फटिक मणि जैसा स्वच्छ जल था, जो अमृत जैसी बात थी, वह नहीं रही। लेकिन फिर भी है तो यह वही जल—गन्दा हो गया, कूड़ा-करकट से भरा गया, नदी-नाले इसमें उतर गए, न मालूम कितना पाखाना, मल-मूत्र इसमें सम्मिलित हो गया, लेकिन फिर भी कुछ अंश तो अब भी इसमें गंगोत्री का शेष है। और महावीर कहते हैं, उतना अंश हो तो भी नमस्कार।

महावीर नमस्कार करने में कंजूस नहीं हैं, मैं भी कंजूस नहीं हूं। मगर ये तो उपाध्याय भी नहीं हैं। महावीर पच्चीस सौ वर्ष पहले हुए। उनके पास जो गणधर थे, वे आचार्य थे। और उन गणधरों के पास जिन्होंने बैठकर सीखा, वे उपाध्याय थे। उनको हुए चौबीस सौ साल, पच्चीस सौ साल हो गए। ये तो किन आचार्यों के पास बैठे हैं? इन्होंने तो आचार्य होने को भी राजनीति बना लिया है, उसका भी चुनाव होता है। जिसको वोट ज़्यादा मिल जाएं, वह आचार्य हो जाता है। या जिसको पिछला आचार्य नियुक्त कर दे, जैसे इन्होंने नियुक्त कर दिया। आचार्य तुलसी ने थोथूमल को नियुक्त कर दिया कि आगे अब ये आचार्य होंगे। न ये ख़ुद आचार्य हैं, न थोथूमल आचार्य हैं।

और जब मैं 'थोथूमल' कह रहा हूं तो गाली ज़रा भी नहीं दे रहा

हूं। मैं सिर्फ़ उतना ही कह रहा हूं। जितना मैंने देखा, जैसा मैंने देखा। मैंने बहुत थोथे लोग देखे, मगर नथमल से ज़्यादा थोथा आदमी नहीं देखा। यह आदमी अद्वितीय है, बेजोड़ है! यह बिल्कुल कूड़ा-करकट है! इसकी ख़ूबी अगर कुछ है तो एक है कि यह अच्छी तरह से चमचागिरी करना जानता है। यह आचार्य तुलसी की सेवा में रत रहता है। आचार्य तुलसी के पास इससे बेहतर लोग हैं, मगर वे इतने अच्छे चमचे नहीं हैं। मुनि नगराज योग्य व्यक्ति हैं, जो अगर होना ही था तुलसी का कोई उत्तराधिकारी तो नगराज को होना था। लेकिन नगराज चमचे नहीं हैं। किसी भी व्यक्ति में, जिसमें थोड़ा भी स्वाभिमान है, चमचागिरी नहीं होती। इसलिए तुलसी ने नगराज को काटकर ही अलग कर दिया। नथमल की ख़ूबी यह है कि पांव दबाते रहते हैं और कुछ ख़ूबी नहीं है। और उनकी प्रशंसा में, स्तुति में, गीत लिखते रहते हैं। बस इतनी ही ख़ूबी है।

यह तो सब गोरखधन्धा राजनीति का हो गया। इनमें कोई उपाध्याय भी नहीं है। और सबसे नीचे साधु हैं—जिसने उपाध्यायों से सुना। मतलब बात दूर-से-दूर होती जा रही है, बहुत दूर होती जा रही है। जैसे सूरज का प्रतिफलन बना नदी में, नदी का प्रतिफलन बना दर्पण में। दर्पण की तुमने एक तस्वीर उतारी और फिर किसी चित्रकार ने उस तस्वीर के आधार पर सूरज बनाया। ऐसी बात दूर होती जा रही है—प्रतिफलन का प्रतिफलन। साधु सबसे नीचे है। उसने उपाध्यायों से सुनकर साधना शुरू कर दी है। उसे कुछ पता नहीं वह क्या कर रहा है। उपाध्यायों को ही पता नहीं कि वे क्या करवा रहे हैं।

कितने जैन साधुओं ने ध्यान पर किताबें लिखी हैं और उन्हीं ने मुझसे पूछा है कि ध्यान क्या है! मैंने उनसे पूछा : 'तुमने किताबें लिखीं तो किसलिए लिखीं, कैसे लिखीं?'

वे कहते हैं : 'किताबें तो हमने शास्त्र पढ़कर लिख दीं। मगर ध्यान का अनुभव हमें नहीं हुआ। यह चित्त तो शान्त होता ही नहीं है।' हालांकि समझाते हैं रोज़ लोगों को कि चित्त को शान्त करो, निर्विचार बनो, निर्बीज बनो। मगर कोई इनसे पूछे कि तुम निर्बीज हुए, तुम्हारा चित्त शान्त हुआ, तुमने मौन पाया? तुमको मुनि कैसे कहें, किस आधार पर कहें?

मैं जब ये बातें उठा रहा हूं तो सिर्फ़ इसलिए उठा रहा हूं कि इस देश को पुनर्विचार करने का समय आ गया। इस देश को अपनी चिन्तना को अब साफ़-सुथरा कर लेना चाहिए। अगर हमें भारत की आत्मा को फिर से जाग्रत करना हो तो हमें सारा कूड़ा-करकट छांटकर हीरे बचा लेने चाहिए।

लेकिन हीरालाल जैन को कष्ट हुआ होगा। वह जैन होना दिक़्क़त दे रहा है। उन्होंने लिखा है : आपने उस दिन 'हमारे' 'पूज्य'...। हमको चोट लगी है, अहं को चोट लगी है। हमारे पूज्य को थोथूमल कह दिया! तो हमारी तो गिनती ही क्या रही! हम तो और ही गए-बीते हो गए!

प्रत्येक व्यक्ति अपने अहंकार को बड़ी तरकीबों से भरता है। हर शिष्य अपने अहंकार को भरने की तरकीबें करता है। अगर मुझे कोई गाली दे दे तो मेरे शिष्य को, जो मुझे नहीं समझता है, फ़ौरन चोट लग जाती है। उसे चोट इसलिए नहीं लगती की मुझे गाली पड़ी। उसे चोट इसलिए लगती है कि अगर मेरे गुरु को गाली पड़ी तो मैं भी तो सम्मिलित हूं। मेरा गुरु तो महान होना चाहिए, तो उसी आधार पर मैं भी महान हो जाता हूं। महान गुरु का शिष्य महान; थोथे गुरु का शिष्य थोथा।

हीरालाल को लगा होगा, यह तो मुझको ही थोथा कह दिया। मगर सीधा कह नहीं सकते कि आपने मुझे थोथा कहा, घूमकर आ रहे हैं, लम्बा चक्कर लगा रहे हैं कि हमारे मुनियों को, हमारे आचार्यों को भोंदूमल कह दिया, थोथूमल कह दिया।

इनके ढंग मैंने देखे। जो-जो मैंने कहा था एकान्त में, उस सबके नोट लेकर मुनि नथमल ने प्रवचन दिया। प्रवचन देने की उनकी कोई पूर्व-घोषणा नहीं थी। प्रवचन मेरा होना था; मेरे समय में उनक़ा प्रवचन हुआ। मैंने पूछा भी कि यह आकस्मिक परिवर्तन कैसा कार्यक्रम में? कोई जवाब नहीं। और उन्होंने एक-एक शब्द दोहरा दिया। उसको उन्होंने इस ढंग से दोहराया कि मुझे बिल्कुल पक्का प्रमाण हो गया कि यह आदमी बिल्कुल तोता है, तोतारटन्त है। एक-एक शब्द जैसा मैंने कहा था वैसा दोहरा दिया।

लेकिन कोई बीस हज़ार लोगों का मेला था। सांझ को रमणीक

झबेरी, जो मुझे वहां ले गए थे...प्यारे आदमी हैं! अगर मुझसे कोई पूछे तो तुलसी और नथमल दोनों से ज़्यादा श्रेष्ठ आदमी मैं रमणीक झवेरी को मानता हूं। इस आदमी में कुछ ख़ूबियां हैं। यह न तो मुनि है, न साधु है, मगर इसमें एक सरलता है और सरलता ही साधुता है। इसमें एक सहजता है और इसमें एक साहस भी है। सांझ को आकर उन्होंने मुझसे कहा कि बड़ी हैरानी की बात है, मुझे भी बहुत धक्का लगा कि जो समय आपका था उसमें नथमल को क्यों बुलवाया। और जब नथमल जो बोले, मैं एक-एक बात समझ गया कि ये तो आपकी बातें हैं जो वे कह रहे हैं, जो उन्होंने इसके पहले कभी नहीं कही। तो मैंने शाम को ही जाकर उनसे कहा कि यह बात उचित नहीं है। तुलसी जी को मैंने कहा कि यह उचित नहीं है। मुझे आपने कहा था कि उनको मैं आमन्त्रित करके ले आऊं। मैं उनको आमन्त्रित करके लाया हूं। मुझको भी धक्का लगा कि यह बात उचित नहीं है, यह अनुचित हुआ। और फिर भी मैं आपको कहता हूं कि आपके मुनि नथमल का कोई प्रभाव जनता पर पड़ा नहीं, क्योंकि उन बातों में जान नहीं थी।

जब बातें उधार होती हैं उनमें जान नहीं होती। तुम दोहरा तो सकते हो, लेकिन ओठों पर ही रह जाती हैं, आत्मा नहीं होती। भीतर तुम्हारा कोई समर्थन नहीं होता।

तो तुलसी जी ने क्या कहा, मालूम है? रमणीक झवेरी ने मुझे बताया कि तुलसी जी बोले कि प्रभाव न पड़ने का कारण यह है कि रजनीश तो उपयोग करते हैं लाउडस्पीकर का और मेरे मुनि लाउडस्पीकर का उपयोग नहीं करते। इसलिए जनता पर प्रभाव नहीं पड़ा।

और तुम जानकर हैरान होओगे दूसरे दिन से ही उनके मुनियों ने लाउडस्पीकर का उपयोग शुरू कर दिया। सदियों की परम्परा इतने से में टूट गई! ये सब बाज़ारी लोग हैं, दो कौड़ी के इनके सिद्धान्त हैं। अभी तक बड़े सिद्धान्त की चर्चा हो रही थी कि हम कैसे लाउडस्पीकर का उपयोग करें, क्योंकि महावीर ने या जैन शास्त्रों में कहीं लाउडस्पीकर का उपयोग है नहीं। फिर यह तो यन्त्र है, आधुनिक यन्त्र है। और ये तो मुंह पर भी पट्टी बांधे रहते हैं कि कहीं मुंह से भी ज़ोर से आवाज़

निकले, गर्म हवा निकले, कीड़े-मकोड़े मर जाएं, कोई जीवाणु मर जाएं। लाउडस्पीकर पर बोलना तो इतने ज़ोर से बोलना है कि न मालूम कितने जीव-जन्तु मर जाएंगे। सब भूल-भाल गए। सब सिद्धान्त की बकवास, जो कल तक चलती थी, बन्द हो गई।

और थोथूमल इनको मैं इसलिए कहता हूं, भोंदूमल इसलिए कहता हूं कि ये बातें भी अगर ईमानदारी से स्वीकार की जाएं कि ज़माना बदल गया और अब बीस हज़ार लोगों को हमें बोलना है तो हम उपयोग करेंगे लाउडस्पीकर का—तो भी ठीक। इसमें भी चालबाजियां। चालबाजी क्या? दूसरे दिन आचार्य तुलसी बोलने बैठे और एक आदमी ने लाकर माइक वहां रख दिया। जब वे बैठ तब माइक नहीं था। जब वे बैठे, बैठ गए, अभी बोलना शुरू नहीं किया, माइक लाकर रख दिया गया, तब उन्होंने बोलना शुरू किया। उनसे पूछा गया कि आप माइक से बोल रहे हैं! उन्होंने कहा कि नहीं, मैं तो बोल रहा हूं, अब कोई माइक लाकर रख दे, इसमें मैं क्या करूं? देखते हैं; इनको मैं चालबाजियां कहता हूं! इनको मैं बेईमानियां कहता हूं। और तुम कहते हो, मैं गालियां दे रहा हूं। और तब से रोज़ माइक रखा जा रहा है। चलो, एकाध दफ़ा किसी ने रख दिया होगा, भूल से रख दिया होगा। मगर तब से अब कोई पन्द्रह-सोलह साल हो गए, रोज़ माइक रखा जा रहा है। और उनके ही सामने नहीं, सात सौ साधु-साध्वियों के सामने माइक रखा जा रहा है। सारे हिन्दुस्तान में माइक रखा जा रहा है। ये माइक रखनेवाले कौन हैं? और इनको क्या पड़ी है? और जब इनके गुरुजन माइक के ख़िलाफ़ हैं तो ये लोग क्या उनको नरक भिजवाने की कोशिश कर रहे हैं? तो कोई आदमी आकर इनकी मुंह-पट्टी उतार ले—फिर? 'हम क्या करें, एक आदमी आया, उसने मुंह-पट्टी उतार ली!' अरे जब माइक पर बोल सकते हैं तो मुंह-पट्टी उतार ली। कोई आदमी आकर जूते पहना दे—'अब हम तो चल रहे थे, यह आदमी आ गया, इसने जूते पहना दिए! कोई आदमी पकड़कर कार में बिठा दे, हम क्या करें! हम तो चले जा रहे थे, यह आदमी मिल गया और इसने धक्का दिया और गाड़ी में बिठा दिया!' तो कोई आदमी फिर मांस ही ले आए—'अब हम क्या करें! हम तो

भोजन कर रहे थे, इसने थाली में परोस दिया। तो अब थाली में कुछ छोड़ना तो ठीक नहीं, तो खा लिया।' तो फिर अड़चन क्या है? फिर अड़चन किस बात की है?

इस तर्क को ज़रा समझने की कोशिश करो। ये बेईमानी के तर्क हैं या नहीं? और इन बेईमानों को तुम कहो कि ये उसी कोटि में आते हैं, जिसमें अरिहन्त, सिद्ध, आचार्य, उपाध्याय, साधु...मैं स्वीकार नहीं करूंगा।

और तुम पूछते हो कि आपने महावीर वाणी के एक प्रवचन में इसका समर्थन किया है। निश्चित किया है! आज भी करता हूं। तुमको लगता है विरोधाभास है; कहीं कोई विरोधाभास नहीं है। मैंने अरिहन्तों, सिद्धों, आचार्यों, उपाध्यायों, साधुओं का समर्थन किया है। उनको नमस्कार करता हूं। मगर ये थोथूमल, भोंदूमल, न तो आचार्य हैं, न अरिहन्त हैं, न नमस्कार के योग्य हैं। ये छंटे हुए बेईमान और राजनीतिक लोग हैं।

तुम देखो यूं, रायपुर में आचार्य तुलसी पर भारी विवाद खड़ा हुआ था कुछ वर्ष पहले, क्योंकि उन्होंने राम के सम्बन्ध में कुछ बातें लिख-दी थीं जिससे हिन्दू भड़क गए। तो मुझे ख़बर आई, उनके आदमी ख़बर लेकर आए कि मैं एक वक्तव्य दूं उनके समर्थन में और उनका जो विरोध किया जा रहा है उसके विरोध में। मैंने कहा : 'विरोध तो उचित नहीं है, क्योंकि प्रत्येक व्यक्ति को अपने विचार व्यक्त करने का हक़ है। तो मैं ज़रूर वक्तव्य दूंगा।' मैंने वक्तव्य लिखित दिया। वक्तव्य मैंने दिया, उसमें मैंने कहा, वह छपा वक्तव्य। उन्हीं को वक्तव्य भेज दिया था कि आपको जहां छपवाना हो छपवा लें।...कि प्रत्येक व्यक्ति को अपने विचार प्रकट करने का हक़ है। अगर वह राम को पसन्द नहीं करता तो उसे हक़ है कि वह कह सके; या किसी बात की आलोचना उसे करनी हो तो कर सके। इतनी स्वतन्त्रता भी अगर लोकतान्त्रिक जगत में न हो तो फिर कैसा यह लोकतन्त्र है?

मगर मैंने उस वक्तव्य में यह भी कहा था कि साथ में मैं यह भी स्मरण दिलाना चाहता हूं कि आचार्य तुलसी को राम से लेना-देना क्या है? इनके पास चौबीस तीर्थंकर हैं, उनके सम्बन्ध में लिखें। ये कोई मेरे जैसे व्यक्ति तो नहीं हैं, जिनका दावा दुनिया के हर सद्‌गुरु पर है।

मैं जीसस पर बोलूंगा, क्योंकि मैं जीसस को उतना ही प्रेम करता हूं जितना महावीर को। और बुद्ध पर बोलूंगा और कृष्ण पर बोलूंगा और लाओत्सु पर बोलूंगा, क्योंकि मेरा कोई धर्म नहीं है। सारे धर्म मेरे हैं। मैं इस पूरे आकाश को अपना मानता हूं। बग़ीचे में जितने फूल खिले हैं, मेरे हैं। जब दिल होगा, चम्पा के फूल इकट्ठे करूंगा और जब दिल होगा तो गुलाब के फूल इकट्ठे करूंगा।

लेकिन तुलसी की तो सीमा है, उनको अपनी सीमा में ही जीना चाहिए। उन्हें क्या ज़रूरत राम पर बोलने की? राम ने उनका क्या लिया-दिया है? राम से क्या प्रयोजन है? मैं बोलूंगा राम पर—मैं बोलता हूं। और तुलसी ने क्या आलोचना की है राम की—ख़ाक! उसमें कुछ भी नहीं है। मैंने राम की जो आलोचना की है, उसको आलोचना कहते हैं। राम को मैं ज़रा भी क़ीमत नहीं देता। तुलसी ने तो राम पर पूरा महाकाव्य लिखा है। मैं तो कविता भी लिखने को राजी नहीं हो सकता राम पर। इतना समय भी क्यों ख़राब करूंगा? क्या प्रयोजन है?

तो मैंने उस वक्तव्य में यह भी कहा था कि आचार्य तुलसी को राम पर कुछ कहने की आवश्यकता नहीं है। तुम हिन्दू नहीं हो। तुम जैन हो। तुम्हारी एक बंधी परम्परा है। तुम एक डबरे में बन्द हो। तुम एक डबरे की मछली हो, अपनी मछलियों की चर्चा करो; मगरमच्छों की चर्चा करो, जो भी तुम्हें करना है। मगर तुम्हें दूसरे के उसमें क्यों बीच में पड़ना? तुम्हें कोई प्रयोजन नहीं है।

उन्होंने क्या चालबाजी की—मेरे वक्तव्य में वह हिस्सा तो अलग कर दिया जो उनके ख़िलाफ़ था और जो हिस्सा उनके पक्ष में था वह अख़बारों में दे दिया! जब मैंने वक्तव्य पढ़ा, मैं हैरान हुआ—सब वे हिस्से उन्होंने अलग कर दिए थे, जिनमें मैंने यह बात उठाई थी कि आपको क्या ज़रूरत है कहने की और वे हिस्से सब दे दिए थे जिनमें मैंने आलोचना की थी कि लोगों को प्रत्येक व्यक्ति को बोलने की, विचार की स्वतन्त्रता देनी चाहिए। इसको मैं चालबाजियां कहता हूं। अगर यह करना था तो मुझसे पूछकर करना था। आधा वक्तव्य देना, अपने मतलब का वक्तव्य देना, आधा निकाल लेना—इसको तुम ईमानदारी कहोगे?

और तुम ज़रा सोचो, उनको किसी ने छुरा नहीं मार दिया था, गोली नहीं मार दी थी, सिर्फ़ आलोचना हो रही थी। अभी मुझ पर छुरा फेंका गया, मेरी हत्या करने की कोशिश की गई। हिन्दुस्तान के किसी एक धर्मगुरु ने इस बात का खंडन किया? किसी एक धर्मगुरु ने यह भी कहा कि यह बात अनुचित है? और ये सब अहिंसा के पुजारी हैं! इन्होंने कुछ कहा? आचार्य तुलसी ने कुछ कहा? कानजी स्वामी ने कुछ कहा? सुशील मुनि ने कुछ कहा? एलाचार्य विद्यानन्द ने कुछ कहा? ये सब जैन मुनि, अलग-अलग जैन सम्प्रदायों के, ये तो सब अहिंसा के पुजारी हैं, इनको कम-से-कम इतना तो कहना चाहिए कि किसी की गर्दन पर छुरा चलाकर उसकी वाणी को बन्द करने की बात अशोभन है। लेकिन एक धर्मगुरु ने भी इसका विरोध नहीं किया। इसका मतलब? जैसे भीतर-भीतर इन सबका समर्थन है कि अच्छा हुआ। इनको दुख हुआ होगा तो यह हुआ होगा कि वह आदमी चूक कैसे गया।

सिर्फ़ इन्दिरा गांधी को छोड़कर भारत के एक भी राजनैतिक व्यक्ति ने इस बात का विरोध नहीं किया। सिर्फ़ इन्दिरा गांधी ने मुझे पत्र लिखा कि मुझे हार्दिक दुख है और मुझे धक्का लगा। इस तरह की घटना नहीं घटनी थी। यह बात बेहूदी है। और इस तरह की घटना न घटे, इसका मैं पूरा इन्तज़ाम करूंगी।

इन्दिरा ने सिर्फ़ कहा, बाक़ी देश का कोई राजनेता नहीं बोला, कोई धर्मगुरु नहीं बोला। कोई बुद्धिवादी, बड़े लेखक, कवि, साहित्यकार, मनीषी, कोई नहीं बोले। यूं जैसे कि कोई ख़ास बात ही न थी! किसी को छुरे से मारना, कोई ख़ास बात ही नहीं! ज़ाहिर है एक बात : इस छुरे के पीछे इन सारे लोगों का अनजाना, अचेतन समर्थन है, ये प्रफुल्लित हुए होंगे। ये आनन्दित हुए होंगे कि अच्छा हुआ। ये भी यही करना चाहते हैं, मगर कर नहीं सकते। इतनी करने की भी इनमें हिम्मत नहीं है।

आचार्य तुलसी को तो सोचना था कि तुम्हारी सिर्फ़ आलोचना हुई थी तो भी मैंने वक्तव्य दिया था; मुझ पर छुरा फेंका गया, कम-से-कम तुम इतना कह सकते थे कि यह बात अशोभन है। वह भी कहने की बात नहीं बन सकी उनसे।

इस तरह के लोगों को मैं क्या कहूं? और इस तरह के सारे लोग दिल्ली में जाकर अड्डा जमाए रखते हैं। और दिल्ली में इनका काम क्या है? इनका काम एक ही है कि बस इनके जो चापलूस हैं, वे जाकर राजनेताओं की प्रार्थना करते रहते हैं कि आप तुलसी जी महाराज के पास चलिए, कि आप सुशील मुनि जी महाराज के पास चलिए, बस दो मिनट के लिए चलिए! और वहां जाकर क्या काम करते हैं? कोई भी जाएगा, स्वभावतः नमस्कार करेगा। और जैन मुनि तो किसी को नमस्कार करता नहीं, आशीर्वाद देता है।

तो आचार्य तुलसी ने क्या तरकीब की थी! पंडित जवाहरलाल नेहरू के पीछे छः महीने लोग पड़े रहे कि आप एक दफ़ा तुलसी जी के वहां चलिए। वे टालते रहे, टालते रहे। जब थक गए होंगे, परेशान हो गए होंगे, तो गए। दो मिनट के लिए। हाथ जोड़कर नमस्कार किया, जो कि बिल्कुल स्वाभाविक है। तुलसी जी ने उनको आशीर्वाद दिया। कैमरामैन तैयार है, जल्दी से उसने फ़ोटो ले लिया। उसका कैलेंडर छपवा दिया कि पंडित जवाहरलाल नेहरू—आचार्य को नमस्कार करते हुए। कैलेंडर मुफ्त सारे हिन्दुस्तान में बांटा गया।

ये चालबाजियां, ये बेईमानियां—इनका धर्म से कोई सम्बन्ध है? कोई प्रयोजन है? कोई अर्थ है? मैं सिर्फ़ चाहता हूं कि तुम सोचो, विचार करो। और तुम्हें अगर इतनी-इतनी बड़ी चीज़ें नहीं दिखाई पड़तीं तो तुम बिल्कुल अन्धे हो।

एक साइकिल सवार नाराज़ हो गया। चिल्लाकर बोला : 'क्यों जी, तुम मुड़ने के लिए हाथ नहीं दे सकते थे? मैं ट्रक के नीचे आ जाता तो?'

ट्रक ड्राइवर ने कहा : 'भाईजान, तुम्हीं सोचो, जब तुम्हें मेरा इतना लम्बा-चौड़ा ट्रक नज़र नहीं आया तो हाथ भला कैसे नज़र आता?'

तुम्हें कुछ नज़र ही नहीं आ रहा है। और जिनके पास जाकर तुम नमस्कार कर रहे हो, उनसे पा क्या रहे हो? तुम्हारे जीवन में कौन सी क्रान्ति घट रही है? तुम्हें कौन सी औषधि मिल रही है?

सोहनलाल दूगड़ आचार्य तुलसी के भक्तों में से एक थे। आख़िर-आख़िर में वे मेरे हाथ बिगड़ने लगे थे। तो मुझसे उन्होंने एक रात कहा—उनके घर मैं मेहमान था—कि आपसे क्या छिपाऊं, मैंने जीवन में चार बार आचार्य तुलसी के कहने से ब्रह्मचर्य-व्रत लिया है। एक भोंदू मेरे पास बैठे थे। वे तो बड़े प्रभावित हुए कि चार बार ब्रह्मचर्य व्रत! मैंने उनकी खोपड़ी पर एक चपत लगाई। मैंने कहा : 'तू इतना बड़ा भोंदू है छंटा हुआ कि तुझे यह भी समझ में नहीं आ रहा, तू प्रभावित हो रहा है कि ब्रह्मचर्य का व्रत चार बार लेने का मतलब क्या होता है! तूने तो हद कर दी मूढ़ता की—उनका गद्गद भाव देखकर कि वाह, क्या ग़ज़ब कर दिया, चार बार! मैंने तो एक बार भी नहीं लिया जीवन में, तो स्वभावतः जिसने चार बार लिया उसने तो महान साधना कर ली! पहले तू सोच भी तो पागल कि चार बार लेने का मतलब क्या होता है! अब इनसे पूछ कि पांचवीं बार क्यों नहीं लिया?'

तब उनको थोड़ा होश आया। और मैंने सोहनलाल को पूछा कि पांचवीं बार क्यों नहीं लिया, यह बताओ। तो उन्होंने कहा : 'आप पहले आदमी हैं जो यह पूछ रहे हैं पांचवीं बार क्यों नहीं लिया। नहीं तो लोग प्रभावित होते हैं, जैसे यह भैया प्रभावित हुआ कि चार बार ब्रह्मचर्य का व्रत! पांचवीं बार इसलिए नहीं लिया कि चार बार ले-लेकर बार-बार टूटा, थक गया, मैं समझ गया कि यह अपने से होनेवाला नहीं है, इसलिए नहीं लिया।'

मैंने उन मूर्खानन्द को, जो बैठे वहां प्रभावित हो रहे थे, कहा कि तुमने एक कहानी सुनी है कि एक राजनेता पागलख़ाना देखने गया। उसने पूछा कि जब कोई पागल ठीक हो जाता है तो तुम कैसे तय करते हो कि वह ठीक हो गया? तो उसने कहा : 'कई हमारे पास परीक्षण हैं। जैसे अगर पढ़ा-लिखा आदमी हो तो हम उससे पूछते हैं कि जो पहला हवाई-जहाज़ का उड़ाका था, उसने पृथ्वी के चार चक्कर लिये, उन चार चक्कर लेने में एक बार मारा गया, कौन सी चक्कर में मारा गया?'

राजनेता ने कहा : 'यह तो बड़ा कठिन सवाल है। यह तो मैं भी... इतिहास मैंने पढ़ा नहीं। अगर तुम मुझसे भी पूछो तो मैं भी नहीं बता सकता। अरे जब पढ़ा ही नहीं इतिहास तो किस चक्कर में मारा गया

यह मैं भी कैसे बता सकता हूं?'

मैंने कहा : 'तुम भी उसी कोटि के मूढ़ हो। तुम किसी पागलख़ाने में भर्ती हो जाओ। अब जो आदमी चार दफ़ा चक्कर लिया पृथ्वी का, यह भी नहीं बता सकते किसमें मारा गया! अरे स्वभावतः चौथे ही में मारा जाएगा। अगर तीसरे में मर जाता तो चौथे का चक्कर कौन लेता? इतनी सीधी-सीधी बात तुम्हारी अक्ल में नहीं घुसती!'

इसी तरह का यह अणुव्रत आन्दोलन चलता है; लोग व्रत ले लेते हैं, टूटते रहते हैं। न कोई व्रतों का मतलब है, न कोई संभालने का सवाल है। मगर तुलसी जी अणुव्रत-शास्ता हो गए, अणुव्रत-अनुशास्ता हो गए।

इस देश में क्रान्ति वग़ैरह तो होती ही नहीं, क्रान्तिकारी बहुत हैं। इस देश को सुधारनेवाले इतने हैं कि कभी-कभी मैं यह सोचता हूं कि सुधारना किसको है?

बहरा मरीज़ डॉक्टर से बोला : 'डॉक्टर साहब, मैं इतना कम सुनने लगा हूं कि अपनी खांसी की आवाज़ तक नहीं सुन पाता।'

डॉक्टर ने कहा, 'घबराओ मत। ये दो गोलियां खा लेना, खांसी तेज़ हो जाएगी, तब तुम उसकी आवाज़ ठीक से सुन सकोगे।'

ऐसे-ऐसे चिकित्सक पड़े हैं!

सिर्फ़ देते हैं सुनाई
शब्द अनगढ़,
अर्थ आधे
टूटते से स्वर,
द्वार पर ताले जड़े हैं
ऊंघते से घर,
आजकल इस ओर भी
बस्ती नहीं है।

कौन जाने सब कहां हैं

नौकरी पर या कि बाहर
या कि भीतर?
या सभी को लीलता है
मुखर संशय,
मौन का डर?
ज़िन्दगी, मुरदाघरों को देखकर
हंसती नहीं है।

आजकल इस गांव में
सब-कुछ मगर
बस्ती नहीं है।

ऐसा लगता है यह देश एक मरघट हो गया है। इसमें मुर्दों की पूजा चल रही है। मुर्दे मुर्दों को पूज रहे हैं। मुर्दे मुर्दों का जुलूस निकाल रहे हैं, जय-जयकार कर रहे हैं। न कोई सोचता, न कोई विचारता। और अगर कोई सोचने-विचारने की बात कहे तो फ़ौरन, तुम तिलमिला जाते हो।

ये सारी बातें मैं तुम्हें सिर्फ़ झकझोरने के लिए कह रहा हूं, ताकि तुम एक दफ़ा पुनर्विचार में उतर जाओ। इस देश का विचार मर गया तो आत्मा मर गई। इस देश को झकझोरना होगा। और आंधी आए, तूफ़ान आए, तो ही शायद तुम जगो-तो-जगो, अन्यथा तुम जग नहीं सकते हो।

मेरा विरोध करो, जी भर विरोध करो!

इसी सम्बन्ध में दूसरा प्रश्न पूछा है हरनामदास आर्य ने : 'ओशो, आप इन दिनों साधुओं, मुनियों और दूसरे लोगों के धर्मों की कड़ी आलोचना व निन्दा करते हैं। इससे आपको क्या मिलेगा? आप सीधा अपने ध्यान और धर्म का प्रचार क्यों नहीं करते!'

हरनामदास आर्य, नाम से लगता है आर्यसमाजी हो। दूसरों की आड़ में अपनी बात छिपा रहे हो। अगर आर्यसमाजी हो तो तुमने 'सत्यार्थ प्रकाश' पढ़ा है दयानन्द का? उसमें तो सारे धर्मों की आलोचना है। आग

लगा दो उसको, क्योंकि क्यों दयानन्द ने दूसरे धर्मों की बात की, आलोचना की? अपने ध्यान और धर्म का प्रचार करते। तुम 'आर्य' क्यों हुए?

और कुछ तुम ज़रा बुद्धि पर थोड़ा बल डालो। बुद्ध ने महावीर की भी आलोचना की है और सख़्त आलोचना की है। वे दिन जानदार थे, शानदार थे। लोग तलवारों पर धार रखते थे। प्रतिभा एक तलवार है। ऐसे कमज़ोर और कायर नहीं थे। ऐसे पूंछ दबाकर नहीं भागते थे। बुद्ध ने महावीर की आलोचना की है और सख़्त आलोचना की है, क्योंकि जैन कहते थे कि महावीर त्रिकालज्ञ हैं और बुद्ध इस पर बहुत हंसते थे।

बुद्ध ने कहा है कि मैंने महावीर को ऐसे घर के सामने भिक्षा मांगते देखा है, जिस घर में कोई है ही नहीं, बरसों से घर ख़ाली पड़ा है—और ये सज्जन त्रिकालज्ञ हैं! तीनों काल का इनको पता है और इनको यह भी पता नहीं कि घर में कोई रहता नहीं है! ये ख़ाक त्रिकालज्ञ हैं! मैंने महावीर को सुबह-सुबह धुंधलके में उठते, गांव के बाहर पाखाना इत्यादि करने को जाते देखा है। रास्ते में अंधेरे में कुत्ते की पूंछ पर पैर पड़ जाता है; जब कुत्ता भौंकता है तब इनको अक्ल आती है कि कुत्ता सो रहा है। और ये त्रिकालज्ञ हैं! इनको तीनों काल का ज्ञान है—अतीत का, वर्तमान का, भविष्य का! महावीर को मालूम था कि हरनामदास आर्य आज के दिन यह प्रश्न मुझसे पूछेंगे!

बुद्ध ने बहुत मज़ाक़ उड़ाई है। मैं यह नहीं कहता कि सही या ग़लत। मैं यह कहता हूं कि जब कोई देश ज़िन्दा होता है, उसमें प्रखरता होती है, उसमें चीज़ों में चुनौती होती है। शंकराचार्य ने बुद्ध की बहुत आलोचना की है, गहन आलोचना की है। और रामानुज ने शंकराचार्य को छोड़ा नहीं। रामानुज ने इतनी गहन आलोचना की शंकराचार्य की और यह सिद्ध करने की कोशिश की है कि शंकराचार्य छुपे हुए बौद्ध हैं, प्रच्छन्न बौद्ध हैं। ये करते तो बुद्ध की आलोचना हैं, मगर वह आलोचना सब धोखा है; भीतर से, पीछे के दरवाज़े से बुद्ध के ही विचारों का ये प्रचार कर रहे हैं। चूंकि अब बुद्ध का प्रचार सीधा-सीधा नहीं हो सकता, ब्राह्मणों ने बुद्ध के धर्म को उखाड़ फेंका है, इसलिए अब बुद्ध के धर्म को पीछे के दरवाज़े से

कैसे प्रवेश करवाया जाए, यह शंकराचार्य कोशिश कर रहे हैं।

ये जानदार लोग थे। ये तुम जैसे मुर्दा लोग नहीं थे।

क्यों न करूं मैं आलोचना अगर साधु ग़लत हैं? मुनि मुनि नहीं हैं, साधु साधु नहीं हैं। आलोचना क्यों न करूं? और धर्मों पर किसी की बपौती है, किसी का ठेका है? दुनिया में तीन सौ धर्म हैं, तीन सौ ही धर्म ठीक नहीं हो सकते। सत्य एक है, तीन सौ धर्म ठीक हो सकते हैं? और जब तक ग़लत को ग़लत न कहा जाए, तब तक सही को सही कहा नहीं जा सकता। ग़लत की पहचान आ जाए तो ही सही की पहचान आती है। और ग़लत से शुरू करना होगा, क्योंकि ग़लत से भरे हो।

तुम तो ऐसी बात कर रहे हो हरनामदास आर्य, कि 'आपको अगर अमृत उंडेलना हो तो हमारे पात्र में उंडेल दें, आप हमारे पात्र की सफ़ाई की बात क्यों करते हैं?' मुझे अपना अमृत ख़राब करना है? तुम अपने पात्र में मलमूत्र किए बैठे हो, उसकी सफ़ाई न करवाऊं? उसकी पहले सफ़ाई करवाऊंगा।

लेकिन लोग तो एक से एक पहुंचे हुए हैं। मैंने सुना, दो हिप्पी एक रास्ते पर चले जा रहे थे। एक हिप्पी बड़ी देर से नाक पर रुमाल लगाए हुए था। दो-तीन मील चलने के बाद उससे कहा कि भई, क्या तूने अपने पतलून में पाखाना किया है! क्योंकि पहले मैंने सोचा कि नालियों की बास होगी, फिर नालियां भी ख़त्म हो गईं, अब तो कोई नाली भी नहीं है। फिर मैंने सोचा कि आदमियों में से बास आ रही होगी। अब कोई आदमी भी नहीं, हम दोनों ही बचे, क्या तू अपने पतलून में पाखाना कर रहा है?

दूसरे ने कहा : 'कभी नहीं! नहीं जी! क्या बातें करते हो!'

उसने कहा : 'तू उतार पतलून! क्योंकि बास इतनी तेज़ है और तीन मील से साथ चल रही है...।'

उसने पतलून उतरवाया। वह पाखाने ही पाखाने से भरा हुआ था। उसने कहा : 'यह क्या है?'

तो उसने कहा : 'यह तो पुराना है, कोई अभी का थोड़े ही है।

तुम कह रहे थे पतलून में पाखाना कर रहे, तो मैंने कहा नहीं, अरे यह तो बहुत पुराना है! यह तो कई दिन पहले की बात है।'

तुम्हारे बर्तनों में कितनी गन्दगी है, कितना कचरा भरा है, उसको न निकालूं? हरनामदास आर्य तुम कह रहे हो कि आप अपने धर्म का सीधा प्रचार क्यों नहीं करते! सीधा प्रचार कहां करूं? जितनी खोपड़ियां हैं, सब कचरे से भरी हुई हैं। कोई हिन्दू है, कोई मुसलमान है, कोई ईसाई है, कोई जैन है, कोई बौद्ध है। तो पहले उसका कचरा निकालना होगा, तभी उसके भीतर सम्यक सत्य को डाला जा सकता है, अन्यथा कोई उपाय नहीं।

लेकिन तिलमिलाते क्यों हो? अगर तुम्हारे धर्मों में सत्य है तो टक्कर क्यों नहीं लेते? तो तुम अपने धर्मों के जो धुरन्धर हैं, उनसे कहो कि जवाब दें मेरी बातों का। लेकिन तुम्हारे धर्म के धुरन्धर भी क्या हैं! उनसे कुछ पूछो तो क्या जवाब मिलेगा!

मैं पढ़ रहा था पुरी के शंकराचार्य के सम्बन्ध में कि दिल्ली में उनका सत्संग चल रहा था और एक आदमी ने खड़े होकर पूछा कि ब्रह्म का ज्ञान कैसे उपलब्ध हो। कोई ख़राब बात नहीं पूछी थी। और पुरी के शंकराचार्य को एकदम क्रोध आ गया, इस बात में ही क्रोध आ गया कि ब्रह्म का ज्ञान कैसे हो! और सत्संग ही हो रहा था तो ब्रह्म का ज्ञान ही तो पूछा जाएगा। उन्होंने उलटा सवाल उस आदमी से किया कि तुम्हारी चुटैया है या नहीं? अब आजकल किसकी चुटैया होती है? सिर्फ़ गधों को छोड़कर और किसी की नहीं। कोई समझदार आदमी चुटैया काहे के लिए रखेगा? कोई औरत के हाथ से पिटना हो, वह पकड़कर चुटैया और धुनकाई करेगी!

मैं छोटा था तो मेरे गांव में पड़ोस में एक सज्जन रहते थे। उनकी बड़ी चुटैया थी। मैं उनकी चुटैया के ख़िलाफ़ था। उनसे कई दफ़ा कहा कि देखो, तुम चुटैया छोटी कर लो। उन्होंने कहा कि तुम कौन हो जी मेरी चुटैया छोटी करनेवाले? और तुम्हें मतलब?

मैंने कहा : 'मैं भी तुम्हारा पड़ोसी हूं। तुम्हारी वजह से मेरी तक

बदनामी होती है कि तुम ऐसे पड़ोस में रहते हो।'

अरे—उन्होंने कहा—यह भी हद हो गई!

मैंने कहा : 'तुम देखो, काट ही लो चुटैया!'

नहीं माने। गांव में, छोटे गांव में तो लोग गर्मी के दिनों में बाहर सोते हैं। सो मैं एक रात उनकी चुटैया काट आया। सुबह क्या मज़ा हुआ, देखने लायक दृश्य खड़ा हो गया! वे क्या उछले, फांदे, क्या कूदे! बिल्कुल बजरंगबली हो गए! उनका धर्म नष्ट हो गया! और मुहल्ले के आदमियों को लेकर मेरे घर आए। मेरे पिता से कहा कि अब हद हो गई। अब यह सीमा के बाहर की बात हो गई—मेरा धर्म नष्ट हो गया, मेरी चुटैया काट ली!

मैंने कहा : 'भई, तुम ऐसा करो, मेरे पूरे बाल काट लो, क्या करोगे? कहो तो मैं चुटैया बढ़ा लूं। तुम्हारी कट गई, मैं बढ़ाए लेता हूं। जब बढ़ जाए तब तुम काट देना। चुटैया ही काटी है, कोई तुम्हारा धर्म कैसे नष्ट हो जाएगा? चुटैया में तुम्हारा धर्म था? तुम सिद्ध कर सकते हो, चुटैया में तुम्हारा धर्म था?'

मगर पुरी के शंकराचार्य को भी चुटैया में धर्म मालूम होता है। यह बेचारा पूछ रहा है कि ब्रह्म को कैसे पाया जाए; वे पूछते हैं चुटैया है कि नहीं! उसने कहा कि भई चुटैया तो नहीं है। तो दूसरा सवाल उन्होंने बड़ा आध्यात्मिक सवाल पूछा पुरी के शंकराचार्य ने, कि पेशाब खड़े होकर करते हो कि बैठकर। क्योंकि वह पतलून पहने हुए था। अब पतलून पहनकर और बैठकर पेशाब करना बड़ी कठिन बात है। कोई योगी वग़ैरह हो तो कर ले। मतलब आसन वग़ैरह करना जानता हो, उलटा-सीधा शरीर को घुमाना जानता हो। अब पतलून पहने बैठकर पेशाब करोगे तो पुरखे तक तिर जाएंगे। उसने कहा कि पतलून की वजह से बैठकर तो कैसे कर सकता हूं?

तो उन्होंने कहा : 'खड़े होकर पेशाब करते हो और ब्रह्मज्ञान की पड़ी है! अरे पहले अपना आचरण ठीक करो। चुटैया बढ़ाओ, बैठकर पेशाब करो। जनेऊ पहने हो कि नहीं?'

वह जनेऊ भी नदारद था। और वे जो आदमी बैठे थे, वहां बैठे होंगे उसी तरह के आदमी, और किस तरह के आदमी इस तरह की जगह पहुंचते हैं! वे सब हंसने लगे कि ये देखो ब्रह्मज्ञान करने चले! उस बेचारे की ऐसी फजीहत हो गई।

ये तुम्हारे पुरी के शंकराचार्य हैं! और तुम चाहते हो कि इनकी आलोचना न की जाए? तुम चाहते हो तुम्हारे साधुओं और मुनियों और 'दूसरे के धर्मों के लोगों की?'...! कौन दूसरे लोग? मैं किसी को दूसरा नहीं मानता। कोई दूसरा नहीं है। बिजली चलाने में तुम्हें फ़िक्र नहीं आती कि किसने खोजी। तुम्हारे बाप-दादों ने खोजी? शंकराचार्य ने खोजी, रामानुज ने खोजी, निम्बार्क ने खोजी, वल्लभाचार्य ने खोजी, किसने खोजी? तब तुम नहीं पूछते कि बिजली घर में चला रहे हैं, पंखा चला रहे हैं, रेडियो सुन रहे हैं, यह किसने खोजा?

विज्ञान पर सबका अधिकार है, तो धर्म पर क्यों नहीं? धर्म भीतर का विज्ञान है। फिर जीसस ने खोजा कि ज़रथुस्त्र ने खोजा कि मोजिज ने खोजा, कि महावीर ने खोजा, क्या फ़र्क़ पड़ता है? कृष्ण ने खोजा कि क्राइस्ट ने खोजा, क्या फ़र्क़ पड़ता है?

सारे धर्म मेरे हैं। इसलिए कोई मुझसे यह न कहे कि दूसरों के धर्मों की मैं कड़ी आलोचना करता हूं। मेरे धर्म हैं! और उनमें जहां-जहां मैं देखूंगा लोगों ने गन्दगी मिलाई है, उसकी मैं आलोचना करूंगा। मेरे धर्म हैं! मैं अधिकारी हूं कि अपने धर्मों में कचरा न मिलने दूं। मैं किसी और के धर्म की आलोचना नहीं कर रहा हूं।

और मज़ा यह है कि हरनामदास ही दूसरा प्रश्न पूछते हैं, जिससे ज़ाहिर हो जाता है कि अक्ल कितनी होगी। दूसरा प्रश्न पूछते हैं : 'ओशो, रामायण में साफ़-साफ़ कहा गया है कि एक व्यक्ति को बस एक ही विवाह करना चाहिए। और परस्त्री को देखना भी पाप है। आप जिस मुक्त स्वच्छन्द और अपने कम्यून में होनेवाले प्रयोगों की बात करते हैं, क्या यह आचरण समाज को एक ग़लत दिशा में नहीं ले जाएगा?'

हरनामदास आर्य, अब तुम रामायण को फंसा रहे हो कि नहीं? अब मैं रामायण के सम्बन्ध में कुछ कहूं तो आलोचना हो जाएगी! और

तुम कहते हो कि साधुओं, मुनियों और दूसरे के धर्मों की आलोचना न करूं। अब तुम बाबा तुलसीदास की पिटाई करवाने को ख़ुद उत्सुक हो। तुम्हें खुजलाहट हो रही है अब मैं क्या करूं, बोलो, तुम्हारा पहला प्रश्न मानूं कि तुम्हारा दूसरा प्रश्न मानूं?

रामायण ने कोई ठेका लिया है? रामायण कोई धर्म-ग्रन्थ है? कथा-कहानी है। पढ़ो, जी भरकर पढ़ो! लीला करो! मगर धर्म-ग्रन्थ क्या है? रामायण तो सारा देश पढ़ रहा है, कितने लोग धार्मिक हो गए हैं रामायण पढ़कर? चौपाइयां पढ़ते-पढ़ते चौपाए हो गए हैं, और कुछ भी नहीं। और तुम कह रहे हो : 'रामायण में साफ़-साफ़ कहा गया है...।' कहा गया होगा। कोई मैं आबद्ध हूं रामायण में जो कहा है उसको मानने को?...कि एक व्यक्ति को बस एक ही विवाह करना चाहिए। तो फिर कृष्ण महाराज की फिर क्या गति होगी? सोलह हज़ार पत्नियां! रामायण के हिसाब से कृष्ण महाराज को कहां रखोगे? और अपनी भी नहीं, न मालूम दूसरों-दूसरों को भगा लाए। रुक्मिणी को भी भगाकर लाए। और तुम्हारे सब ऋषि-मुनियों को अनेक पत्नियां थीं। एक पत्नी थी जिसको पत्नी कहते थे; और बाक़ी को पत्नी न कहने के लिए 'वधू' शब्द खोजा हुआ था। आजकल तो हम वधू शब्द का उपयोग ग़लत अर्थ में कर रहे हैं—उस अर्थ में, पुराना जो हिसाब है, बैठता नहीं। वधू कहते थे उपनिषद के काल में—उन स्त्रियों को, जो तुम्हारी पत्नी तो नहीं हैं, लेकिन जिनके साथ तुम पत्नी जैसा व्यवहार करते हो, उनको वधू कहते थे। पत्नी एक होती थी, वधुएं अनेक होती थीं। बाज़ारों में बिकती थीं औरतें!

और रामचन्द्र जी के बाप जी की कितनी औरतें थीं? और यह खूसट बुड्ढा बुढ़ापे में भी एक औरत के ही चक्कर में तो राम को भिजवा दिया था जंगल, चौदह साल के लिए। न वह औरत होती, न रामायण होती। सब मज़ा किरकिरा हो जाता। तुम्हारा धर्म ही डूब जाता। उसी चौथी औरत की वजह से रामायण है, नहीं तो बाबा तुलसीदास कहां होते? कौन पूछता?

और 'एक व्यक्ति को बस एक ही विवाह करना चाहिए'...। तो मैंने कब कहा कि दो करना चाहिए? मैं तो कहता हूं एक भी नहीं करना

चाहिए। तुम ज़रा मेरी बात तो समझो। मैं किन ऊंचाइयों पर ले जा रहा हूं और तुम कहां की बातें कर रहे हो! मैं तो एक से भी बचाना चाहता हूं। एक में ही झंझट शुरू हो जाती है। और जब एक किया तो दो से कब तक बचोगे? एक के बाद दो, दो के बाद तीन। आख़िर आदमी तो गति करेगा, विकास करेगा।

मैं तो विवाह के ही विपरीत हूं। मैं तो विवाह का ही दुश्मन हूं। मैं तो कहता हूं एक भी नहीं करना चाहिए; क्योंकि एक करने से ही यह ख़तरा शुरू होता है—अपनी स्त्री और पराई स्त्री। अब स्त्री भी जैसे कोई सम्पत्ति है—पर-स्त्री! स्त्री कोई चीज़ वस्तु है? स्त्री की कोई आत्मा है या नहीं? उसको सम्पत्ति मानकर चलते रहे हो। पर-स्त्री! उसकी तरफ़ देखना भी पाप है! कैसे घबराए हुए लोग रहे होंगे! कैसे डरपोक लोग रहे होंगे! किसी स्त्री की तरफ़ देखने से घबरा रहे हैं! इनके भीतर कैसा कचरा-कूड़ा भरा होगा! इनके भीतर पाप-ही-पाप भरा होगा। नहीं तो दूसरे की स्त्री देखने में क्या हर्जा है? कौन सा पाप है? और अगर दूसरे की स्त्री सुन्दर है तो उसको सुन्दर कहने में क्या हर्जा है? पड़ोसी के बग़ीचे में अगर सुन्दर फूल खिले हैं, तो तुम उससे नहीं कहते कि अहा, कितने सुन्दर गुलाब तुम्हारे बग़ीचे में खिले हैं! इसमें कुछ अड़चन है?

अच्छी दुनिया होगी, भले लोग होंगे, तो मैं मानता हूं कि किसी की सुन्दर स्त्री को देखकर कोई कहेगा कि तुम धन्यभागी हो, ऐसी सुन्दर स्त्री तुम्हें मिली! अच्छी दुनिया होगी तो कोई व्यक्ति किसी सुन्दर स्त्री के पास जाकर भी उसे धन्यवाद देगा कि अनुग्रह, कि मैंने तेरा दर्शन किया, आज सुबह-सुबह तू इतनी सुन्दर स्त्री मुझे दिखाई पड़ी! और ऐसा नहीं कि वह एकदम चिल्ला देगी, पुलिसवाले को बुलाने लगेगी, क्योंकि उसने कोई पाप नहीं किया, कोई धक्का नहीं दिया। अभी क्या कर रहे हो तुम? सुन्दर तो नहीं कहते उससे, लेकिन भीड़भाड़ में धक्का दे देते हो। मौक़ा मिल जाए तुम्हें, चुटैया ही खींच दोगे, च्यूंटी ले दोगे। क्या-क्या तुम नहीं कर रहे हो! हे ऋषि-मुनियों की सन्तान, तुम्हारी कैसी दुर्दशा है! और बकवास तुम यही लगाए हुए हो कि दूसरे की स्त्री को देखना पाप है। क्या पाप है? परमात्मा की कृति है स्त्री भी, पुरुष भी।

किसी की स्त्री को देखना पाप नहीं है। घूंघट डालना पाप है। इसका मतलब हुआ कि घूंघट डालकर तुमने परमात्मा की कृति को छिपाया, तुमने मालकियत कर दी कि यह मेरी स्त्री है, इस पर मेरा घूंघट है। सील-मोहर बन्द! और ऐसा नहीं कि सील-मोहर बन्द नहीं होती थी! मध्य युग में यूरोप में यह चलता था, क्योंकि अक्सर...। जैसा हमारे देश में चलता था वैसा ही वहां चलता था। हम तो और ज़्यादा जघन्य हैं। जब कोई राजा युद्ध के लिए जाता था, तो अपनी पत्नी की गर्दन ही काट जाता था, क्योंकि पता नहीं युद्ध में मर जाए, फिर? पति तो युद्ध में जाता था, स्त्रियां अग्नि में बैठकर अपने को जला लेती थीं, सती हो जाती थीं। यह सिखाया गया था उनको कि यह करना, क्योंकि अगर मैं न बचूं तो पता नहीं फिर कोई तुम पर क़ब्ज़ा न कर ले। कैसी अमानुषिकता!

मध्य युग में, यूरोप में एक रिवाज़ था। वहां लोगों ने...वे तो ज़रा वैज्ञानिक बुद्धि के लोग हैं पश्चिम में।...लोहे के बेल्ट बना लिये थे। वे स्त्रियों को बेल्ट पहना जाते थे और ताला लगा जाते थे। तो स्त्रियां पेशाब तो कर सकती थीं, मगर प्रेम नहीं कर सकती थीं। वह बेल्ट इस ढंग से बनाया जाता था कि किसी के साथ सम्भोग नहीं कर सकती थीं।

एक सेनापति युद्ध पर जा रहा था। उसे यह डर लगा कि कहीं युद्ध के मैदान में कहीं चाबी गिर जाए, खो जाए, कुछ हो जाए, तो मारे गए! लौटकर फिर क्या करेंगे? उसने सोचा अपना एक मित्र है, बहुत जिगरी मित्र? जिस पर भरोसा किया जा सकता है। उसको जाकर कहा कि भई, और तो मैं किसी पर भरोसा नहीं कर सकता, तुम यह चाबी रख लो। छः महीने तो मुझे लग जाएंगे युद्ध में लौटते-लौटते। आते ही ये चाबी ले लूंगा। और मुझे तुम पर भरोसा है, तुम बेफिक्री से चाबी रख लो।

निश्चिन्त, वह गांव के बाहर अपने घोड़े पर सवार होकर निकला। गांव के बाहर निकला ही नहीं था, कि एक दूसरा घोड़ा भागता हुआ आया, बेतहाशा उसका मित्र चला आ रहा था। उसने कहा : 'रुको, रुको?' रोका इसे और कहा कि यह क्या है, तुम ग़लत चाबी मुझे दे आए! इधर

ये चाबी देकर गए, उधर वे चाबी खोलने पहुंच गए! ग़लत चाबी का इतनी जल्दी पता चल गया!

एक और मैंने कहानी सुनी है कि ऐसा ही एक सम्राट अपनी पत्नी पर सन्दिग्ध! और पति सन्दिग्ध, पत्नियां सन्दिग्ध—हमने क्या समाज बनाया है! इसमें कहीं श्रद्धा तो है ही नहीं, सन्देह-ही-सन्देह है। तुम्हारी पत्नी किसी से ज़रा हंसकर बोल ले कि बस सन्देह। तुम्हारी जान निकली! चले हनुमान जी के मन्दिर, कि चढ़ाएंगे नारियल और पता लगाएंगे अब कि हनुमान जी कुछ करो, कि भैया यह क्या हो रहा है! पत्नी हंस रही थी, बात कर रही थी! ऐसी मुझसे तो कभी नहीं हंसती!

तुमसे हंसे भी क्या? तुम्हारी रोती हुई सूरत देखकर हंसता हुआ आदमी हो, उसकी हंसी बन्द हो जाए। तुम घर क्या आते हो, बच्चे चुप हो जाते हैं। अरे पशु-पक्षी एकदम चुप हो जाते हैं! एक तहलका छा जाता है।

और पत्नियों को डर है पतियों का कि कहां जा रहे हैं, क्या कर रहे हैं! सब एक-दूसरे के पीछे जासूसों की तरह लगे हुए हैं। यह कोई समाज है? यह कोई नीति है? यह कोई जीवन है? जहां इतना सन्देह है, यहां कैसे प्रेम के फूल खिलेंगे! इस सन्देह की घास में प्रेम के गुलाब नहीं लग सकते।

सम्राट था फ्रेंच। वह जा रहा था युद्ध पर, तो उसने एक ख़ास तरह का बेल्ट बनवाया। बेल्ट ऐसा था कि कोई भी धोखा खा जाए। धोखा ऐसा कि साधारण जैसे बेल्ट बनते थे पश्चिम में—अभी भी पश्चिम के म्यूजियम में बेल्ट रखे होते हैं, देखने के लिए, मध्य युग के, कि किस तरह की बातें आदमी ने की—इसने बेल्ट ऐसा बनवाया था कि जिसमें अन्दर एक चाकू था कि अगर कोई स्त्री से सम्भोग करने की कोशिश करे तो उसकी जननेन्द्रिय का फ़ौरन चाकू ख़ात्मा कर दे। मतलब सज़ा भी उसको मिल जाए। यह भी नहीं कि वह कोशिश कर के हारे, न कर पाए; सज़ा भी उसको मिल जाए। उसके पांच वजीर थे। उनमें पांचों पर उसे शक था। उन्हीं के लिए उसने इन्तज़ाम किया था। वह तो गया युद्ध पर। जब लौटकर आया वह तो उसने वज़ीरों से कहा कि उतारो

कपड़े! वज़ीर ज़रा सकुचाए। मगर अब सम्राट कहे...उसने तलवार खींच ली, उसने कहा। 'निकालो कपड़े!' पहले ने कपड़ा निकाला, उनका ख़तना हो चुका था। सिर झुकाकर खड़े हो गए। सम्राट ने कहा : 'अच्छा! अब तो सबूत भी है।'

दूसरे का, उनका भी ख़तना, चार का ख़तना हो चुका था। पांचवें का ख़तना नहीं हुआ था। सम्राट ने कहा : 'तू एक विश्वास योग्य व्यक्ति है! तुझ पर मैं भरोसा कर सकता हूं। और मैं आज शर्मिन्दा हूं कि मैं तुझ पर ही सबसे ज़्यादा शक करता था तू बोल। जो मांगेगा दूंगा।'

वह बोला : 'मम्मम...।' उनकी जीभ का ख़ात्मा हो चुका था। फ्रांस के आदमियों की तो तुम हरकतें जानते ही हो कि वे प्रेम की एक-से-एक तरकीबें निकालते हैं। वे जीभ से प्रेम करते थे। उनकी जीभ नदारद थी। सम्राट ने सिर ठोंक लिया। उसने कहा कि हो गया!

मगर सन्देह से खड़ी यह दुनिया कोई अच्छी दुनिया नहीं है। मैं एक समाज चाहता हूं, जहां लोग प्रेम तो करते हों लेकिन सन्देह न करते हों। और यह तभी हो सकता है जब वह विवाह की रुग्ण व्यवस्था समाप्त हो। यह विवाह महारोग है। इसने मनुष्य-जाति को पूरा सड़ा दिया है। प्रेम पर्याप्त है। अगर किसी व्यक्ति से तुम्हारा प्रेम है, तो जीवन-भर साथ रहो; बहुत प्रेम हो तो कई जन्मों तक साथ रहो। लेकिन आधार प्रेम हो। जहां तुमने ज़बर्दस्ती बन्धन शुरू किए, जहां तुमने एक-दूसरे की स्वतन्त्रता पर रुकावट डाली, बस वहीं प्रेम की मृत्यु शुरू हो जाती है।

मनुष्य के जीवन में दो बड़ी आकांक्षाएं हैं—एक प्रेम और एक स्वतन्त्रता। और अब तक हम यह नहीं कर पाए हैं इन्तज़ाम कि दोनों साथ-साथ सध जाएं। कुछ लोगों ने प्रेम साधा, उनकी स्वतन्त्रता छिन गई। और कुछ लोगों ने स्वतन्त्रता साधी, उनका प्रेम छिन गया। स्वतन्त्रता साधनेवाले लोग संन्यासी, साधु, भिक्षु, मुनि, तपस्वी भागे जंगल की तरफ़। प्रेम से भाग रहे थे। कहते हैं संसार से भाग रहे हैं, लेकिन अगर उनके संसार का मतलब समझो तो कोष्ठक में लिखा होता है प्रेम। प्रेम से भाग रहे हैं। आसक्ति कहें उसको, मोह कहें उसको, काम कहें उसको—जो भी कहना चाहें कहें। लेकिन भाग रहे हैं प्रेम से। प्रेम से डरे हुए हैं।

और क्यों डरे हुए हैं? क्योंकि प्रेम के साथ स्वतन्त्रता नष्ट हो जाती है। वे स्वतन्त्रता को प्रेम करते हैं; इसलिए भाग रहे हैं। स्वतन्त्रता बचानी है। स्वतन्त्रता तो बच जाएगी हिमालय की गुफ़ा में, लेकिन वह स्वतन्त्रता मुर्दा होगी, क्योंकि उसमें प्रेम का झरना नहीं होगा; पथरीली होगी, बंजर होगी, रेगिस्तान जैसी होगी। स्वतन्त्रता तो होगी, मगर उसमें गीत नहीं उठेंगे, उसमें पायल नहीं बजेगी, उसमें बांसुरी की कोई धुन नहीं होगी। स्वतन्त्रता तो होगी, मगर मरघट जैसी—सन्नाटा, ठंडी, बिल्कुल ठंडी!

और कुछ लोगों ने प्रेम साधा—जिनको हम संसारी कहते हैं—उनकी स्वतन्त्रता मर गई। पत्नी पति की स्वतन्त्रता मार डालती है, पति पत्नी की स्वतन्त्रता मार डालता है। थोड़ी-बहुत बचती है तो दोनों मिलकर बच्चों की मार डालते हैं...थोड़ी-बहुत बचती है तो बच्चे मिलकर दोनों की मार डालते हैं। अजीब दुनिया है! यहां हर आदमी एक-दूसरे की स्वतन्त्रता का दुश्मन है। बच्चे भी मां-बाप को स्वतन्त्रता नहीं देते। अगर मां-बाप भी पास-पास बैठे गुपचुप बातें कर रहे हों तो बच्चे वहीं-वहीं घूमते हैं। मां-बाप अगर चुपचाप बैठे बात कर रहे हों या ज़रा मस्ती में हों, तो बच्चा फ़ौरन आ जाएगा कि भूख लगी है। अभी आधा घड़ी पहले इसको खाना ही नहीं था, भोजन ही नहीं, भूख ही नहीं थी, अब इसको भूख लगी है; कि पेशाब जाना है, कि पाखाना जाना है, कि फलाना करना है, कि ढिकाना करना है। हरकत खड़ी करेगा आकर। निश्चित हरकत खड़ी करेगा। कोई-न-कोई उपद्रव खड़ा कर देगा। मगर घूमेगा वहीं, चक्कर वहीं मारेगा।

बच्चे मां-बाप की स्वतन्त्रता नष्ट करते हैं। मां-बाप बच्चों की स्वतन्त्रता नष्ट करते हैं। पति पत्नी की, पत्नी पति की...एक-दूसरे की स्वतन्त्रता पर दुश्मन की तरह बैठे हुए हैं। और मुश्किल यह है कि स्वतन्त्रता मर जाए तो प्रेम बचता है, लेकिन उसमें कोई रस नहीं रह जाता, उसमें फूल नहीं खिलते। यह ऐसा ही है जैसे किसी पक्षी का एक पंख बचे—एक का नाम स्वतन्त्रता, एक का प्रेम—एक काट दो, पक्षी मुर्दा हो गया। कोई भी एक काट दो, उड़ नहीं सकता अब। अब आकाश की यात्रा पर नहीं जा सकेगा।

क्या यह नहीं हो सकता है कि दोनों पंख साबित रहें? यह हो सकता है। और इसी के होने के लिए मेरा सारा प्रयोजन है, सारा आयोजन है। मैं चाहता हूं कि तुम्हारे दोनों पंख शेष रहें, ताकि तुम दूर आकाश की यात्रा पर जा सको; ताकि तुम अनन्त की यात्रा कर सको। प्रेम भी चाहिए और स्वतन्त्रता भी चाहिए। प्रेम भी चाहिए और ध्यान भी चाहिए।

इसलिए मैं रामायण वग़ैरह की बकवास में भरोसा नहीं करता। और बाबा तुलसीदास को मैं कोई बहुत मनोवैज्ञानिक या कोई दार्शनिक नहीं मानता; बुद्ध तो मानने का सवाल ही नहीं उठता। ये तो ग्रामीण क़िस्म के व्यक्ति हैं और इसलिए गांव में लोगों को इनकी बात ख़ूब जंची। गांव की बुद्धि से तुलसीदास की बुद्धि का ख़ूब मेल बैठा। यह बुद्धि कुछ विकसित बुद्धि नहीं है—अत्यन्त ग्राम्य है, आदिम है। इसलिए गांवों में तुलसीदास की जैसी छाप पड़ी वैसी किसी की भी नहीं पड़ी। उसका कारण साफ़ था। तालमेल बैठ गया, दोनों की भाषा बराबर मालूम पड़ी।

और आर्यसमाजी इस देश में सबसे ज़्यादा ग्रामीण बुद्धि के लोग हैं। नहीं तो दयानन्द का उन पर कोई असर नहीं पड़नेवाला था। दयानन्द की बातें तो बहुत ओछी हैं, बहुत बचकानी हैं। उनके तर्क भी बहुत लंगड़े-लूले हैं।

कभी-कभी मेरा मन होता है कि ये जो छोटे-छोटे लोग छोटी-छोटी बातों से बेचैन हो जाते हैं, तो एकबारगी उठाकर रामायण को एक कोने से लेकर दूसरे कोने तक खंडित कर दिया जाए। और सत्यार्थ प्रकाश को उठाकर उसकी चिन्दियां उड़ा दी जाएं। चिन्दियां उड़ाने योग्य हैं, क्योंकि एक भी तर्क में कोई बल नहीं है। लेकिन फिर मैं यह सोचता हूं कि क्या फिजूल के काम में लगना! और भी काम काम के योग्य हैं करने को। लेकिन अगर कभी मेरे पास वक़्त बचा—ऐसा वक़्त जब काटे नहीं कटे, तक मैं इनको काटूंगा। अगर मुझे कभी ज़िन्दगी में फ़ुर्सत मिली, जो मिलनी नहीं है—क्योंकि झंझटें इतनी हैं किस-किस को काटते फिरो! अगर कभी मुझे मौक़ा मिला तो ये बाबा तुलसीदास और ये दयानन्द, ये दो आदमी तो छोड़ने ही नहीं हैं। इन दो आदमियों ने तो भारत की छाती पर बहुत घूंघर मूता है; बहुत भारत की छाती पर दाल घोट रहे

हैं। इनसे तो छुटकारा भारत को चाहिए-ही-चाहिए।

• आखिरी सवाल : ओशो,

आप बीस वर्षों से सतत बोल रहे हैं। इस तरह बोलना कैसे सम्भव हो पाता है? इस कला का राज़ क्या है?

• राजेन्द्र,

राज़ कुछ भी नहीं। एक छोटी सी कहानी से तुम्हें समझ में आ जाएगा।

एक नेताजी चुनाव लड़ रहे थे। चुनावों के मामले में वे ज़रा नए-नए ही थे। भाषण वग़ैरह देना उन्हें ढंग से आता नहीं था। चुनावी दौरे के समय उनके मित्र ने उनसे कहा कि भाई, ऐसे भी क्या शर्माते हो! अरे नेता होकर शर्म करते हो!

वे बोले कि भाई, मैं ज़रा इस क्षेत्र में नया-नया हूं और भाषण देने की कला मुझे आती भी नहीं कि कैसे भाषण देना चाहिए। मित्र महोदय हंसे और बोले : 'अरे, भाषण देना भी कोई कला है। बस बात में से बात निकालते जाओ, यही तो भाषण का राज़ है।'

इसके बाद नेताजी ने मंच पर जो भाषण दिया, वह इस प्रकार था : 'भाइयो और बहनो, न तो मैं स्पीकर हूं, न ही लाउडस्पीकर! स्पीकर हमारे मुहल्ले के कल्लन मियां हुआ करते थे, जो कि आजकल क़ब्र में हैं। उनकी क़ब्र पर दो तरह के फूल चढ़ाए गए—गुलाब के और गेंदे के। और आप जानते ही होंगे कि गुलाब से ही गुलकन्द बनता है। और गुलकन्द ही सारी बीमारियों की जड़ है। और जड़ों में सबसे लम्बी जड़ खरबूजे की होती है। और आपको पता ही होगा कि एक खरबूजे को देखकर दूसरा खरबूजा रंग बदलता है। रंग जर्मनी के प्रसिद्ध होते हैं।

और जर्मनी में ही हिटलर हुआ था जिसके कारण द्वितीय विश्वयुद्ध हुआ था। और उस युद्ध में कई शेरे दिल मारे गए थे। चालीस सेर का एक मन होता है। और मन बड़ा चंचल होता है! चंचल मधुबाला की बहन का नाम था। मधुबाला वही जिसे दिल का दौरा पड़ा था। दिल का मन्दिर है और इस मन्दिर के सामने से कई प्राणी गुज़रते हैं, जिसमें कई कुत्ते भी होते हैं और आपको पता ही होगा कि कुत्ते की दुम हमेशा तिरछी होती है। भाइयो और बहनो, जिस दिन कुत्ते की दुम सीधी हो जाएगी, मैं फिर भाषण देने आऊंगा।'

इस तरह बात में से बात निकालते जाना। राजेन्द्र, और कुछ कला वग़ैरह नहीं है। एक दफ़ा बात में से बात निकालना आ जाए...और सबको आती है। असल में। तुम रोज़ यही तो करते हो। एक-दूसरे से बातचीत करते हो, तो क्या करते हो?

मैं कोई भाषण थोड़े ही देता हूं, मेरी कोई कला थोड़े ही है। जैसे तुमसे अकेले में बैठकर बात करूं, ऐसे ज़रा ऊपर मंच पर बैठकर बात कर लिया। एक से बात की कि हज़ार से बात की कि दस हज़ार से बात की, क्या फ़र्क़ पड़ता है?

मैं कोई भाषण देने की कला में निष्णात नहीं हूं। मैं तो बातचीत कर रहा हूं।

और भाषण देने की जो कला होती है, वह तो दो कौड़ी की होती है; उसका कोई मूल्य नहीं होता। मैं तो तुम्हारे सामने अपना हृदय खोलकर रख रहा हूं। और हृदय बड़ा रहस्य है! बीस साल क्या, बीस जन्मों तक भी खोलते जाओ, खोलते जाओ, तो भी उस रहस्य का कोई अन्त आनेवाला नहीं।

मैं तो तुम्हारे सामने अपने प्रेम को गा रहा हूं। इससे गीत पर गीत निकलते हैं। मैं तो तुम्हारे सामने अपने ध्यान को बांट रहा हूं। जितना बांटो उतना बढ़ता है। मैंने जिस भगवत्ता को जाना है, उसमें तुम्हें साझीदार बना रहा हूं। बीस वर्ष तो कुछ भी नहीं, अनन्त काल तक भी यह सत्संग चल सकता है।

यह तो मधुशाला है। यहां तो मैं तुम्हें पिला रहा हूं। यहां तो तुम जितना पीओगे उतने प्यासे होते जाओगे। और यह मधु कुछ ऐसा है कि जितना पीओगे उतना होश में आते जाओगे।

योग प्रीतम ने यह गीत मुझे भेजा है—

क्या मस्ती का समां बंधा है तेरे इस मयख़ाने में
जमा हुआ रिन्दों का मजमा, इस प्यारे मयख़ाने में
डरते-डरते क़दम बढ़ाया, हमने भी इस महफिल में
हम भी हो बैठे दीवाने, पीकर इस मयख़ाने में
पीनेवाला झूम रहा है, पीकर तेरी मय, साकी!
फिर भी होश बना रहता है तेरे इस मयख़ाने में
ऐसा जाम पिलाते हो तुम, मुर्दे ज़िन्दा हो जाते
देखे क्या-क्या करतब साकी तेरे इस मयख़ाने में
श्रीमन कृष्ण, जनाब मोहम्मद, घुट-घुट बातें करते हैं
बुद्धों का जमघट है साकी, तेरे इस मयख़ाने में
मिस्टर जीसस पूना आकर बड़े ठहाके लगा रहे
लगता है कुछ ज़्यादा ही पी बैठे इस मयख़ाने में
बुद्ध नाचने लगे यहां पर, मीरा बैठी ध्यान धरे
महावीर रोल्स में आते तेरे इस मयख़ाने में
कभी योग तो कभी कराटे, सूफ़ी नर्तन, ताई-ची
क्या-क्या गोरखधन्धे करते गोरख इस मयख़ाने में
बना रही है चाय राबिया, सहजो गेहूं बीन रही
और दया मां बर्तन धोती, इस न्यारे मयख़ाने में
लाओत्से महाराज प्रेम से, यहां बगीचा सींच रहे
नानक साहिब पहरा देते, रात जगे मयख़ाने में
चारों खाने चित पड़े हैं पंडित तोताराम कई
गुरजिएफ कर रहे पिटाई, बैठे इस मयख़ाने में
मुल्ला नसरुद्दीन हंसाते, रोज़ सुबह इस महिफल में
हंसी-हंसी में कौन नहीं फंस जाता इस मयख़ाने में

छोड़ रहे भगवान पटाखे, और हंसी की फुलझड़ियां
रोज़ मनानी है दीवाली, अपने इस मयख़ाने में
इतना रंग ढुलाया तुमने, तन-मन भी रंग डाले हैं
नित होली का उत्सव मनता, तेरे इस मयख़ाने में
तेरे हाथों मय पी लें जो, सचमुच क़िस्मतवाले हैं
डूब-डूबकर तिर जाते हैं, वे तेरे मयख़ाने में

आज इतना ही।

स्वस्थ हो जाना उपनिषद है

पहला प्रश्न : ओशो,

तैत्तिरीयोपनिषद में एक कथा है कि गुरु ने शिष्य से नाराज होकर उसे अपने द्वारा दिखाई गई विद्या त्याग देने को कहा। तो 'एवमस्तु' कहकर शिष्य ने विद्या का वमन कर दिया, जिसे देवताओं ने तीतर का रूप धारण कर एकत्र कर लिया। वही तैत्तिरीयोपनिषद कहलाया।

ओशो इस उच्छिष्ट ज्ञान के सम्बन्ध में समझाने की कृपा करें।

• जिनस्वरूप,

इस सम्बन्ध में बहुत सी बातें विचारणीय हैं। पहली तो बात यह है कि गुरु नाराज़ नहीं होता। दिखाए भला, अभिनय भला करे, नाराज़ नहीं होता। जो अपने से राजी हो गया, अब किसी और से नाराज़ नहीं हो सकता है। वह असम्भावना है। इसलिए गुरु नाराज़ हुआ हो तो गुरु नहीं था।

'गुरु' शब्द बड़ा महत्त्वपूर्ण है। गुरु का अर्थ अध्यापक नहीं। गुरु का अर्थ शिक्षक नहीं, आचार्य नहीं। गुरु बनता है दो शब्दों से—गु और रु। गु का अर्थ होता है अन्धकार, रु का अर्थ होता है दूर करनेवाला। और क्रोध तो अन्धकार है। यह तो ऐसे ही हुआ कि कोई कहे कि दीये के पास अन्धकार इकट्ठा हो गया। गुरु और नाराज़ हो जाए, क्रुद्ध हो

जाए—यह स्वभाव के नियम के अन्तर्गत आता नहीं। यह जीवन की आधारशिलाओं के विपरीत है।

लेकिन हम ऐसे गुरुओं के सम्बन्ध में सुनते रहे हैं, जो नाराज़ हो जाते हैं। दुर्वासा की कथाएं हैं। वे कथाएं केवल इतना ही कहती हैं कि हमने भूल से किसी शिक्षक को गुरु समझ लिया था। और यह भूल आसान है, क्योंकि शिक्षक वे ही शब्द बोलता है जो गुरु; शायद गुरु से भी ज़्यादा सुसम्बद्ध उसकी तर्कसरणी हो। गुरु तो थोड़ा अटपटा होगा। इसलिए अटपटा होगा कि जिसने सत्य को जाना है, उसके जीवन में सारे विरोधाभास एक ही ऊर्जा में लीन हो जाते हैं। उसके जीवन में जीव और मृत्यु का मिलन हो जाता है। उसके अस्तित्व में पदार्थ और आत्मा का भेद नहीं रह जाता। उसकी चर्या में सार और असार में कोई चुनाव नहीं बचता। उसके लिए सोना—मिट्टी; और मिट्टी—सोना। उसके लिए संसार—मोक्ष; और मोक्ष—संसार।

झेन फ़क़ीर बोकोजू से किसी ने पूछा : 'मोक्ष के सम्बन्ध में कुछ कहें।'

बोकोजू ने कहा : 'संसार मोक्ष है।'

यह केवल कोई गुरु ही बोल सकता है; कोई शिक्षक बोलने की इतनी छाती नहीं रखता—इतनी विराट छाती कि जिसमें मोक्ष को संसार कहा जा सके, आसान मामला नहीं है। विराट के मिलन पर ही सम्भव हो सकती है यह अभूतपूर्व घटना।

यह जो तैत्तिरीयोपनिषद में कथा है, इसमें गुरु नहीं हो सकता, शिक्षक रहा होगा। सुन्दर शिक्षक रहा होगा। शिक्षा देने की कला में निष्णात रहा होगा। और सौ गुरुओं में निन्यानबे केवल शिक्षक होते हैं। कोई गीता में पारंगत होता है, कोई वेद में, कोई क़ुरान में, कोई बाइबिल में—मगर ये सब शिक्षक हैं। गुरु तो वह जो परमात्मा को पीकर बैठा है। गुरु तो वह जिसके पीछे परमात्मा छाया की तरह चले। कबीर ठीक कहते हैं : 'हरि लगे पीछे फिरत, कहत कबीर-कबीर!' कबीर कहते हैं : 'मैं तो फ़िक्र भी नहीं करता। क्या लेना-देना मुझे हरि से? मगर हरि मेरे पीछे लगे फिरते हैं। जहां जाता हूं वहीं लगे फिरते हैं। जागूं तो, सोऊं

तो। और दिन-रात धुन लगाए रखते हैं—कबीर-कबीर!

भक्तों ने तो परमात्मा को बहुत पुकारा है, लेकिन यह छाती कबीर की किसी गुरु की हो सकती है, जो कहे—'हरि लगे पीछे फिरत, कहत कबीर-कबीर!' तैत्तिरीयोपनिषद का गुरु पहली तो बात गुरु नहीं है। गुरु और कैसा क्रोध! न तो गुरु-गुरु है और न शिष्य-शिष्य।

शिष्य और विद्यार्थी का भेद वैसे ही समझना ज़रूरी है जैसे गुरु और शिक्षक का भेद। शिक्षक के पास विद्यार्थी इकट्ठे होते हैं; गुरु के पास शिष्य। गुरु के पास विद्यार्थी पहुंच जाए तो भी टिक नहीं सकता; ज़्यादा देर नहीं टिक सकता; टिके भी तो कुछ पाएगा नहीं।

गुणा ने एक प्रश्न पूछा है कि 'आपकी कुछ बातें तो बुद्धि को रुचती हैं, कुछ बातें नहीं रुचतीं। इसलिए समर्पण पूरा नहीं हो पाता।' जैसे कि समर्पण भी पूरा और अधूरा हो सकता है! जैसे समर्पण के भी खंड हो सकते हैं! जैसे समर्पण का भी प्रतिशत हो सकता है—दस प्रतिशत, बीस प्रतिशत, पचास प्रतिशत, अस्सी प्रतिशत, निन्यानबे प्रतिशत! नहीं गुणा, समर्पण या तो होता है या नहीं होता। गुरु की बात शिष्य को जंचती ही है; दुनिया को न जंचे तो भी ज़ंचती है। तर्क में न बैठे, बुद्धि की पकड़ में न आए, तो भी जंचती है। शिष्य वह है कि जिसके सामने अगर सवाल हो कि गुरु की बात मानूं या अपने तर्क की, तो वह गुरु की मानता है, तर्क को कहता है नमस्कार।

विद्यार्थी वह है जो वहां तक शिक्षक के साथ जाता है जहां तक उसका तर्क जाने देता है। विद्यार्थी कभी भी अपने तर्क से एक इंच दूर शिक्षक के साथ नहीं जाता। शिक्षक के साथ जाता ही नहीं। वह तो अपने तर्क का ही भरण-पोषण करता है। वह तो शिक्षक से कुछ ज्ञान, कुछ सूचना एकत्रित करके ले जाएगा। जीवन-रूपान्तरण उसकी आकांक्षा नहीं, उसकी अभीप्सा नहीं।

गुणा तो बहुत वर्षों से मुझे जानती है। लेकिन दूरी वैसी-की-वैसी बनी है और लगता है वैसी-की-वैसी ही बनी रहेगी। मेरी तरफ़ से तो पूरी चेष्टा है कि तोड़ दूं दूरी, मगर अगर तेरी बुद्धि को अभी भी निर्णय करना है—कौन सी बात जंचती है और कौन सी नहीं जंचती—तो समर्पण

असम्भव है। जहां समर्पण नहीं वहां शिष्यत्व नहीं।

और यह ख़याल रखना, गुरु जानकर बहुत सी बातें कहता है जो बुद्धि को जंचेंगी नहीं। जानकर कहेगा, क्योंकि वही तो कसौटी है। वही तो परीक्षा है। उसको जो पार कर लेगा, वह शिष्य; जो पार नहीं कर पाएगा, वह विद्यार्थी। गुरु अगर वही-वही कहता रहे जो तुम्हारी बुद्धि को जंचता ही है तो शिष्य और विद्यार्थी में भेद करना ही असम्भव हो जाएगा।

विद्यार्थी शिष्य की गरिमा को नहीं पा सकता। विद्यार्थी घिसटता है शिक्षक के प्रति। शिष्य गुरु के आगे नाचता है। गुरु तो इशारा करता है और शिष्य यह गया, वह गया! वह यह भी नहीं पूछता—'नक्शा कहां है, किस मार्ग से जाऊं, राह में कोई ख़तरे तो नहीं हैं? सारी सुविधाएं-सुरक्षाएं जुटा लूं, फिर जाऊंगा। पहले मेरा पूरा तर्क राजी हो जाए, फिर जाऊंगा। थोड़ा और सोच लूं, थोड़ा और विचार कर लूं।'

एक महानुभाव ने पूछा है : 'मैं संन्यास लेना चाहता हूं, लेकिन कुछ बातें अड़चन बन जाती हैं। जैसे कि आपने कहा था कि जब तक मैं रहना चाहूंगा, कोई छुरा भी मारे तो भी मुझे मिटा न सकेगा। और जिस दिन मैं न रहना चाहूंगा, उस दिन एक क्षण कोई लाख उपाय करे तो मुझे टिका न सकेगा।'

यह बात उनको जंची। संन्यास का भाव उठा होगा तब। फिर अब उनको अड़चन हो गई, क्योंकि यहां वे देखते हैं कि संन्यासी सुरक्षा का आयोजन किए हैं, द्वार पर प्रत्येक व्यक्ति का निरीक्षण किया जाता है, पहरेदार हैं। तो अब उनको अड़चन आई। अब बुद्धि को चिन्ता शुरू हुई कि अगर छुरा मारने से भी हटाया नहीं जा सकता, तो सुरक्षा का आयोजन क्यों?

उन्होंने बात को अधूरा ही सुना। हम उतना ही सुनते हैं जितना हम सुनना चाहते हैं। मैंने कहा था : 'छुरा मारकर मुझे उठाया नहीं जा सकता। सुरक्षा करके मुझे बचाया नहीं जा सकता। न तो मैं छुरा मारनेवालों को रोकने को कुछ कहूंगा और न सुरक्षा करनेवालों को रोकने को कुछ कहूंगा। जब छुरा मारनेवाले स्वतन्त्र हैं तो सुरक्षा करनेवाले को क्यों बाधा देनी?'

इतनी अक्ल उनमें न उठी। इतनी अक्ल अक्ल में होती ही नहीं। अक्ल तो बेअक्ल है!

महात्मा गांधी की मृत्यु के समय उनके पटशिष्य सरदार वल्लभ भाई पटेल के हाथ में सारी सुरक्षा का आयोजन था। वे गृहमन्त्री थे, उपप्रधानमन्त्री थे। और सरदार को ख़बर मिली थी सुनिश्चित स्रोतों से कि गांधी की हत्या का आयोजन किया जा रहा है। एक-दो प्रयास भी हो चुके थे, असफल गए थे। तो सरदार ने जाकर महात्मा गांधी को पूछा कि हम सुरक्षा का आयोजन करें? इस पूछने में ही बेईमानी है। क्योंकि जो बन्दूक़ मारने आ रहे थे वे तो पूछकर आ नहीं रहे थे। जब दुश्मन नहीं पूछ रहा है तो दोस्त क्यों पूछे? और इस पूछने में बेईमानी है इसलिए कि अगर महात्मा गांधी कहते कि हां, सुरक्षा का आयोजन करो, तो सरदार वल्लभ भाई पटेल की श्रद्धा ही महात्मा गांधी में ख़त्म हो जाती कि अरे, यह व्यक्ति कहता था कल तक कि राम जब उठाना चाहेगा तब उठाएगा और अब कहने लगा कि सुरक्षा का इन्तज़ाम करो! सरदार की श्रद्धा ही खिसक गई होती। सरदार अचेतन मन में तो यही आकांक्षा लेकर गए होंगे कि गांधी कहेंगे कि कोई सुरक्षा की आवश्यकता नहीं है। यह मैं सुनिश्चित रूप से कहता हूं वे कि वे यही आकांक्षा लेकर गए होंगे कि गांधी कहेंगे, 'सुरक्षा की क्या आवश्यकता है? परमात्मा सुरक्षा है।' और वही गांधी ने कहा और सरदार प्रसन्न लौटे। विद्यार्थी के अनुकूल हो गई बात और सारे देश को अच्छी लगी, कि यह है श्रद्धा! ईश्वर पर कैसी श्रद्धा है! कोई सुरक्षा की ज़रूरत नहीं!

मगर, नाथूराम गोडसे में जो आया था वह भी ईश्वर है। और सरदार वल्लभ भाई पटेल में जो आया था वह भी ईश्वर है। तुम ईश्वर-ईश्वर में चुनाव कैसे करते हो? नाथूराम गोडसे का ईश्वर कुछ ज़्यादा ईश्वर मालूम होता है? मैं इसे श्रद्धा नहीं कहता। मैं तो मानता हूं यह विनम्रता के रूप में छिपा हुआ अहंकार है। मैं तो कहूंगा गांधी में अगर सच में ही श्रद्धा थी तो वे कहते : 'जो उसकी मर्ज़ी! अगर वह किसी को छुरा मारने भेजता है, किसी को गोली चलाने भेजता है और किसी से सुरक्षा करवाता है—जो उसकी मर्ज़ी! जो उसकी लीला! मैं तो द्रष्टा हूं, देखूंगा।

उठ जाऊं तो ठीक, न उठूं तो ठीक। रहा तो उसका काम करूंगा, उठा तो उसका काम करते हुए उठूंगा।' मैं उसको श्रद्धा कहता।

गांधी श्रद्धालु नहीं हैं। गांधी हत्यारे में तो भरोसा करते हैं; लेकिन रक्षक में नहीं। और सरदार पटेल बिल्कुल निश्चिन्त हो गए कि बिल्कुल ठीक बात है। सच पूछो तो नाथूराम गोडसे से ज़्यादा मोरारजी देसाई और सरदार वल्लभ भाई पटेल, ये दो आदमी महात्मा गांधी की हत्या के लिए ज़िम्मेदार हैं। क्योंकि मोरारजी देसाई महाराष्ट्र के मुख्यमन्त्री थे और उनको भी ख़बर थी कि महाराष्ट्र से ही आयोजन चल रहा है हत्या का। और सरदार वल्लभ भाई पटेल केन्द्र के गृहमन्त्री थे और उनको भी पता था कि हत्या का आयोजन चल रहा है। लेकिन दोनों चुप बैठे रहे। और चुप बैठने के लिए एक सुन्दर सुरक्षा का उपाय मिल गया कि गांधी कहते हैं : 'क्या करना सुरक्षा का? जब तक उसको रखना है रखेगा; जब हटाना है हटा लेगा।'

मैं कुछ और ढंग से सोचता हूं। जिनसे उसे हटवाना है उनसे हटवाएगा; जिनसे उसे रुकवाना है उनसे रुकवाएगा। न मैं किसी को कहता हूं कि आकर मुझे गोली मारो, न मैं किसी को कहता हूं कि जो गोली आकर मारे उसे रोको। मैं कौन हूं? जिसकी मर्ज़ी हो गोली मारे, जिसकी मर्ज़ी हो गोली रोके! मेरे लिए दोनों खेल हैं।

मगर जिन महानुभाव ने पूछा है, उनकी संन्यास की धारणा, संन्यास लेने की इच्छा डगमगा गई कि कैसे संन्यास लेना! संन्यास बुद्धि से नहीं लिये जाते। समर्पण बुद्धि से नहीं होते। संन्यास और समर्पण पर्यायवाची हैं। और शिष्य वही है जो समर्पित है, जो संन्यस्त है—जो गुरु के साथ अगम्य में जाने को राजी है। और अगम्य का तुम कैसे पार पाओगे, तर्क से कैसे नापोगे, बुद्धि के तराजू पर कैसे तौलोगे?

तो न तो यह गुरु था तैत्तिरीयोपनिषद का व्यक्ति और न उसके पास जो सीखने बैठा था वह शिष्य था। यह शिक्षक था, वह विद्यार्थी था। यह रटी हुई बातें दोहरा रहा था, वह उन बातों को रट रहा था, ताकि कल वह भी शिक्षक हो जाएगा और दूसरों को रटवाएगा। गुरु नाराज़ हो गया किसी बात से शिष्य पर।

गुरु नाराज़ नहीं होता शिष्य पर। यह तो असम्भव है। शिष्य नाराज़ नहीं होता गुरु पर; वह भी असम्भव है। गुरु की तो बात ही छोड़ दो कि वह नाराज़ होगा! अरे शिष्य भी नाराज़ नहीं होगा! यह प्रेम की पराकाष्ठा है। यहां कहां नाराज़गी का प्रवेश? यह तालमेल का आत्यन्तिक रूप है। यहां स्वर टूटते नहीं, छूटते नहीं। यहां लयबद्धता समग्र है, सम्पूर्ण है।

लेकिन विद्यार्थी नाराज़ हो जाते हैं, ज़रा-ज़रा सी बात में नाराज़ हो जाते हैं। हज़ारों विद्यार्थी मेरे पास आए और गए—ज़रा सी बात में। उनको हटाने में देरी नहीं लगती। मुझे जिस दिन विद्यार्थियों को छांटना हो, एक क्षण में छांट देता हूं। अक्सर छांटता रहता हूं, क्योंकि कचरा-कूड़ा इकट्ठा होता है तो उसे छांटना ही पड़ता है। कंकड़-पत्थर आ जाते हैं, उनको छांटना ही पड़ता है। और छांटना इतना आसान है, जिसका हिसाब नहीं। एक बात कह दो, वे नाराज़ हो जाएंगे। फिर जो भागे वे लौटकर न देखेंगे। फिर ज़िन्दगी-भर गालियां देंगे। यूं यहां चरणों में गिरने को उत्सुक बैठे थे। एक क्षण में उनका चरणों में गिरना गाली बन सकता है—एक क्षण में! उसमें देर ही नहीं लगती।

यह कथा कहती है, गुरु शिष्य से नाराज़ हो गया। और नाराज़ हो, तो गुरु करे क्या? गुरु तो था ही नहीं, करेगा क्या नाराज हो तो? उसने कहा : 'वापस कर दे मेरी इस विद्या को, जो मैंने सिखाई है!' यह केवल शिक्षक ही कह सकता है, क्योंकि गुरु जो सिखाता है वह वापस किया ही नहीं जा सकता, न वापस मांगा जा सकता है। वह जो जीवन रूपान्तरण है, उसको वापस करने का कोई उपाय नहीं है। जिस भोजन को तुमने पचा लिया, जो तुम्हारा रक्त-मांस-मज्जा बन गया, जो तुम्हारी हड्डियों में प्रविष्ट हो गया, जो तुम्हारी आत्मा तक चला गया—उसका वमन कैसे करोगे? हां, जो अनपचा है, जो खून नहीं बना है, जो पत्थर की तरह पेट में पड़ा रह गया है, जो भार है—उसका वमन किया जा सकता है। उसका वमन करने से हल्कापन ही लगेगा। उसका वमन स्वास्थ्यप्रद है।

गुरु नाराज़ हुआ। उसने कहा : 'मेरी सिखाई विद्या वापस कर दे।'

ये बातें बचकानी हैं। ये गुरु के मुंह से शोभा नहीं देतीं। गुरु, पहली तो बात, कुछ सिखाता ही कहां है? गुरु तो तुम जो सीखे हो, उसको मिटाता है। गुरु शिक्षण नहीं देता। गुरु शिक्षण छीनता है। गुरु ज्ञान नहीं देता, गुरु ज्ञान छीनता है। गुरु तुम्हें ज्ञान से मुक्त करता है, निर्दोष करता है। शिक्षक ज्ञान देता है, तो शिक्षक छीन भी सकता है। जो दिया जा सकता है वह छीना जा सकता है। गुरु तो कुछ देता ही नहीं, छीनेगा क्या? गुरु तो साफ़ करता है, कूड़े-करकट से तुम्हें मुक्त करता है। वापस लेने को तो कुछ है नहीं; दिया ही नहीं कभी।

जिनका मन लोभ से भरा है वे शिक्षकों के पास इकट्ठे होते हैं, क्योंकि वहां कुछ मिलेगा। सिर्फ़ निर्लोभी गुरु के पास बैठ सकते हैं, क्योंकि वहां कुछ खोना पड़ेगा। कुछ ही नहीं, अन्ततः स्वयं को खोना पड़ेगा। वहां शून्य होना पड़ेगा। जो शून्य हुआ वही शिष्य है। गुरु के पास से तुम रोज़-रोज़ और-और खाली होकर लौटते हो। बुद्धि चली जाती, तर्क चला जाता, अहंकार चला जाता, इच्छाएं चली जाती हैं, महत्त्वाकांक्षाएं चली जाती हैं, अभीप्साएं चली जाती हैं। संसार ही नहीं, मोक्ष, निर्वाण, सब चला जाता है। कुछ बचता ही नहीं। गुरु कुछ छोड़ता ही नहीं। उठाता है तलवार और काटता चला जाता है। जब तुम्हारे भीतर सन्नाटा हो जाता है—न कोई शोर, न कोई आवाज़—जब वैसी महाशान्ति तुम्हारे भीतर घनीभूत होती है, तब तुम योग्य हुए शिष्य कहलाने के। अब तुमसे छीनेगा क्या? जो छिनने का था वह तो छीन ही लिया गया।

और इस शून्य को कोई नहीं छीन सकता, क्योंकि शून्य तुम्हारा स्वभाव है। इसका वमन नहीं हो सकता। वमन तो उसका हो सकता है जो पर-भाव है। जो बाहर से डाला गया है, उसको तुम फेंक सकते हो। लेकिन जो भीतर ही है, जो तुम्हारा अन्तर्तम है, उसका वमन नहीं हो सकता।

जिनस्वरूप, तुमने यह कथा उठाकर ठीक किया। यह कथा महत्त्वपूर्ण है। इसमें न तो गुरु गुरु है, न शिष्य शिष्य है। और इसलिए शिक्षक नाराज़ हो गया विद्यार्थी से, उसने कहा कि लौटा दे मेरी विद्या। क्या बचकानी बातें हैं! क्या टुच्ची बातें हैं! क्या थोथे वक्तव्य हैं! 'लौटा दे।' ज़रा-ज़रा सी बात में—'मैंने दिया, वह लौटा दे।' यह देना भी सशर्त है

कि छीन लूंगा अगर ज़रा गड़बड़ की; अगर ज़रा मेरे विपरीत गया, अनुकूल न हुआ तो छीन लूंगा, वापस ले लूंगा। यह कैसी विद्या, जो वापस दी जा सकती है?

इस जगत में जो तुमने ठीक-ठीक जान लिया है, उसे तुम कैसे वापस करोगे? जैसे अन्धे आदमी की आंख खुल गई, उसने रोशनी देख ली, अब वह लाख उपाय करे, कैसे वापस करेगा? वह कितना ही कहे कि मैंने नहीं देखी, मान लिया कि मैंने नहीं देखी; मगर देख तो ली है।

जीवन के परम सत्यों में एक सत्य यह है—जो जाना जाता है उसे फिर अनजाना नहीं किया जा सकता। और जिसे अनजाना किया जा सकता है उसे तुमने कभी जाना ही नहीं था। जो चीज़ तुम्हारे रग-रेशे में समा जाती है, उसका परित्याग असम्भव है। कुछ चीज़ें तुम्हारे अनुभव में हैं, उनका मैं उल्लेख करूं तो समझ में आ जाए। क्योंकि जो तुम्हारे अनुभव में नहीं है, उसके उल्लेख करने से कुछ सार नहीं है।

तुमने अगर तैरना सीखा है तो क्या तुम उसे कभी भूल सकते हो? अब तक दुनिया में ऐसा कभी नहीं हुआ कि कोई तैरना भूल गया हो। चाहे पचास साल न तैरे, तैरना कोई भूलता ही नहीं। असम्भव। क्यों? तैरना भूलना असम्भव क्यों है? इस पर गहन शोध की ज़रूरत है कि तैरना भूलना असम्भव क्यों है, इसकी विस्मृति क्यों नहीं हो सकती? गणित भूल जाता, भूगोल भूल जाता, इतिहास भूल जाता, विज्ञान भूल जाता, हर चीज़ भूल जाती है—लेकिन तैरना! तैरना नहीं भूलता। राज़ है। असल में तैरना हम सीखते नहीं, केवल पुनःस्मरण करते हैं। हम उसे जानते ही हैं स्वभाव से। मां के पेट में बच्चा नौ महीने पानी में ही तैरता है। मां के पेट में समुद्र के जल जैसा जल इकट्ठा हो जाता है। वह जो पेट मां का इतना बड़ा दिखाई पड़ता है, उसमें बच्चे का होना तो कारण होता ही है, ज़्यादा कारण होता है बच्चे के तैरने के लिए जल का इकट्ठा होना। और उस जल का जो रासायनिक रूप है, वह वही है जो समुद्र के जल का है। और बच्चे की जो पहली अभिव्यक्ति है वह मछली जैसी है। इसी से वैज्ञानिकों ने यह खोज की है कि मनुष्य का जन्म सबसे पहले समुद्र में हुआ होगा। करोड़ों वर्ष हो गए इस बात को हुए, लेकिन

मनुष्य सबसे पहले मछली की तरह प्रकट हुआ होगा।

सम्भवतः हिन्दुओं की मत्स्य अवतार के पीछे यही धारणा है। ईश्वर ने पहला अवतार मछली की तरह लिया। यह कहने का एक और ढंग है मगर बात वही है कि जीवन पहली दफ़ा मछली की तरह उतरा! और हर बच्चे को नौ महीने में, करोड़ों वर्षों में जो मनुष्य-जाति ने यात्रा की है, वह नौ महीने में त्वरा से, तेज़ी से पूरी करनी पड़ती है। बच्चे के नौ महीने के विकास के जो अलग-अलग अंग हैं, उनको समझकर हम मनुष्य-जाति के पूरे विकास को समझ सकते हैं। और तब चार्ल्स डारविन सत्य सिद्ध मालूम होता है, क्योंकि बच्चे के जीवन में एक घड़ी आती है मां के पेट में जब वह बन्दर जैसा होता है, उसको पूंछ भी होती है। फिर पूंछ गिर जाती है। नौ महीने होते-होते वह मनुष्य की प्रतिकृति में आ पाता है। लेकिन शुरुआत होती है मछली से।

अगर करोड़ों वर्ष पहले आदमी का प्राथमिक जीवन मछली की तरह शुरू हुआ था तो उसके स्वभाव के अन्तर्तम में तैरना है। हम भूल गए हैं भाषा, यह और बात है; लेकिन हमारा स्वभाव अभी भी उसे याद किए है।

और तैरने में हम करते भी क्या हैं! कोई तैरना सिखाता है किसी को! वस्तुतः किसी को भी पानी में फेंक दो, वह हाथ-पैर तड़फड़ाने लगेगा। वह ज़रा ग़ैर-ढंग से हाथ-पैर तड़फड़ाता है, क्योंकि उसे अभी सलीका नहीं है। थोड़ा इन्हीं हाथ-पैर को ढंग से फेंकने लगे कि तैरना आ गया। जो तैरना सिखाता है वह इस सत्य को जानता है कि कुल काम इतना ही है कि तैरना सीखनेवाले को यह भरोसा बना रहे है कि कोई मेरी रक्षा के लिए मौजूद है, घबराने की कोई ज़रूरत नहीं; उसका आत्मविश्वास बढ़ जाए। तैरना तो उसके भीतर छिपा है, वह प्रकट हो जाएगा।

जापान के एक मनोवैज्ञानिक ने छः महीने के बच्चों को तैरना सिखाया है! और अब वह तीन महीने के बच्चों पर प्रयोग कर रहा है। छः महीने के बच्चे तैरने लगते हैं। कल्पनातीत मालूम होती है यह बात। छः महीने का बच्चा कैसे तैरेगा! लेकिन जब मां के पेट में नौ महीने बच्चा तैरता ही रहता है तो छः महीने का भी तैरेगा, तीन महीने का

भी तैरेगा, तीन दिन का भी तैरेगा। तैरना हमारा स्वभाव है।

सच्ची विद्या वही है जो हमारे स्वभाव का आविष्कार है। गुरु के पास हमें कुछ सिखाया नहीं जाता, वरन हम जो विस्मरण कर बैठे हैं, उसकी सुरति दिलाई जाती है, उसकी याद दिलाई जाती है। भूली भाषा को गुरु हमारे भीतर पुनः जगा देता है। जो स्वर हमारे सोए पड़े हैं, गुरु के स्वरों की झनकार में झनझना उठते हैं। गुरु गाता है, उसकी अनुगूंज हमारे भीतर भी गुनगुनाहट बन जाती है। गुरु नाचता है, उसके पैरों की झनकार हमारे भीतर के घुंघरुओं को हिला देती है। गुरु सितार बजाता है, उसका तार का छेड़ देना हमारी हृदयतन्त्री पर एक आघात हो जाता है।

विद्या साधारण शिक्षा नहीं है। विद्या से वह जाना जाता है, जिसे हम जानते ही थे और भूल गए हैं। और शिक्षा से वह जाना जाता है, जिसे हम कभी जानते ही नहीं थे; इसलिए कभी भी भूल सकते हैं।

तो इस शिक्षक ने—मैं कहूंगा शिक्षक ने—विद्यार्थी से नाराज़ होकर कहा कि लौटा दे, मेरी विद्या लौटा दे। क्या करता विद्यार्थी भी! उसने 'एवमस्तु' कहकर विद्या का वमन कर दिया। यह कहानी बड़ी प्रीतिकर है। उसने उलटी कर दी कि ले रख, अब और क्या कर सकता हूं? अनपचा तो था ही। बोझ ही हो रहा होगा। उसने उतारकर बोझ रख दिया। उसने कहा : 'संभाल अपना कचरा!' उसने हल्कापन ही अनुभव किया होगा।

'और देवताओं ने तीतर का रूप धारण कर उसे एकत्र कर लिया।' ये देवता भी ग़ज़ब के लोग हैं! देवताओं से हमने ऐसे-ऐसे काम करवाए हैं जो कोई न करे। अब किसी ने उलटी की है, इन्होंने तीतर बनकर उसकी उलटी को भी इकट्ठा कर लिया! इसलिए हम देवताओं को कोई परम अवस्था नहीं मानते।

इस देश के हज़ारों साल के आध्यात्मिक अनुभवों का यह नतीजा और निष्कर्ष है कि मनुष्य चौराहा है। और जिस व्यक्ति को भी मोक्ष की यात्रा पर जाना है, उसे मनुष्य से ही मोक्ष की यात्रा पर जाना होगा। देवता को भी मनुष्य होना पड़ेगा, तभी वह मोक्ष की यात्रा पर जा सकता है। देवता मनुष्य से ऊपर नहीं है; भिन्न है, मगर ऊपर नहीं है। मनुष्य

से ज़्यादा सुखी होगा। नरक में जो हैं, वे मनुष्य से ज़्यादा दुखी हैं। स्वर्ग में जो हैं, वे मनुष्य से ज़्यादा सुखी हैं। स्वर्ग यूं समझो सम्पन्न है, समृद्ध है! नरक यूं समझो, विपन्न है, दरिद्र है। लेकिन बहुत दरिद्रता का एक ख़तरा है कि आदमी दरिद्रता से राजी हो जाता है। हम पूरब के देशों में यह देख सकते हैं—लोग दरिद्रता से राजी हो गए हैं। न केवल राजी हो गए हैं, बल्कि अगर तुम उनकी दरिद्रता पर चोट करो तो वे नाराज़ होते हैं। वे तुमसे संघर्ष लेंगे। वे तुमसे लड़ेंगे। वे अपनी दरिद्रता को बचाएंगे। सदियों पुरानी प्राचीन दरिद्रता, सनातन दरिद्रता, उनका सनातन धर्म—कैसे छोड़ दें! इतनी आसानी से छोड़ दें? दरिद्र-नारायण होने को यूं छोड़ दें, यूं गंवा दें? मुफ़्त में नारायण होकर बैठे हैं! कैसे छोड़ दें? नहीं छोड़ा जाता उनसे।

अब तुम देखते हो, हरिजनों पर इतने अत्याचार होते हैं जिनका कोई हिसाब नहीं है। एक मित्र ने पूछा है कि हरिजनों पर अत्याचार हो रहे हैं, उनकी बस्तियां जलाई जा रही हैं, उनके झोंपड़े जलाए जा रहे हैं। हरिजन मारे जा रहे हैं। उनके कुओं में ज़हर डाल दिया जाता है। उनकी स्त्रियों के साथ बलात्कार किया जाता है। गर्भवती स्त्रियों के साथ बलात्कार किया जाता है। बलात्कार में उनके बच्चे गिर जाते हैं। यह सब हो रहा है। आप इसे रोकने के लिए कुछ क्यों नहीं करते?

जिन पर हो रहा है, वे कम-से-कम इतना तो कर सकते हैं कि हिन्दू धर्म का त्याग कर दें। वे इतना नहीं करते तो मैं क्यों करूं कुछ? जिन मूढ़ताओं के कारण उनको सताया जा रहा है, उसी धर्म को वे पकड़े बैठे हुए हैं। मेरे करने से क्या होगा? जिन पंडित-पुजारियों के द्वारा यह सारा-का-सारा उपद्रव आयोजित किया गया है सदियों-सदियों से, वे उन्हीं के चरण धोकर पी रहे हैं, वे उन्हीं की पूजा कर रहे हैं। इतना ही नहीं, वे उन्हीं मन्दिरों में प्रवेश का आग्रह रखते हैं जिन मन्दिरों के बैठे देवता उनकी सारी-की-सारी कठिनाइयों का कारण हैं।

मैं एक गांव में था, उस गांव के हरिजनों ने मुझसे आकर कहा कि आप आए हैं, आपकी लोग बात मानते हैं यहां, हमें मन्दिर में प्रवेश करने का अधिकार दिला दो। मैंने कहा कि तुम अभी इनसे थके नहीं!

इनके ही मन्दिर में जाना चाहते हो? उसी मन्दिर में जिस मन्दिर में वे ही शास्त्र, वे ही देवता, वे ही पुजारी, वे ही पंडित हैं जिन्होंने तुम्हें तुम्हारे प्राणों का शोषण किया है सदियों-सदियों से? थूको इस मन्दिर पर! अगर वे तुमसे कहें भी कि मन्दिर में आओ तो मत जाना। लात मारो इस मन्दिर पर!

अरे—उन्होंने कहा—आप कैसी बातें कर रहे हैं! मन्दिर पर और लात मारें, थूकें मन्दिर पर! आप कहते क्या हैं? क्या आप नास्तिक हैं?

मैं नास्तिक हूं और ये आस्तिक हैं! और तुम मुझसे पूछते हो कि मैं इनके लिए कुछ क्यों नहीं करता? ये मूढ़ अपनी बीमारियों से, रोगों से चिपके हुए हैं। कौन इनको पकड़ रहा है? ये छोड़ते क्यों नहीं? हटते क्यों नहीं? कौन इन्हें रोक रहा है? और तुम देखते हो, फ़ौरन अन्तर हो जाता है : वही हरिजन, जिसको तुम अपने साथ गद्दी पर न बिठालते, अगर ईसाई हो जाए और आए तो तुम उठकर खड़े होते हो। कहते हो : 'आइए साहब, बैठिए!' वही सज्जन अब गद्दी पर बिठालने के योग्य हो गए। वही मुसलमान हो जाए तो आप कहते हैं : 'आइए मीर साहब!' नहीं तो सीढ़ियों के बाहर...।

मैं एक मित्र को जानता हूं, लियोनर्ड थियोलाजिकल कॉलेज जबलपुर के वे प्रिंसिपल थे—मैक्वान। गुजराती थे। एक दिन मुझे अपने घर ले गए। कहा कि मैं कुछ चीज़ें दिखाना चाहता हूं। उन्होंने अपनी मां से मुझे मिलाया। उनकी मां काफ़ी उम्र की थीं, कोई नब्बे वर्ष की होंगी। और उन्होंने अपने पिता की तस्वीर मुझे दिखाई। फिर अपनी लड़की को बुलाया—सरोज मैक्वान को। वह अमरीका से अभी-अभी पीएच. डी. होकर लौटी थी और एक अमरीकन युवक से शादी करके आई थी। और कहा कि ज़रा देखें मेरी ये तीन पीढ़ियां—यह मेरे पिता, यह मेरी मां, यह मैं, यह मेरी पत्नी, यह मेरी लड़की, यह मेरा दामाद। तीन पीढ़ियों में इतनी क्रान्ति हो गई!

बाप उनका भिखमंगा था। वह एक टूटा-फूटा भिक्षापात्र लिये बैठा है—उसकी तस्वीर। वह भूखा ही रहा, भूखा ही जीया, भूखा ही मरा। उसने कभी जीवन में और कुछ न जाना। वह हरिजन था। उसे सिर्फ़

दुत्कारा गया। जब बाप मर गया तो मां परेशान हो गई, भूख और परेशानी में ईसाई हो गई। अभी भी उनकी मां के चेहरे पर दरिद्रता की सारी लकीरें हैं। अभी भी उनकी मां को पहचाना जा सकता है कि हिन्दू सनातन धर्म की छाप गई नहीं है।

मैंने उनसे पूछा कि तुम्हारी मां ईसाई हो गई, तो अब तो ये हिन्दू धर्म में कोई रस नहीं रखतीं? वे बोले : 'यह मत पूछो आप, अभी भी हनुमान चालीसा पढ़ती हैं। अभी भी बजरंगबली को मानती हैं।' ख़ुद एक बड़े कॉलेज के प्रिंसिपल हैं। पत्नी भी प्रोफ़ेसर है। जोड़ना मुश्किल पड़ता है, क्योंकि जब मां ईसाई हो गई तो ईसाइयों ने मैक्वान को पढ़ने के लिए अमरीका भेज दिया। वहीं वे बड़े हुए, वहीं उन्होंने शादी की। और उनकी लड़की को देखकर तो भरोसा ही न आएगा। सुन्दरतम युवतियों में से एक जो मैंने देखी हैं। और ये तीन पीढ़ियों में इतनी क्रान्ति हो गई।

हरिजनों को कौन रोक रहा है कि तुम हिन्दू घेरे में रहो? इस सड़े घेरे को छोड़ो। जहां तुमने सिवाय दुख और पीड़ा के कुछ भी नहीं पाया, जहां सिवाय अपमान के, दुत्कार के, लातें खाने के तुम्हें कुछ और मिला नहीं—वहां किस आशा पर रुके हुए हैं? जिस राम ने एक शूद्र के कानों में सीसा पिघलवाकर भरवा दिया, तुम उसी राम की अभी स्तुति कर रहे हो, गुणगान कर रहे हो? संकोच भी नहीं, शर्म भी नहीं! जिस मनु ने तुम्हारी गिनती मनुष्यों में नहीं की है, तुम उसी मनु महाराज के द्वारा निर्मित समाज व्यवस्था के अंग बने हुए हो? जिन तुलसीदास ने तुम्हें पशुओं के साथ गिना है—ढोल, गंवार, शूद्र, पशु, नारी, ये सब ताड़न के अधिकारी—और कहा है कि तुम्हें ताड़ा ही जाना चाहिए, तुम इसके अधिकारी हो; तुम्हें सताया ही जाना चाहिए, यह तुम्हारा अधिकार है; सताया जाना तुम्हारा अधिकार है और हम तुम्हें सताएं यह हमारा अधिकार है—तुम इन्हीं तुलसीदास की चौपाइयां रट रहे हो! और उन्हीं के माननेवाले लोग तुम्हारी पत्नियों के साथ व्यभिचार कर रहे हैं, गर्भपात कर रहे हैं, आग लगा रहे हैं, हत्याएं कर रहे हैं, गोलियां चला रहे हैं—और फिर भी तुम उन्हीं के घेरे में रुके रहना चाहते हो!

आदमी दुख से भी राजी हो जाता है, दुख को भी पकड़ लेता है।

इसलिए नरक से कोई छुटकारा नहीं। यह बड़े मज़े की बात है कि आदमी सुख से ऊब जाता है, दुख से नहीं ऊबता, यह मनुष्य के मनोविज्ञान के सम्बन्ध में एक अपूर्व सत्य है कि मनुष्य दुख से नहीं ऊबता, सुख से ऊब जाता है। दुख में एक आशा रहती है कि शायद कल सुखी हो जाऊं; आज नहीं कल दुख कट ही जाएगा; आख़िर कर्म-बन्धन कभी तो क्षीण होंगे! लेकिन सुख में सब आशा खो जाती है।

स्वर्ग हमारी कल्पना है—सुखी लोगों की, जहां जिन्होंने ख़ूब पुण्य-अर्जन कर लिया है वे लोग देवी-देवता हो जाते हैं। मगर वे ऊब जाते हैं। ऐसी कथाएं हैं, जिनमें देवता और देवियों ने प्रार्थना की है कि हम पृथ्वी पर वापस जाना चाहते हैं। लेकिन मैंने ऐसी कोई अब तक कहानी नहीं सुनी, न पढ़ी, जिसमें नरक में किसी ने कहा हो कि हम वापस पृथ्वी पर जाना चाहते हैं। उर्वशी थक जाती है इन्द्र के सामने नाचते-नाचते और प्रार्थना करती है कि कुछ दिन की छुट्टी मिल जाए। मैं पृथ्वी पर जाना चाहती हूं। मैं किसी मिट्टी के बेटे से प्रेम करना चाहती हूं। देवताओं से प्रेम बहुत सुखद हो भी नहीं सकता। हवा हवा होंगे। मिट्टी तो है नहीं, ठोस तो कुछ है नहीं। ऐसे हाथ घुमा दो देवता के भीतर से, तो कुछ अटकेगा ही नहीं। कोरे ख़याल समझो, सपने समझो। कितने ही सुन्दर लगते हों, मगर इन्द्रधनुषों जैसे।

स्वभावतः उर्वशी थक गई होगी। स्त्रियां पार्थिव होती हैं। उन्हें कुछ ठोस चाहिए। नाचते-नाचते इन्द्रधनुषों के पास उर्वशी थक गई होगी, यह मेरी समझ में आता है। उर्वशी ने कहा कि मुझे जाने दो। मुझे कुछ दिन पृथ्वी पर जाने दो। मैं पृथ्वी की सौंधी सुगन्ध लेना चाहती हूं। मैं पृथ्वी पर खिलनेवाले गुलाब और चम्पा के फूलों को देखना चाहती हूं। फिर से एक बार मैं पृथ्वी के किसी बेटे को प्रेम करना चाहती हूं।

चोट तो इन्द्र को बहुत लगी, क्योंकि अपमानजनक थी यह बात। लेकिन उसने कहा : 'अच्छा जा, लेकिन एक शर्त है। यह राज किसी को पता न चले कि तू अप्सरा है। और जिस दिन यह राज तूने बताया उसी दिन तुझे वापस आ जाना पड़ेगा।'

उर्वशी उतरी और पुरुरवा के प्रेम में पड़ गई। बड़ी प्यारी कथा

है उर्वशी और पुरुरवा की! पुरुरवा—पृथ्वी का बेटा; धूप आए तो पसीना निकले और सर्दी हो तो ठंड लगे। देवताओं को न ठंड लगे, न पसीना निकले। मुर्दा ही समझो। मुर्दों को पसीना नहीं आता, कितनी ही गर्मी होती रहे, और न ठंड लगती। तुमने मुर्दों के दांत किटकिटाते देखे? क्या खाक दांत किटकिटाएंगे! और मुर्दा दांत किटकिटाए तो तुम ऐसे भागोगे कि फिर लौटकर नहीं देखोगे। पुरुरवा के प्रेम में पड़ गई। ऐसी सुन्दर थी उर्वशी कि पुरुरवा को स्वभावतः जिज्ञासा होती थी—जिज्ञासा मनुष्य का गुण है—कि पुरुरवा उससे बार-बार पूछता था : 'तू कौन है? हे अप्सरा जैसी दिखाई पड़नेवाली उर्वशी, तू कौन है? तू आई कहां से? ऐसा सौन्दर्य, अलौकिक सौन्दर्य, यहां पृथ्वी पर तो नहीं होता!'

और कुछ चीज़ों से वह चिन्तित भी होता था। उर्वशी को धूप पड़े तो पसीना न आए। उर्वशी वायवीय थी, हल्की-फुल्की थी, ठोस नहीं थी। प्रीतिकर थी, मगर गुड़िया जैसी। खिलौने जैसी। न नाराज़ हो, न लड़े-झगड़े। जिज्ञासाएं उठनी शुरू हो गईं पुरुरवा को। आख़िर एक दिन पुरुरवा ज़िद ही कर बैठा। रात दोनों बिस्तर पर सोए हैं, पुरुरवा ने कहा कि आज तो मैं जानकर ही रहूंगा कि तू है कौन? तू आई कहां से? नहीं तू हमारे बीच से मालूम होती। अजनबी है, अपरिचित है। नहीं तू बताएगी तो यह प्रेम समाप्त हुआ।

यह तो धमकी थी, मगर उर्वशी घबरा गई और उसने कहा कि फिर एक बात समझ लो। मैं बता दो दूंगी, लेकिन बता देते ही मैं तिरोहित हो जाऊंगी। क्योंकि यह शर्त है।

पुरुरवा ने कहा : 'कुछ भी शर्त हो...।' उसने समझा कि यह सब चालबाजी है। औरतों की चालबाजियां! क्या-क्या बातें निकाल रही हैं! तिरोहित कहां हो जाएगी! तो उसने बता दिया कि मैं उर्वशी हूं, थक गई थी देवताओं से। पृथ्वी की सौंधी सुगन्ध बुलाने लगी थी। चाहती थी वर्षा की बूंदों की टपटप छप्पर पर, सूरज की किरणें, चांद का निकलना, रात तारों से भर जाना, किसी ठोस हड्डी-मांस-मज्जा के मनुष्य की छाती से लगकर आलिंगन। लेकिन अब रुक न सकूंगी।

पुरुरवा उस रात सोया, लेकिन उर्वशी की साड़ी को पकड़े रहा

रात नींद में भी। सुबह जब उठा तो साड़ी ही हाथ में थी, उर्वशी जा चुकी थी। तब से कहते हैं पुरुरवा घूमता रहता है, भटकता रहता है, पूछता फिरता है : 'उर्वशी कहां है?' खोज रहा है।

शायद यह हम सब मनुष्यों की कथा है। प्रत्येक आदमी उर्वशी को खोज रहा है। कभी-कभी किसी स्त्री में धोखा होता है कि यह रही उर्वशी, फिर जल्दी ही धोखा टूट जाता है। हनीमून पूरा होते-होते ही टूट जाता है। जो बहुत होशियार हैं, हनीमून पर जाते ही नहीं, कि न जाएंगे हनीमून पर, न टूटेगा।

चन्दूलाल का विवाह हुआ। बड़ा शोरग़ुल मचा रहे थे कि हनीमून पर शिमला जा रहे हैं, शिमला जा रहे हैं, शिमला जा रहे हैं! मैंने पूछा : 'कब जा रहे हो?'

उसने कहा कि बस एक-दो दिन में जाता हूं। दो-चार दिन बाद मुझे फिर मिल गए, मैंने पूछा : 'चन्दूलाल, शिमला नहीं गए?'

कहा कि पत्नी को भेज दिया है। मैंने कहा : 'पत्नी को तुमने भेज दिया, हनीमून पर, अकेले ही!'

बोले : 'शिमला मैं तो पहले ही देख चुका हूं, अब दोबारा जाने की क्या ज़रूरत है? अब पत्नी देख आएगी।'

ऐसा हनीमून टिकेगा। मारवाड़ी का हनीमून टिक सकता है। गए ही नहीं तो टूटेगा क्या खाक! इसलिए विवाह टिकते हैं इस दुनिया में, प्रेम नहीं टिकता, क्योंकि प्रेम में एक छलांग है आकाश की तरफ़। गिरना पड़ेगा। विवाह में छलांग ही नहीं है; ज़मीन पर ही सरकते रहते हैं, गिरेंगे कैसे? विवाह तो यूं है जैसे मालगाड़ी पटरियों पर दौड़ती हुई। प्रेम यूं है जैसे नदियों का प्रवाह; कब किस दिशा में मुड़ जाएगा, कुछ कहना कठिन है।

प्रत्येक व्यक्ति उर्वशी को खोज रहा है। 'उर्वशी' शब्द भी बड़ा प्यारा है—हृदय में बसी, उर्वशी। कहीं कोई हृदय में एक प्रतिमा छिपी हुई है, जिसकी तलाश चल रही है। मनोवैज्ञानिक कहते हैं : प्रत्येक व्यक्ति के भीतर स्त्री की एक प्रतिमा है, प्रत्येक स्त्री के भीतर पुरुष की एक प्रतिमा

है, जिसको वह तलाश रहा है, तलाश रही है। मिलती नहीं है प्रतिमा कहीं। कभी-कभी झलक मिलती है कि हां; यह स्त्री लगती है उस प्रतिमा जैसी : बस लेकिन जल्दी ही पता चल जाता है कि बहुत फासला है। कभी कोई पुरुष लगता है उस जैसा; फिर जल्दी ही पता चल जाता है कि बहुत फासला है। और तभी दूरियां शुरू हो जाती हैं। पास आते, आते, आते सब दूर हो जाता है।

स्वर्ग से तो कहानियां हैं देवताओं के उतरने की। तुमने बहुत सी कहानियां सुनी होंगी कि देवता आते हैं, ऋषि-मुनियों की स्त्रियों को प्रेम कर जाते हैं। बेचारे ऋषि-मुनि, उनको समझा दिया है कि ब्रह्ममुहूर्त में स्नान करने जाओ, सो वे चले ब्रह्म-मुहूर्त में स्नान करने और देवी-देवता ब्रह्ममुहूर्त की प्रतीक्षा करते रहते कि जब गए ऋषि-मुनि ब्रह्ममुहूर्त में स्नान करने, तब चन्द्रमा, इन्द्र इत्यादि-इत्यादि आकर दरवाज़ा खटखटाते हैं। ऋषि-पत्नी को क्या पता, वह सोचती है ऋषि महाराज लौट आए! और देवता हैं तो वे ऋषि का रूप धरकर लौट आते हैं, जटाजूटधारी बनकर। प्रेम-व्रेम करके नदारद हो जाते हैं। स्वर्ग से तो ऐसी कहानियां हैं पुराणों में कि देवता उतर आते हैं ज़मीन पर, अप्सराएं उतर आती हैं; मगर नरक से मैंने कोई कहानी नहीं सुनी। कारण साफ़ है। कारण बहुत मनोवैज्ञानिक है, गहरा है। दुख को आदमी छोड़ना नहीं चाहता, सुख को छोड़ दे। सुख से ऊब जाता है। सुख से धीरे-धीरे मन भर जाता है, ऊब पैदा हो जाती है। लेकिन दुख से मन नहीं भरता, क्योंकि आशा बनी रहती है। सुख में कोई आशा नहीं।

लेकिन चाहे नरक हो और चाहे स्वर्ग, हमारा सदियों का निरीक्षण यह है, मैं इस निरीक्षण से राजी हूं कि प्रत्येक व्यक्ति को मनुष्य के चौराहे पर लौट आना पड़ता है। मनुष्य चौराहा है। वहां से सब तरफ़ रास्ते जाते हैं—पशु की तरफ़, पक्षियों की तरफ़, नरकों की तरफ़, देवताओं की तरफ़। और अन्तिम मार्ग भी वहां है—निर्वाण की तरफ़, मोक्ष की तरफ़—जहां सब खो जाता है; जहां योनि मात्र खो जाती है; जहां न तुम मनुष्य रह जाते, न पशु, न पक्षी, न देवता; जहां तुम केवल निर्विचार, शून्य चेतना मात्र रह जाते हो। वहां से कोई कभी नहीं लौटना चाहता। वहां से लौटने का कोई सवाल नहीं, लौटनेवाला ही नहीं बचता है।

विद्या तो वही है जो तुम्हें निर्वाण दे। विद्या तो वही है...'सा विद्या या विमुक्तये'! वही है विद्या जो तुम्हें मुक्त करे, मोक्ष दे। यह विद्या न रही होगी, तथाकथित ज्ञान रहा होगा। सूचना मात्र रही होगी। शिष्य ने उसका वमन कर दिया। और अभागे देवता, ये उस वमन को भी पचा गए। तीतर बनकर पचा गए! शायद सीधे-सीधे आना अच्छा न लगा होगा, छुपकर आए, आड़ में आए, तीतर बनकर आए। उस कूड़े-कचरे को, वमन किए हुए को, उस दुर्गन्धयुक्त को ये फिर से लील गए। और उसी को इकट्ठा करके तैत्तिरीयोपनिषद बना।

तैत्तिरीयोपनिषद मत पढ़ना। अब यह देवताओं का वमन...वमन का वमन होगा। और सब-कुछ करना, तैत्तिरीयोपनिषद मत पढ़ना।

मुझसे बहुत बार कहा गया है कि मैं तैत्तिरीयोपनिषद पर क्यों नहीं बोला? यही कहानी मुझे अटका देती है। इससे आगे ही बात नहीं बढ़ती। मैं तो तुम्हें उच्छिष्ट ज्ञान से मुक्त करना चाहता हूं और इसमें उच्छिष्ट ज्ञान का संग्रह है। मगर यह एक ही उपनिषद की बात होती तो भी ठीक था; तुम्हारे अधिकतर उपनिषद, तुम्हारे अधिकतर वेद, तुम्हारे क़ुरान, तुम्हारी बाइबिल, तुम्हारे तालमुद, इसी तरह के उच्छिष्ट ज्ञान से भरे हैं।

यह कहानी किसी हिम्मतवर आदमी ने जोड़ी होगी। रहा होगा कोई उपद्रवी मेरे जैसा, जिसने उपनिषद के ऊपर वह कहानी लगा दी। और भोंदू पंडित ऐसे हैं कि आज तक किसी ने इस कहानी को ठीक-ठीक समझने की कोशिश भी नहीं की। यह कहानी पर्याप्त है यह बताने को कि कूड़ा-कचरा से बचो।

सब ज्ञान उच्छिष्ट है, अगर तुम्हारे अनुभव से नहीं आए।

'उपनिषद' शब्द प्यारा है। उपनिषद का अर्थ होता है—गुरु के पास बैठना, सिर्फ़ गुरु के पास बैठना। उप + निषद। उप यानी पास, निषद यानी बैठना। गुरु के पास बैठना। जिसने जाना है, उसके पास बैठना। उसकी श्वासों की श्वास बन जाना। उसकी श्वासों के साथ डोलना। उसके हृदय की धड़कन बन जाना। उसकी और तुम्हारी धड़कन के बीच का फासला समाप्त हो जाए, एक साथ हृदय धड़कने लगे। उसकी श्वास भीतर जाए तो तुम्हारी श्वास भीतर जाए। उसकी श्वास बाहर आए तो

तुम्हारी श्वास बाहर आए। यह है उपनिषद, तैत्तिरीयोपनिषद नहीं।

और यूं ही जिन्होंने जाना है, उन्होंने ही केवल जाना है। फिर उसे कोई छीन नहीं सकता, उसे कोई तुमसे वापस नहीं ले सकता, क्योंकि वह तुम्हारा अपना स्वभाव है, तुम्हारे स्वभाव का आविष्कार है।

स्वस्थ हो जाना उपनिषद है। वही वेद है। वेद यानी ज्ञान, बोध। वही क़ुरान है। क़ुरान यानी तुम्हारे प्राणों का गीत, तुम्हारे प्राणों की गुनगुनाहट। वही बाइबिल। बाइबिल यानी किताबों की किताब। किताब नहीं—सारी किताबों की किताब। सारे रहस्यों का रहस्य। तुम अपने हृदय में संजोए बैठे हो। तीतर वग़ैरह बनने की ज़रूरत नहीं। उच्छिष्ट इकट्ठा करने की आवश्यकता नहीं।

जिनस्वरूप, तुमने इस कहानी की याद दिलाकर ठीक किया। यही मेरा पूरा प्रयोग है यहां। तुम्हें मैं उच्छिष्ट कुछ भी नहीं देना चाहता। हालांकि तुम उच्छिष्ट के लिए बहुत आतुर हो, क्योंकि वह सस्ता है, मुफ़्त मिल जाता है। तीतर बनाना पड़े तो भी कोई हरजा नहीं, तीतर बन जाएंगे, मुर्ग़ा बन जाएंगे—तुम कुछ भी बन सकते हो, मुफ़्त कुछ मिलता हो। लेकिन जहां कुछ चुकाना पड़ता है, जहां जीवन को दांव पर लगाना पड़ता है, वहां तुम्हारे प्राण कंपते हैं। मगर जीवन का जो राज़ है, वह जीवन को दांव पर लगाए बिना मिलता नहीं है। वह व्यापारियों के लिए नहीं है, वह केवल जुआरियों के लिए है।

मेरे संन्यासी को जुआरी होना सीखना ही पड़ेगा। वह व्यवसायी रहा तो विद्यार्थी रह जाएगा। जुआरी हो जाए तो शिष्य होने का अभूतपूर्व लोक तत्क्षण अपने द्वार खोल देता है।

• दूसरा प्रश्न : ओशो,

जब तक आप कोई चमत्कार न दिखाएं, मैं आपको भगवान कैसे मानूं?

• कन्हैयालाल,

चमत्कार कभी हुए ही नहीं। चमत्कार हो ही नहीं सकते। चमत्कार का अर्थ होता है : जीवन के नियम के विपरीत कुछ होना, जो कि असम्भव है। जीवन का नियम यानी परमात्मा। परमात्मा के विपरीत कुछ कैसे हो सकता है? जो भी होगा, उसके अनुकूल होगा। जो भी होता है, धर्म के नियम के अनुकूल होता है। हां, तुम्हारी समझ में न आ पड़ता हो नियम, यह बात और। तुम्हें चमत्कार जैसा लगे, यह बात और। लेकिन चमत्कार न कभी हुए हैं, न कभी होंगे। लेकिन तुम्हारे अज्ञान का शोषण किया जा सकता है।

कन्हैयालाल, तुम किसी मदारी की तलाश में हो, तो चले जाओ सत्य साईं बाबा हैं, राख वग़ैरह निकालकर बता देंगे, चमत्कार हो जाएगा। स्विट्जरलैंड में बनी हुई घड़ियां निकालकर बता देंगे, चमत्कार हो जाएगा। पता नहीं, यह कैसी सरकार है! तस्करों को पकड़ती है, सत्य साईं बाबा को क्यों नहीं पकड़ती! यह तो तस्करी हुई। स्विट्जरलैंड में बनी हुई घड़ियां कोई आदमी निकाले, यह तो तस्करी हुई। राख वग़ैरह तक ठीक है, मगर ऐसे मूढ़जन हैं इस देश में कि राख को विभूति कहेंगे। शब्दों में तो हमसे कोई बाज़ी नहीं मार सकता। निकलेगी राख और कहेंगे विभूति निकल रही है।

चमत्कार गढ़े जाते हैं, क्योंकि मूढ़ों को प्रभावित करने का और कोई उपाय नहीं है। जीसस ने मुर्दों को जिलाया, हालांकि ख़ुद सूली पर अपने को बचा न सके। जीसस ने अन्धों को आंखें दीं, लेकिन जो सूली पर चढ़ा रहे थे उनको अन्तर्दृष्टि न दे सके! बहरों को कान दिए, लेकिन यहूदी धर्म-गुरुओं को कान न दे सके। कहते हैं लंगड़े-लूलों को पहाड़ चढ़ा दिया, लेकिन ख़ुद जब गोलगोथा की पहाड़ी पर सूली को कन्धे पर रखकर चढ़ना पड़ा तो तीन बार गिरे, पांव लहूलुहान हो गए। लंगड़ों-लूलों को पहाड़ चढ़ा दिया, ख़ुद गोलगोथा की छोटी सी पहाड़ी—टीला ही कहना चाहिए, पहाड़ी भी नहीं—उस पर भी चढ़ने में तीन बार गिर गए। कहते हो कि समुद्र को देखा और शराब बना दिया और जुदास के हृदय को न बदल सके! एकाध बूंद शराब उसमें भी गिरा देते, वह

भी मस्त हो लेता! जब सागरों को शराब बना सकते हो तो आदमियों को इतनी मस्ती न दे सके? वह तीस रुपए में बेच दिया जीसस को।

ये कहानियां बाद में गढ़ी जाती हैं। तीन दिन के बाद पुनरुज्जीवित हो गए। लेकिन तीन दिन के बाद फिर क्या हुआ, ईसाइयों के पास कुछ कथा नहीं है कि तीन दिन के बाद पुनरुज्जीवित तो हो गए, फिर क्या हुआ? फिर कहां गए, फिर क्या करते रहे?

ये कथाएं गढ़ ली जाती हैं बाद में—मूढ़ों को प्रभावित करने के लिए। और मूढ़ों की भीड़ है। वही-वही इन बातों से चमत्कृत होते हैं। आदिवासी इलाक़ों में ईसाइयों का काफ़ी प्रभाव है, क्योंकि आदिवासी सीधे-सादे लोग हैं, उनको छोटी-मोटी बातों से प्रभावित किया जा सकता है।

मेरे एक मित्र हैं। वे मुझे सुना रहे थे कि मैं एक गांव में गया हुआ था। संन्यासी हैं। और वहां एक ईसाई पादरी आदिवासियों को समझा रहा था कि देखो, तुम राम की पूजा इसलिए करते हो न कि वे तुम्हें बचाएंगे? उन्होंने कहा : 'हां।' तो उस पादरी ने कहा : 'पहले तुम यह भी तो पक्का कर लो कि वे ख़ुद को बचा सकते हैं कि नहीं।' उसने दो मूर्तियां अपने झोले में से निकाल लीं—एक मूर्ति राम की, एक जीसस की। राम की मूर्ति तो बनाई थी उसने लोहे की, अन्दर लोहा था, ऊपर से लकड़ी का पॉलिश किया गया था। और दूसरी जीसस की जो मूर्ति थी वह लकड़ी की थी और अन्दर पोली थी। दोनों देखने में एक जैसी लगती थीं। एक बर्तन में पानी भरवाया और दोनों मूर्तियां उसमें डाल दीं। स्वभावतः राम जी डुबकी खा गए और जीसस तैरने लगे। गांव के लोग चमत्कृत हुए। रहे होंगे कन्हैयालाल जैसे। मान गए कि अरे हम भी किसके पीछे पड़े थे! जो अपना ख़ुद को ही नहीं बचा सकता, वह हमको भी डुबाएगा! ख़ुद ही डूब गए बच्चू। वे सब तैयार कि हम भी ईसाई होने को तैयार हैं।

यह संन्यासी भी सब देख रहा था। इसने कहा कि सुनो जी, इसके पहले कि कुछ निर्णय करो, आग जलाओ! इसने देख लिया कि मामला क्या है—एक लोहे की मूर्ति और एक लकड़ी की। 'आग जलाओ! पानी

कोई परीक्षा है?'—आदिवासियों से कहा—'हमारे देश में तो सदा से अग्नि-परीक्षा होती रही है।'

लोगों ने कहा : 'यह बात भी सच है।'

'रामचन्द्र जी ने सीता की अग्नि-परीक्षा ली थी कि जल-परीक्षा?' सब ने कहा : 'अग्नि परीक्षा ली थी।'

तो उन्होंने कहा : 'अग्नि परीक्षा होकर रहेगी।'

अब पादरी घबराया कि अब यह अग्नि-परीक्षा में तो मुश्किल हो जाएगी। और मुश्किल हो गई। आग जलाई। आग जलाकर दोनों डाल दिए। राम जी तो अपना धनुष-बाण लिये खड़े रहे। क्या आग उनका बिगाड़े! मगर यीशु मसीह की मिट्टी पलीद हो गई। वे राख होकर ढेर लग गए। आदिवासी तो बड़े आनन्दित होकर क़ूदने-फांदने लगे, नाच-गान शुरू हो गया कि अहा, हमारे रामचन्द्र जी! इस बीच पादरी भाग खड़ा हुआ। उसने कहा अब पिटाई होगी। जब संन्यासी ने लौटकर देखा पादरी नदारद था।

इस तरह की बेहूदगी की बातें सिर्फ़ मूढ़ों को प्रभावित करती हैं। चमत्कार कभी नहीं हुए।

महावीर को माननेवाले कहते हैं कि जब वे रास्ते पर चलते थे तो कांटे अगर सीधे पड़े होते तो महावीर आ रहे हों, तत्क्षण उलटे हो जाते थे। कांटे! इतनी अक्ल फूलों को भी नहीं होती; कांटों को क्या ख़ाक होगी! आदमियों को नहीं होती, कांटों को क्या ख़ाक होगी! और अगर यह सच है तो जिस आदमी ने महावीर के कान में खीले ठोंके थे, उस वक़्त क्या हुआ चमत्कार का? उचककर खीले उसी आदमी के कान में ठुक जाने चाहिए थे। जब कांटों तक में इतनी अक्ल थी तो खीलों में अक्ल न रही!

बुद्ध को माननेवाले कहते हैं कि बुद्ध के ऊपर पहाड़ से एक पूरी चट्टान सरकाई गई। पूरा हिसाब लगाकर सरकाई गई थी कि वह बुद्ध को अपनी लपेट में ले लेगी। बुद्ध पहाड़ी पर बैठे ध्यान कर रहे हैं बीच में, ऊपर से चट्टान सरकाई गई। लेकिन चमत्कार हुआ। वह आई बुद्ध

के पास तक, रुकी और बुद्ध को बचाकर निकल गई। उसने अपना रास्ता थोड़ा सा बदला, बुद्ध को एक तरफ़ छोड़ दिया और फिर सीधे रास्ते पर चली गई—जहां से उसको जाना चाहिए था। गणित के हिसाब से वहीं से गई, मगर बुद्ध को ज़रा सा बचाकर निकल गई। अगर यह बात सच है तो बुद्ध का फिर विषाक्त भोजन से जीवन अन्त कैसे हुआ? अगर चट्टान में इतनी अक्ल थी तो विष ने कुछ कृपा न की बुद्ध पर कि भोजन में न मिलते या मिल भी जाता भोजन में तो कम-से-कम शरीर को विषाक्त न करता?

कहते हैं, पागल हाथी बुद्ध पर छोड़ा, जिसने न मालूम कितने लोगों को मार डाला था और वह बुद्ध के सामने आया और उनके चरणों में सिर झुकाकर खड़ा हो गया। मैं तो इतना ही कह सकता हूं कि पागल हाथी या तो पागल ही था। अब पागलों का क्या भरोसा? अरे ये पागल जो कर गुज़रें सो ठीक! पागलों के सम्बन्ध में कुछ निश्चित नहीं हुआ जा सकता। वह बुद्ध के सामने झुक गया, यह भी पागलपन का हिस्सा रहा होगा। चमत्कार नहीं। क्योंकि जब आदमी नहीं झुके, जिन्होंने पागल हाथी छोड़ा था, तो पागल हाथी क्या खाक झुकेगा!

लेकिन ये कहानियां पीछे गढ़ी जाती हैं।

बुद्ध का जन्म हुआ तो वे खड़े-खड़े पैदा हुए मां के पेट से। खड़े-खड़े! अरे ऐसे लोग कोई साधारण ढंग से पैदा होते हैं! मां भी खड़ी थी। वह फूल तोड़ रही थी वृक्ष से, तब अचानक बुद्ध एकदम से टपक पड़े! ज़रा दर्द नहीं हुआ। दर्द वग़ैरह होता तो वह भी लेट जाती। वह फूल तोड़ती रही और बुद्ध एकदम से टपक पड़े। इतने ही तक मामला हल नहीं हुआ। अरे जब कहानी ही लोग गढ़ते हैं तो फिर क्या कंजूसी करनी! फिर वे सात क़दम चले भी। इतना ही नहीं, अरे जब बात ही करनी है तो फिर पूरी हो जानी चाहिए। सात क़दम चलकर आकाश की तरफ़ देखकर हाथ उठाकर उन्होंने कहा : 'मुझ जैसा बुद्ध न हो पहले कभी हुआ है, न बाद में कभी होगा। मैं परम बुद्ध हूं!' इसकी घोषणा की। गर्जन की! आकाश थर्रा गया, पृथ्वी डोल गई!

कन्हैयालाल, ऐसा कोई चमत्कार देखना है? इस तरह की मूर्खतापूर्ण

बातें पंडित और पुरोहित गढ़ लेते हैं क्योंकि कन्हैयालाल जैसे लोग मौज़ूद हैं। उनको इस तरह की कहानियां चाहिए। और जो बहुत चालबाज हैं, वे ज़िन्दगी में भी इस तरह की कहानियां गढ़ लेते हैं।

बंगाल में एक बंगाली बाबा बहुत प्रसिद्ध थे, क्योंकि उन्होंने एक दफ़े चमत्कार दिखाया। कन्हैयालाल जैसे लोगों की भीड़ लग गई होगी। चमत्कार उन्होंने यह दिखाया कि वे ट्रेन में सवार हुए, टिकट-कलेक्टर आया, उसने कहा कि टिकट दिखाइए। उन्होंने कहा कि शब्द अपने वापस ले लो। हम फ़क़ीरों से कोई टिकट नहीं मांग सकता।

टिकट कलेक्टर भी ग़ुस्से में आ गया। अंग्रेज़ों के ज़माने की बात है। अंग्रेज़ रहा होगा। उसने कहा : 'इस तरह की बदतमीजी की बात नहीं चलेगी। बाबा हो अपने घर के। वह सरकारी रेलगाड़ी है। टिकट के बिना अन्दर नहीं चलने दूंगा।'

बाबा भी ग़ुस्से में आ गए। बाबा ने कहा : 'देखूं मुझे कौन चलने से रोकता है!'

बात बढ़ गई। बात में से बात निकली। उस अंग्रेज़ कंडक्टर ने उनको धक्का देकर बाहर निकाल दिया। बाबा नीचे तो उतर गए, लेकिन अपना डंडा ऐसा टेककर खड़े हो गए और कहा कि देखें, अब यह गाड़ी कैसे चलती है! इंच भर सरक जाए!

अब गार्ड झंडी दिखा रहा है और ड्राइवर सब तरह की कोशिश कर रहा है, सीटी पर सीटी बज रही हैं, मगर गाड़ी टस-से-मस नहीं हो रही। तहलका मच गया। पूरे स्टेशन की भीड़ इकट्ठी हो गई, सारे यात्री इकट्ठे हो गए। बंगाली बाबा ने ग़ज़ब कर दिया, गाड़ी रोक दी! ड्राइवर कहे : 'मैं भी चकित हूं, इंजन में कुछ ख़राबी नहीं है। सब ठीक है। चलता नहीं।'

स्टेशन मास्टर दौड़ा फिर रहा है, ऑफ़िसर भागे फिर रहे हैं, मगर कोई उपाय नहीं। आख़िर स्टेशन मास्टर ने कहा टिकट कलेक्टर को कि भैया माफ़ी मांग लो और बाबा को कहो आप विराजो अन्दर और गाड़ी चलने दो। लोगों को तो हज़ार कामों पर जाना है। अब लोग मेरी जान

खा रहे हैं। कोई कहता है मुझको अदालत जाना है, कोई कहता है मुझे दफ़्तर जाना है और यह गाड़ी कब तक रुकी रहेगी?

पहले तो आनाकानी की टिकट कलेक्टर ने, लेकिन जब देखा कि मारपीट की नौबत खड़ी हो गई, भीड़ इकट्ठी हो गई, भीड़ ने कहा : 'पिटाई कर देंगे! हमारे साधु महाराज का तुमने अपमान किया है। माफ़ी मांगो!' ज़बर्दस्ती माफ़ी मंगवाई। लेकिन बंगाली बाबा ने कहा कि पहले नारियल लाओ। जब तक नारियल नहीं चढ़ेगा, बाबा भी गाड़ी पर नहीं चढ़ेगा। जल्दी भागा-भाग की गई, कहीं से नारियल लाया गया। नारियल, मिठाई, फूल चरणों में चढ़ाए। कहा : 'माफ़ी मांगो! पैर छुओ! और आइन्दा ख़याल रखना, कभी किसी फ़क़ीर को टिकट मत पूछना। पूछोगे टिकट, ख़तरा हो जाएगा।'

फिर बाबा गाड़ी में प्रविष्ट हुए और गाड़ी चली। ये बंगाली बाबा ईमानदार आदमी थे। ज़िन्दगी-भर लोग उनसे पूछते रहे कि राज क्या था, आपने किस तरकीब से गाड़ी रोक दी? मरते वक़्त उन्होंने कहा : अब तो मैं मर ही रहा हूं; अब सच्ची बात बता दूं। सच बात यह है कि टिकट कलेक्टर, गार्ड और ड्राइवर तीनों को मैंने रिश्वत दी थी। ये तीनों मेरे आदमी थे। और फिर गाड़ी रुकने में क्या दिक़्क़त है! और एक दफ़ा यह चमत्कार दिखाना था, दिखा दिया कि सारे बंगाल में शोहरत फैल गई, हज़ारों-लाखों लोग आते थे बंगाली बाबा के दर्शन करने।

तुम जिनको चमत्कार कहते हो, वे चमत्कार वग़ैरह कुछ भी नहीं होते; उन सबके पीछे हिसाब होते हैं, गणित होते हैं। जादू तो एक गणित है। उनके करने की एक कला होती है। सड़कों पर मदारी दिखाते रहते हैं, उन्हीं को तुम भगवान मानो भैया।

और मैं तुमसे कहता हूं अगर चमत्कार होते भी होते, तो मैं दिखानेवाला नहीं था। क्योंकि मैं कन्हैयालाल जैसे लोगों को यहां बिल्कुल नहीं चाहता हूं। अगर चमत्कार होते भी होते और मैं कर भी सकता होता, तो भी कभी नहीं करता, क्योंकि ये ग़लत लोग हैं जो चमत्कार के कारण इकट्ठे होते हैं। इन लोगों को दरवाज़े के बाहर रखना चाहता हूं, दरवाज़े के भीतर नहीं। यहां मैं चाहता हूं उन लोगों को जो जीवन

में क्रान्ति के लिए आतुर हैं। राख वग़ैरह का क्या करोगे? और गाड़ी भी रोक दी तो क्या होगा? और घड़ी भी निकाल दी तो क्या होगा? इन सब बेवकूफ़ी की बातों में मुझे उत्सुकता नहीं है।

हे कन्हैयालाल! हे देवकीनन्दन! हे मुरलीवाले! भैया गौएं चराओ! यहां कहां आ गए? कोई डेयरी खोल लो। अटरली-बटरली...अमूल बटर बेचो। कुछ ढंग का काम करो, यहां कहां! यह तुम्हारे लिए जगह नहीं। बजरंगबली की सेवा करो। हनुमान-चालीसा पढ़ो। हे गोबर्धन गिरधारी! कुछ न बने तो गोबर का छोटा-मोटा पहाड़ बनाकर उसी को उठा लो। तुम्हारे पास ही लोग इकट्ठे हो जाएंगे, तुम्हें कहीं जाने की क्या ज़रूरत है?

यह चमत्कार की आकांक्षा भारत के आलस्य, बेईमानी, सुस्ती, काहिलपन का सबूत है और कुछ भी नहीं। अपने पर भरोसा नहीं रहा है, इसलिए हर उलटी-सीधी चीज़ पर भरोसा लाने की कोशिश की जा रही है। आत्म-भरोसा खो गया है। आत्मा पर श्रद्धा खो गई है। इसलिए ताबीज, राख, गंडे—इस तरह की चीज़ों पर भरोसा आ रहा है।

एक काहिल सुस्त आदमी अपने मित्र से कह रहा था कि देखो, ईश्वर भी कैसे-कैसे चमत्कार करता है और कैसे-कैसे मेरी मदद करता है! मुझे कुछ पेड़ काटने थे और तूफ़ान ने आकर मेरी समस्या हल कर दी। फिर मुझे कूड़े-करकट का एक ढेर जलाना था और बिजली गिरी, वह भी समाप्त हो गया।

यह सुनकर उसका मित्र बोला : 'भैया, अब आपका अगला प्रोग्राम क्या है?'

वह व्यक्ति बोला : 'इस बार मैंने आलू की खेती करवाई है, अतः उन्हें निकलवाने के लिए भूचाल का इन्तज़ार कर रहा हूं।'

- **आख़िरी प्रश्न : ओशो,**

गम्भीरता और उदासीनता पर इतनी चोट आपके द्वारा पहुंचाने पर

भी यह आदत छूटती नहीं है। लगता है इनका छूटना मौत जैसा है। कृपया मार्गदर्शन दें।

• मोहन भारती,

भैया फिर छोड़ते किसलिए हो जब मौत जैसा मालूम हो रहा है? मज़े से उदासीन रहो, गम्भीर रहो। मैंने तुम्हें 'गधा' की परिभाषा भी बता दी। ग यानी गम्भीर, धा यानी धार्मिक। गधा ही रहो! गम्भीर रूप से धार्मिक रहो! छोड़ने की झंझट में क्यों पड़े हो?

और तुम कहते हो कि आपके द्वारा समझाए जाने पर भी, चोट पहुंचाए जाने पर भी आदत छूटती नहीं है। चोट अभी पहुंची नहीं है, समझ अभी आई नहीं है। समझ आ जाए तो कुछ छोड़ना नहीं पड़ता। जो समझ में आया वह छूट जाता है। चोट अभी पहुंची नहीं। ख़ूब मोटी चमड़ी है, मोहन भारती। मैं तो चोट मारता हूं, लेकिन तुम्हारी चमड़ी में स्प्रिंग लगे हैं। मैं चोट मारता हूं, चोट तुम तक पहुंचती नहीं।

भारतीय चमड़ी बड़ी मोटी है। सदियों पुरानी है। हमने किया ही क्या है—चमड़ी को मज़बूत किया है! खोपड़ी में गोबर भरा है। मगर उसको हम गोबर नहीं कहते; हम तो अच्छे-अच्छे शब्द उपयोग करते हैं।

एक घर में मैं मेहमान था। गृहपति ने आकर मेरे हाथ में एक चम्मच से कहा कि पंचामृत लें। मैंने कहा : 'भैया, पहले तुम बता दो पंचामृत यानी क्या?'

उन्होंने कहा : 'पंचामृत! अरे पंचामृत यानी पंचामृत! आप जैसा ज्ञानी पुरुष और पंचामृत न जाने!'

मैंने कहा कि नहीं, पहले तुम पंचामृत का मुझे अर्थ बताओ। क्योंकि इस देश में ऐसे-ऐसे अच्छे शब्द हम देते हैं ऐसी-ऐसी सड़ी बातों के लिए, जिसका हिसाब नहीं। तब थोड़े वे चौंके, क्योंकि उनको भी शर्म लगी

कि अब पंचामृत का अर्थ क्या बतलाएं! पंचामृत का मतलब होता है गौ के द्वारा पैदा की गई पांच चीज़ें—गोबर, गौमूत्र, दूध, दही, घी। इन पांचों को मिलाकर पंचामृत। मैंने कहा : 'भैया, मुझे अमृत चाहिए ही नहीं। पंचामृत की बात ही छोड़ दो। मैंने तो अमृत पा लिया। यह तुम्हीं पीओ। बांटो मुहल्ले में, कोई-न-कोई गधे मिल जाएंगे पीनेवाले।'

पंचामृत बांट रहे हैं! मैंने कहा : 'तुमने अच्छा किया, कम-से-कम इसे गो माता से बनाया। तुम आदमियों से बनाते तो और ग़ज़ब कर देते। वह तो जो भी ले लेता, सीधा ही स्वर्ग जाता।'

तुम कहते हो, आदत छूटती नहीं। आदत में न्यस्त कुछ स्वार्थ होंगे। गम्भीर होने में इस देश में बड़ा मज़ा है। गम्भीर आदमी को लोग अच्छा आदमी समझते हैं। ग़ैर-गम्भीर को तो कहते हैं—अरे उथला, छिछला, उसका क्या? जो गम्भीर शक्ल बनाए बैठा रहता है, लम्बा चेहरा, उसको कहते हैं—साधु, सन्त। उसको कहते हैं—पहुंचा हुआ सिद्ध पुरुष। हंसते हुए को तो कोई सिद्ध पुरुष कहेगा नहीं। सिद्ध पुरुष हंसते ही नहीं।

और इसी तरह तो मैं लोगों को बिगाड़ रहा हूं। मैं सिद्ध पुरुषों को हंसा रहा हूं। हंसनेवालों को सिद्ध पुरुष बना रहा हूं। मैंने सारे गणित को उलटा-सीधा कर दिया है, आगे-पीछे कर दिया है।

तुम्हारा न्यस्त स्वार्थ होगा, आदत छूटे कैसे? तुम्हें लोग आदर देते होंगे कि मोहन भारती, सिद्ध पुरुष हो तुम! अरे बस एक क़दम और कि अरिहन्त हो जाओगे! ज़्यादा देर नहीं है। अब तुम कैसे गम्भीरता छोड़ो? गम्भीरता छोड़ो तो ये सब कहेंगे कि बिगड़ गए, भ्रष्ट हो गए।

एक मित्र ने मुझे लिखा है कि 'ओशो, आपके कुछ संन्यासी कुछ सामाजिक स्थलों पर अशोभनीय व्यवहार करते हैं, जिससे आपके नाम पर लांछन आता है। जैसे एक संन्यासी उस दिन स्टेज पर नाचनेवाली लड़की से हाथ मिलाने को आगे बढ़ गया, तो लोग चिल्लाए : 'ऐ ओशो, नीचे आ!' ऐसी हरकतों से आपका नाम ख़राब हो, यह मुझे बहुत बुरा लगता है। संन्यासी जो कि जागने की दिशा में संलग्न है, उसका ऐसा आचरण कहां तक उचित है?'

स्वामी नवल भारती, तुम वहां क्या कर रहे थे—भजन-कीर्तन? भाव-भक्ति के लिए गए थे? और मुझे तो कुछ इसमें अशोभनीय नहीं लगता। मैं ख़ुद भी होता तो मैं ख़ुद ही बढ़कर गया होता! आख़िर कोई लड़की ढंग से नाची हो तो उसको धन्यवाद देना चाहिए कि नहीं? इसमें अशोभनीय क्या है? और भला किया उस संन्यासी ने कि चलो उस जगह मेरे नाम को तो गुंजा दिया, लोग चिल्लाए कि ऐ ओशो, नीचे आ। अरे जो ऊपर है, उसी को तो नीचे बुलाएंगे न? इसमें क्या बिगड़ गया? इसमें अशोभनीय व्यवहार लोगों ने किया उस संन्यासी के साथ, उस संन्यासी ने कोई अशोभनीय व्यवहार नहीं किया।

ऐसा हुआ कोई पन्द्रह साल पहले की बात है, हर्षद मुझे अपनी कार में लेकर मुम्बई घुमाने निकला था। दिन-भर बोलता रहा था, उसने कहा कि घंटा-भर आपको हवा-खोरी करा लाऊं। एक बिस्त्रो के सामने से निकल रहे थे मैंने पूछा : 'यह बिस्त्रो क्या बला है?'

उसने कहा : 'चलिएगा?' उसने तो मज़ाक़ में कहा। उसने कहा मैं क्यों बिस्त्रो जाऊंगा। उसने समझा कि मैं मज़ाक़ में ही पूछ रहा हूं कि बिस्त्रो क्या है। मैंने कहा : 'क्यों नहीं चलेंगे! चलो।' अब उसकी-जान निकली। उसने सोचा कि अगर कोई जान-पहचान का मिल जाए तो मैं फंसूंगा कि तुम क्यों उनको वहां ले गए। लोग मुझको ही दोष देंगे। ये तो बच जाएंगे। ये तो कहेंगे मुझे तो मालूम ही नहीं कि बिस्त्रो क्या है। फंसूंगा मैं।

मगर अब फंस ही गया, थोड़ा झिझका। मैंने कहा : 'तू झिझक मत। मुझे मालूम है कि बिस्त्रो क्या है। अरे तभी तो तुझसे पूछा कि ऐसे तो तू ले नहीं जाएगा। मैं कहूं कि चल बिस्त्रो में ले चल, तू गाड़ी तेज़ी से भगाएगा कि घर चलो।'

मजबूरी में बेचारा घिसटता हुआ मेरे पीछे भीतर गया। संयोग की बात, बिस्त्रो का जो मैनेजर था वह मुझे सुनने आता रहा होगा। वह एकदम आया और साष्टांग दंडवत! और जब उसने दंडवत की तो भारतीय तो छंटे हुए बुद्धू हैं, और कई लोग उठ आए, जो मुझे जानते ही नहीं थे, वे भी दंडवत करने लगे! वह नाचनेवाली लड़की भी आ गई दंडवत

करने। उसने भी पैर छूकर दंडवत किया। और मैनेजर ने कहा : 'आपकी बड़ी कृपा कि पधारे! कई दफ़ा मेरे मन में होता था कि एक बार आपके चरण यहां पड़ जाएं तो पवित्र हो जाए यह स्थल। मगर किस मुंह से आपसे कहता! मगर सुन ली आपने! आप भी अद्भुत हैं! चमत्कार दिखा दिया! सोच भी नहीं सकता था सपने में कि मेरे बिस्त्रो में और आप कभी आएंगे!'

तो स्वभावतः उसने सबसे पहले नाचनेवाली लड़की के बिल्कुल पास मेरी कुर्सी लगाई। और नाचनेवाली लड़की ने देखा जब मैनेजर चरण छूता है और सब लोग चरण छूते हैं, तो वह मेरे ही पास नाचे। स्वभावतः! और हर्षद की हालत ऐसी ख़राब, एयरकंटीशन बिस्त्रो और पसीना चू रहा! मैंने कहा : 'हर्षद, तुझे क्यों पसीना चू रहा है? तुझे इतनी कैसे गर्मी लग रही है? क्या बुख़ार चढ़ रहा है कुछ? तुझे डेंगू फीवर वग़ैरह हो गया है?'

उसने कहा कि अब आप कुछ मत कहें, जल्दी से यहां से निकल चलें, क्योंकि अगर पता चल गया तो मैं फंसूंगा! मैंने कहा : 'तू क्यों फंसेगा? और मैं अब जानेवाला नहीं। लड़की इतना अच्छा नाच रही है...!'

हर्षद बोला : 'महाराज, जल्दी चलो! भाड़ में जाए लड़की! और फिर तुम्हें आना हो तो आ जाना, मगर मुझे तो मत फंसाओ।'

अब मैं नहीं सोचता...तुम पूछ रहे हो नवल भारती कि आपके कुछ संन्यासी सामाजिक स्थलों पर अशोभनीय व्यवहार करते हैं। क्या अशोभनीय व्यवहार है? नृत्य कुछ अशोभन है? और लड़की कोई सुन्दर नाचे तो धन्यवाद देने जाना ही चाहिए। और हाथ मिलाने मेरा संन्यासी नहीं जाएगा तो किसका संन्यासी जाएगा? मेरा संन्यासी मेरा संन्यासी है! उसके अपने गुण-लक्षण हैं। उसको अपनी परिभाषा देनी है दुनिया को। मेरा संन्यासी कोई भगोड़ा नहीं है कि धूनी रमाए बैठा हुआ है जंगल में!

और तुम कहते हो : 'आपके नाम पर लांछन आता है।' मेरे नाम पर तुम क्या लांछन लाओगे, मैं ही इतना लाता हूं! तुम लाख उपाय करो, तुम मुझे हरा नहीं सकते।

तुम कहते हो : 'ऐसी हरकतों से आपका नाम ख़राब होता है।' अरे मेरा क्या नाम ख़राब करोगे? नाम है ही किसका, जो ख़राब कर लोगे? ख़राब हो तो उसका नाम हो, मेरा क्या नाम ख़राब होगा? वही है! मैं तो ज़माना हुआ तब का मिट गया!

और तुम्हें क्यों बुरा लगा? तुम्हारे अहंकार को चोट लगी होगी कि अरे, मैं भी संन्यासी हूं! लोग इसको बुरा-भला कह रहे हैं तो वह बुरा-भला मुझसे भी कहा जा रहा है; क्योंकि लोग देख तो रहे हैं ये भी गैरिक वस्त्रधारी माला पहने हुए, ये भी एक स्वामी खड़े हुए हैं। तुम्हारे अहंकार को चोट लगी होगी। ऐसे हमारे न्यस्त स्वार्थ हैं।

मोहन भारती, न्यस्त स्वार्थों के कारण आदतें नहीं मिटतीं।

सेठ चन्दूलाल की क़ब्र पर उनकी पत्नी ने एक संगमरमर का पत्थर लगवाया, जिस पर लिखा था : 'शान्ति से सोओ।' तीन दिन बाद जब सेठ चन्दूलाल की वसीयत पढ़ी गई और पता चला कि वे अपनी पत्नी के नाम एक पैसा भी नहीं छोड़ गए हैं, तो सेठानी को बहुत ग़ुस्सा आया। आगबबूला; भागी, मरघट पहुंची और क़ब्र के पत्थर पर आगे लिखवाया : 'शान्ति से सोओ—जब तक मैं नहीं आती।'

व्यस्त स्वार्थ जब हों तो 'सो लो शान्ति से थोड़े दिन, फिर आकर वह मज़ा चखाऊंगी कि याद रहेगा अनन्त काल तक!'

तुम उदासीनता नहीं छोड़ पा रहे हो, गम्भीरता नहीं छोड़ पा रहे हो—उसी कारण आदर पाते होओगे। वही तुम्हारा अहंकार होगा। तो मैं लाख चोट करूं, जब तक तुम यह न समझ लो कि अहंकार को छोड़ना है तब तक तुम बचाए ही रखोगे।

'तुम अपनी मांग में हरे रंग का सिन्दूर क्यों लगाती हो? विवाहित स्त्रियां तो अपनी मांग में लाल सिन्दूर भरती हैं?' मैंने एक स्त्री से पूछा।

वह बोली : 'मेरे पति इंजन ड्राइवर हैं। जब मैं लाल सिन्दूर लगाती हूं तो वे मुझे देखकर रुक जाते हैं, दूर ही रुक जाते हैं। इसीलिए मैं हरा सिन्दूर लगाती हूं। हरा सिन्दूर लगा देखकर एकदम आलिंगन कर लेते हैं।'

न्यस्त स्वार्थ जब होंगे तब सिन्दूर देखना है कि लाल है कि हरा, कि अपने पति को देखना है? अरे हरा हो कि लाल, पति को आलिंगन करने के लिए निमन्त्रण देना है। तुम अपनी गम्भीरता में अपने स्वार्थ खोजने की कोशिश करो, नहीं तो मैं कुछ कहूंगा, तुम कुछ सुनोगे, कुछ समझोगे।

शाम हो रही थी, परन्तु चन्दूलाल की पत्नी शॉपिंग समाप्त करने का नाम ही नहीं ले रही थी। चन्दूलाल थककर चूर हो गए थे और दिल-ही-दिल में बिलों का हिसाब जोड़ रहे थे। देवी जी ने उनकी बोरियत मिटाने के लिए कहा : 'देखो तो चांद कितना सुन्दर लग रहा है!'

चन्दूलाल एकदम भड़क उठे, बोले : 'अब उसे ख़रीदने के लिए मेरे पास बिल्कुल पैसे नहीं हैं!' अपने-अपने स्वार्थ, भीतर-भीतर चल रहे हैं, ऊपर से तुम कुछ कहो। वह घबरा गया। जो चीज़ को कहे 'देखो कितनी सुन्दर', वही ख़रीदनी पड़ती। यह साड़ी सुन्दर, यह फलां चीज़ सुन्दर, यह हार सुन्दर, अब यह दुष्ट कह रही है कि चांद सुन्दर! अब मारा इसने! बिल्कुल दीवाला निकलवा देगी। अब चांद ख़रीदने के लिए पैसे कहां हैं!

चन्दूलाल ने एक भिखारी को देखा। भिखारी बोला : 'मालिक! ऐ मालिक!! जो दे दे उसका भी भला, जो न दे उसका की भला।'

चन्दूलाल जा रहे थे किसी ज़रूरी काम से। सोचते थे अगर भला हो जाए तो अच्छा। काम ही ऐसा था कि एक दफ़ा हो जाए तो बस ज़िन्दगी-भर के लिए निपट गए। बोले भिखारी से : 'क्यों भई, अगर मैं तुम्हें पांच रुपए दे दूं और फिर वापस ले लूं तो मेरा क्या होगा? दे तो सकते नहीं, पांच रुपए छोड़ तो सकते नहीं। मगर वह जो उसने कहा, 'जो दे उसका भी भला, और जो न दे उसका भी भला', तो सोचा दोहरे भले मुफ़्त हो जाएं। पांच रुपए पहले दे दें, सो भला; और फिर पांच रुपए ले लें, सो भला! दोहरा भला छोड़ने की हिम्मत चन्दूलाल की भी न पड़ी।

भिखारी भी मारवाड़ियों के गणित जानता है। भिखारियों का भी

मामला चौबीस घंटे मारवाड़ियों से पड़ता है। भिखारी ने कहा : 'सेठ जी, पहले आपकी लॉटरी खुलेगी।'

'अरे—' चन्दूलाल ने कहा—'ग़ज़ब कर दिया, ग़ज़ब कर दिया! तू भिखारी नहीं है, ज्योतिषी है रे ज्योतिषी! मैं लॉटरी का ही टिकट ख़रीदने तो जा रहा हूं। लेकिन दूसरी बात भी बता दे कि फिर जब पांच रुपए वापस ले लूंगा तो क्या होगा?'

तो उसने कहा : 'पहले तो लॉटरी खुलेगी और फिर आपका हार्टफेल हो जाएगा।'

चन्दूलाल ने कहा : 'पहला भला तो मेरी समझ में आया, दूसरा भला?'

उसने कहा : 'दूसरा भला तो अन्तिम भला है—आवागमन से छुटकारा! फिर इस दुखसागर में, भवसागर में नहीं आना पड़ेगा।'

चन्दूलाल ने कहा : 'ऐसी की तैसी तेरे भले की! न चाहिए मुझे लॉटरी और न मुझे आवागमन से छुटकारा करवाना है।'

मोहन भारती, ज़रा सोचो। मेरी बातें अगर ठीक लगती हैं तो अटक कहां जाते हो? ज़रूर कहीं कोई न्यस्त स्वार्थ की चट्टान इन छोटे झरनों को रोक लेती होगी। उस चट्टान को हटा दो।

मैं तो जो कह रहा हूं, बहुत सीधा-साफ़ है। तिरछे हो तो तुम हो। मैं तो जो कह रहा हूं, वही तीर की तरह तुम्हारे हृदय में चुभे, लेकिन तुम बच-बच जाते हो।

बचो मत। व्यर्थ समय मत गवाओ। समय थोड़ा है। और फिर पता नहीं, मुझ जैसे व्यक्ति से कब मिलना हो—हो या न हो।

आज इतना ही।

डूबने का आमन्त्रण

पहला प्रश्न : ओशो,

आपने आचार्य तुलसी और मुनि नथमल पर अपने विचार व्यक्त किए। क्या इनकी साधना, आध्यात्मिक ज्ञान एवं अनुभव के विषय में भी बताने की अनुकम्पा करेंगे? इनके साधना-स्थल बिल्कुल सूने पड़े हैं। अभी जैन विश्व भारती, लाडनूं देखने का अवसर मिला, सुजानगढ़ शिविर के समय। दो करोड़ की लागत से खड़ी संस्था में इमारतें तो बहुत हैं, लेकिन साधक बहुत ही कम। आचार्य तुलसी एवं मुनि नथमल दोनों वहां हैं, फिर भी कोई भीड़ साधकों की नहीं है। मुनि नथमल आपकी तरह शिविर भी लेने लगे हैं और उनके ध्वनिमुद्रित प्रवचन भी तैयार होने लगे हैं। मुनि नथमल कहते हैं : 'संगीत से ध्यान में गति एक सीमा से आगे नहीं होती है।' आचार्य तुलसी ने अपने शिष्यों को कहा है कि वे आपका साहित्य न पढ़ें। लेकिन जैन साधु एवं साध्वी मेरे यहां ठहरते हैं, आपकी पुस्तकें पढ़ते हैं व टेप सुनते हैं और वे आपसे प्रभावित हैं। फिर इनके आचार्य आपका क्यों विरोध करते हैं? कृपया समझाएं।

- स्वामी धर्मतीर्थ,

धर्म की आत्मा संस्थाओं में नहीं होती, जीवन्त व्यक्तियों में होती

है। जब फूल खिलता है तो तितलियां अपने आप उसका रस पीने उड़ती चली आती हैं। मधुमक्खियां मीलों से ख़बर पा जाती हैं। भौंरे दूर-दूर से यात्रा पर निकल पड़ते हैं। मगर फूल खिलना चाहिए। फूल की जगह तुम प्लास्टिक के फूल रख दो, तो न तो मधुमक्खियां आएंगी, न तितलियां आएंगी, न भंवरे गुंजार करेंगे।

महावीर के पास दूर-दूर से साधक, अन्वेषक, मुमुक्षु इकट्ठे हुए थे; बुद्ध के पास इकट्ठे हुए थे। हज़ारों मील की यात्राएं करके लोग आए थे। यह गन्ध ऐसी है कि विश्व के कोने-कोने तक व्याप्त हो जाती है। लेकिन संस्थाओं में प्राण कहां! तुम दो करोड़ नहीं, पचास करोड़ की संस्था खड़ी कर लो—इमारतें ही होंगी। और ठीक है इमारतें होंगी तो कुछ काहिल, सुस्त, आलसी, जिन्हें कुछ नहीं करना है, वे ज़रूर साधक के नाम की ओट में वहां इकट्ठे भी हो जाएंगे। या कुछ नौकरी-पेशा लोग, जिनके लिए वे संस्थाएं केवल रोजगारी का साधन हो जाएंगी, रोटी-रोजी कमाने का उपाय बन जाएंगी, वे इकट्ठे हो जाएंगे। साधक वहां नहीं मिलेगा।

तुम कहते हो : 'बहुत थोड़े साधक वहां दिखाई पड़े।' जो तुम्हें दिखाई पड़े वे भी साधक नहीं हैं। वे भी वहां हैं, लेकिन साधना के लिए नहीं हैं।

मुझे एक शंकराचार्य ने आमन्त्रित किया था। उनका सेक्रेटरी मुझे लेने आया, निमन्त्रण देने आया। मैंने पूछा : 'कितने दिन से उनके पास हो?' उसने कहा : 'दो साल से उनके पास हूं।'

'क्या सीखा?'

उसने कहा : 'सीखने के लिए उनके पास है ही कौन! उलटे वे मुझसे सीख रहे हैं। मुझे तनख़्वाह मिलती है, इसलिए वहां हूं।'

'दो साल पहले कहां थे?' मैंने पूछा।

कहा : 'दो साल पहले आचार्य तुलसी के पास था। लेकिन वहां से यहां अब तनख़्वाह ज़्यादा मिलती है, तो यहां हूं। कल कहीं और तनख़्वाह ज़्यादा मिलेगी तो वहां पहुंच जाऊंगा।'

पहले वे तुलसी का प्रचार करते थे। जब पहली दफ़ा मुझे मिले

थे तो तुलसी के भक्त थे; तब वे जैन धर्म की बातें करते थे, तेरापन्थ का गुणगान करते थे, तुलसी की स्तुति गाते थे। इस बार मिले तो सब बदल गया था। हिन्दू धर्म की चर्चा थी, शंकराचार्य का गुणगान था। मैंने पूछा : 'इतनी जल्दी सब बदल डाला?'

उसने कहा : 'हमें लेना-देना क्या? जिसका नमक खाते हैं। उसकी बजाते हैं। कल कोई और हमें ज़्यादा तनख़्वाह देगा, हम वहां चले जाएंगे।'

जब यह कम्यून बनना शुरू हुआ, उसका पत्र यहां भी आया—उनका नाम है हरिभजन लाल शास्त्री—कि आपकी सेवा में आना चाहता हूं। बस अब आप अपने पास बुला लें। इतना ही है कि पत्नी, बच्चे हैं, बूढ़े मां-बाप हैं; इनके योग्य थोड़ी व्यवस्था मेरे लिए कर दें, तो बस अब आपका गुणगान गाऊं, आपकी स्तुति करूं और जीवन व्यतीत करूं।

मैंने उन्हें ख़बर करवाई कि यह जगह नहीं है जहां तुम जैसे मित्रों का कोई स्थान हो सके। यह पेशेवर लोगों की जगह नहीं है। यहां तो सत्यान्वेषी, सत्य की अभीप्सा से भरे हुए लोगों के लिए ही केवल निमन्त्रण है। तुम तो रोटी के चाकर हो। जो दो रोटी फेंक देगा, उनके पास पूंछ हिलाने लगोगे। मुझसे तुम्हारा कोई सम्बन्ध न बन सकेगा।

फिर उनका पता ही नहीं चला। अगर सत्य की ऐसी अभीप्सा पैदा हुई थी तो आना था और कहना था कि नहीं मैं नौकरी के लिए नहीं आना चाहता। अब वे किसी तीसरे सन्त के पास पहुंच गए हैं। अब जिस सन्त के पास हैं, उसको वे 'राष्ट्रसन्त' घोषित करते हैं।

पंडित, पुरोहित, शास्त्री—इस तरह के लोग इकट्ठे तुम्हें मिल जाएंगे। कुछ सीधे-सादे लोग भी मिल जाएंगे, जिनको कुछ समझ नहीं कि साधना क्या है; जो परम्परागत रूप में जन्म से कुछ बातें सुनते रहे हैं और उनको मानने लगे हैं। क्योंकि जन्म से एक ही बात सिखाई गई है : 'विश्वास करो।' खोज की तो कोई कहता ही नहीं; खोज के पहले ही मान लो। अन्वेषण की यात्रा पर निकलने के लिए तो कोई आमन्त्रण नहीं देता; चुपचाप स्वीकार करो, थोप लो अपने ऊपर, आरोपित कर लो। तो कोई जैन है, कोई हिन्दू है, कोई मुसलमान है—ये सब आरोपित लोग हैं।

फिर नाम बड़े-बड़े...इस देश में नाम बड़े-बड़े देने का तो बड़ा आकर्षण है। यह छोटे-मोटे काम तो होते ही नहीं? किसी मुहल्ले में कवि-सम्मेलन होगा, मुहल्ले के कवि इकट्ठे हो गए—वे भी सब इकट्ठे नहीं होते क्योंकि उनमें भी दलबन्दियां और गुटबन्दियां होती हैं, झगड़े-झांसे होते हैं, मुक़दमे चलते हैं—मगर नाम होगा : अखिल विश्व-कवि-सम्मेलन, अन्तर्राष्ट्रीय कवि सम्मेलन। तो नाम तो तुम्हारे हाथ में है। जो देना हो दे दो।

एक सज्जन के पहले लड़के का नाम था : अन्तर्रंजन। दूसरे लड़के का नाम था : सन्तरंजन। तीसरे लड़के का नाम था : पन्तरंजन। अब चौथा लड़का पैदा हुआ तो बड़ी समस्या खड़ी हुई कि क्या नाम रखना! मुझसे पूछने लगे। मैंने कहा : दन्तमंजन! अरे नाम तो तुम्हारे हाथ में है और दन्तमंजन ज़्यादा चलेगा। यह क्या सन्तरंजन! अब सन्त ही नहीं हैं, क्या सन्तरंजन? और क्या अन्तर्रंजन, क्या लेना-देना इसको भीतर के प्रवेश से? दन्तरंजन, दन्तमंजन—ऐसा कुछ नाम रखो। यथार्थवादी होगा।

नाराज़ हो गए कि आप भी क्या बातें सुझाते हैं! कैसा नाम आप सुझाते हैं! अब मैं कुछ भी नाम रख लूं तो भी मैं यह दन्तमंजन को नहीं भूल सकूंगा। यह मेरे ख़याल में रहेगा ही, यह लड़का जब भी मुझे दिखाई पड़ेगा, मुझे दन्तमंजन की याद आएगी।

तो मैंने कहा : जब भी दन्तमंजन याद करो तो हमेशा ख़याल रखना—बन्दर छाप काला दन्तमंजन।

नाम...'जैन विश्व भारती!' कितने जैन हैं? कुल पैंतीस लाख। वे भी केवल इस देश में। क्या विश्व में उनकी स्थिति हैं? मेरी एक छोटी सी चुनौती को तो जैन मुनि—न आचार्य तुलसी, न आनन्दऋषि, न एलाचार्य विद्यानन्द, न कोई और—स्वीकार करने को राजी है। मेरी छोटी सी चुनौती है कि तुम विश्व की बातें करते हो, एक गांव तो जैनों का बसाकर बता दो—सिर्फ़ एक गांव, जिसमें सारे काम जैन करते हों। तभी तुम्हें हक होगा यह कहने का कि यह समाज है।

समाज का अर्थ क्या होता है? कौन जैन चमार का काम करेगा? जूते तो ज़रूरी होंगे। और कौन जैन पाखाना साफ़ करेगा? और कौन जैन सड़क पर बुहारी लगाएगा? और कौन जैन छोटे-मोटे हज़ार काम हैं, जिनको करने को राजी होगा? एक बस्ती जैन नहीं बसा सके पच्चीस सौ वर्षों में—एक गांव। विश्व की बातें कर रहे हो!

मैं जैनों को समाज नहीं कहता, न सभ्यता कहता हूं, न संस्कृति कहता हूं। यह तो केवल एक विचारधारा मात्र है—और ऐसी विचारधारा, जिसकी कोई जड़ें नहीं हैं। यह दूसरों की छाती पर बैठी विचारधारा है। खेतीबाड़ी भी जैन नहीं कर सकते, और तो और, क्योंकि उसमें हिंसा हो जाएगी। तो कैसे यह समाज है? ये तो हिन्दुओं पर, मुसलमानों और ईसाइयों पर ही जी रहे हैं। कोई ईसाई नर्स का काम कर रही है महिला, कोई जैन महिला तो नर्स का काम करने को राजी हो! मवाद साफ़ करना, मरीज़ों का पाखाना साफ़ करना...'छिः छिः! कहां के भ्रष्ट कार्य, मलेच्छ कार्य! नरक जाएंगे ये सब!'

यह बड़ा मज़ा है। मलमूत्र करनेवाले स्वर्ग जाएंगे और मलमूत्र सफ़ाई करनेवाले मलेच्छ नरक जाएंगे। यह कौन सा तर्क है, कौन सा गणित है? सफ़ाई करनेवाले स्वर्ग जाएंगे, गन्दगी करनेवाले नरक जाएं तो समझ में आता है। जो सफ़ाई कर रहे हैं इनको नरक भेजोगे! तो अगर जैनों का कोई स्वर्ग भी होगा तो वहां कौन सफ़ाई करेगा?

इस छोटी सी चुनौती को मैं दस साल से दोहरा रहा हूं, कोई जैन मुनि हिम्मत करके स्वीकार नहीं कर सका। और उनकी छाती फटी जा रही है, क्योंकि मैं एक कम्यून बनाने के लिए तैयारी दिखा रहा हूं। तो कम्यून बन न सके इसके लिए हज़ार तरह की बाधाएं डाली जा रही हैं। क्योंकि जो चुनौती मैंने दी है, वे तो पूरी कर नहीं पाए; लेकिन मैं पूरी करके दिखा सकता हूं कोई अड़चन नहीं है। आज इस छोटे से कम्यून में जूते बनानेवाले संन्यासी हैं; वे उतने ही सम्मानित हैं जितना कोई और। पाखाना साफ़ करनेवाले संन्यासी हैं; कोई उनको भंगी नहीं कहता, न हरिजन कहता। अच्छे-अच्छे नाम रखने से कुछ होता है, कि भंगी को

हरिजन कह दिया, कि चमार को हरिजन कह दिया! नाम का हमें बड़ा आग्रह है! अच्छा सा नाम लिख दिया कि बात सब ठीक हो गई। मगर काम तो वही है, मुसीबत तो वही है। पहले शूद्र की, अछूत की स्त्री पर बलात्कार होता था; अब हरिजन की स्त्री पर बलात्कार होता है। बलात्कार जारी है। मगर हरिजन की स्त्री के साथ बलात्कार करना तो धार्मिक कृत्य समझा जाना चाहिए। हरिजन...तो नरसिंह मेहता ने कहा ही है : 'पीर पराई जाने रे!' जो दूसरे की पीर जानता है, वही हरिजन है।

अच्छे-अच्छे शब्द गन्दी-से-गन्दी बातों पर थोप देते हैं और फिर सोचते हैं बात हल हो गई।

जैनों की बड़ी इच्छा है विश्वधर्म बनने की। मगर एक बस्ती बसा नहीं सकते। विश्वविद्यालय बनाने हैं इन्हें। जैन जहां इकट्ठे होते हैं, इनके जहां सम्मेलन होते हैं, वहीं चर्चा होती है : जैन विश्वविद्यालय होना चाहिए—जैसे हिन्दू विश्वविद्यालय, काशी और मुस्लिम विश्वविद्यालय, अलीगढ़—ऐसा जैन विश्वविद्यालय होना चाहिए। मगर जैन विश्वविद्यालय में मेढक कौन काटेगा, चिकित्साशास्त्र कौन पढ़ाएगा? उसके लिए अजैन बुलाने पड़ेंगे—वे जो कि नरक जाएंगे! बस जैन विश्व भारती! और कहां लाडनूं, जिसका नाम भी किसी ने कभी न सुना हो! एक छोटा-मोटा गांव, वहां जैन विश्व भारती! पैसा है जैनों के पास, तो दो करोड़ नहीं, वे पचास करोड़ लगा दें। मगर पैसे से दुनिया में सभी चीज़ें नहीं ख़रीदी जा सकतीं।

इस जगत में जो भी मूल्यवान है, वह सिर्फ़ प्रेम से मिलता है, पैसे से नहीं। प्रेम से पैसा भी मिल सकता है, लेकिन पैसे से प्रेम नहीं मिल सकता।

तुम पूछ रहे हो कि इनके साधना-स्थल बिल्कुल सूने पड़े हैं। पड़े ही रहेंगे। ये मकान बना सकते हैं बेचारे, साधक कहां से लाएंगे? इमारतें खड़ी कर लेंगे, उसमें कुछ अड़चन नहीं है। तीर्थ बना देंगे, मगर तीर्थंकर न हो तो तीर्थ कैसा? यह ज़रा सोचो, बिना तीर्थंकर के तीर्थ नहीं होता। तीर्थंकर पहले, तीर्थ पीछे। सिद्ध पहले, फिर साधक आते हैं। सद्‌गुरु पहले, फिर शिष्य का जन्म होता है। सद्‌गुरु के गर्भ से ही शिष्य का जन्म होता है।

तो ये बेचारे थोथे कामों में लगे रहते हैं। बस अहंकार को फैलाने के लिए कुछ-न-कुछ करना है तो करते हैं।

अब तुम पूछ रहे हो कि इनकी साधना, आध्यात्मिक ज्ञान एवं अनुभव के सम्बन्ध में कुछ कहूं। क्या ख़ाक हूं! कुछ हो तो कहूं! न इनकी कोई साधना है, न कोई आध्यात्मिक ज्ञान है, न कोई अनुभव है। कहने को कुछ भी नहीं है। कोरी किताबी जानकारी है। उसको अगर तुम आध्यात्मिक ज्ञान कहते हो तो तुम्हारी मर्ज़ी। वह आध्यात्मिक ज्ञान नहीं है। किताब तो कोई भी पढ़ ले। किताब पढ़ने में क्या अड़चन है? जिसको पढ़ना आता है वह पढ़ ले। न पढ़ना आता हो, किसी और से सुन ले। ब्रह्म की चर्चा सीख ले, अध्यात्म की बातें करने लगे। आत्मा परमात्मा का सैद्धान्तिक ऊहापोह करने लगे। लेकिन इससे कुछ आध्यात्मिक ज्ञान नहीं होता। आध्यात्मिक ज्ञान तो स्वानुभव से ही होता है—जो अपने भीतर उतरे, अपने भीतर डूबे; जो अपने को पा ले, अपनी अन्तर्ज्योति को जगा ले; जिसके भीतर छिपा हुआ कमल खिले, सुगन्ध उड़े; जिसके जीवन में ऐसा प्रकाश का उदय हो कि ख़ुद ही आलोकित न हो जाए, जो उसके पास बैठे वह भी आलोकित हो उठे; जिसके भीतर ऐसा संगीत बजे कि जिन्होंने भी संगीत नहीं जाना, उसके पास आ जाए तो उनकी हृदयतन्त्री के तार भी झनझना उठें। और यह संगीत तो कुछ ऐसा संगीत है—वाद्यों से पैदा नहीं होता। बांसुरी ओंठ पर रखनी नहीं पड़ती और बजने लगती है। पैर में घूंघर बांधने नहीं पड़ते और बजने लगते हैं।

मैंने पैरों में पायल तो बांधी नहीं :
मैंने पैरों में पायल तो बांधी नहीं
क्यों सदा आ रही है झनन-झन झनन-झन झनन-झन

मैंने हाथों में कंगन तो पहना नहीं
पहना नहीं
मैंने हाथों में कंगन तो पहना नहीं

क्यों सदा आ रही है झनन-झन झनन-झन झनन-झन
मैंने पैरों में पायल तो बांधी नहीं

न कोई आरजू न कोई आस है,
न कोई आरजू न कोई आस है,
मेरे दिल ये बता कैसा अहसास है
दिल में अनचाहा-सा एक अरमान है
कुछ दिनों से यहीं दिल परीशान है
मैंने छेड़ी नहीं प्यार की रागिनी :
मैंने छेड़ी नहीं प्यार की रागिनी
क्यों सदा आ रही है झनन-झन झनन-झन झनन-झन
मैंने पैरों में पायल तो बांधी नहीं

न कोई आरजू न कोई आस है
मेरे दिल ये बता यह कैसा अहसास है,
कोई देने लगा है सदाएं मुझे
आ गई हैं कहां से अदाएं मुझे
कुछ दिनों से अजब आरजू जग उठी
गुदगुदाने लगी हैं हवाएं मुझे
मेरा आंचल तो बांहों के घेरे में है
मेरा आंचल तो बांहों के घेरे में है
क्यों सदा आ रही है झनन-झन झनन-झन झनन-झन
मैंने पैरों में पायल तो बांधी नहीं

न कोई आरजू न कोई आस है
मेरे दिल ये बता यह कैसा अहसास है

कुछ होना शुरू होता है जो अदृश्य है; जो पकड़ में नहीं आता साधारण इन्द्रियों की, लेकिन फिर भी घटता है। रोआं-रोआं तरंगित हो उठता है।

आध्यात्मिक ज्ञान एक अहसास है; ज्ञान नहीं, एक अनुभूति। बाहर के जगत का इससे कुछ लेना-देना नहीं है। इन शास्त्रों में है, न शब्दों में है—विपरीत, निःशब्द में है, शून्य में है।

मैं इन्हें जानता हूं—तुलसी को भी, नथमल को भी। इनके न मालूम कितने साधु मेरे पास आए, गए। अब तो उनकी हिम्मत टूट गई, अब तो आने में भी डरते हैं। अब तो घबराहट होती है, क्योंकि मेरे पास आना मतलब श्रावकों से दुश्मनी लेनी है। अभी कच्छ से जैन मुनियों की ख़बरें आनी शुरू हुईं कि हम आपके पक्ष में हैं और वक़्तव्य देना चाहते हैं, मगर फिर हमारे भविष्य का क्या होगा? क्योंकि हमने अगर इतना भी कहा कि हम आपके पक्ष में हैं तो जैन समाज हमें तत्क्षण निष्कासित कर देगा। हमें रोटी-पानी तक के लाले पड़ जाएंगे। तो हमारी मजबूरी है, हम चुप हैं। हम आपके पक्ष में कहना चाहते हैं, नहीं कह सकते; क्योंकि हमारे जीवन-मरण का भी यह सवाल है।

मैंने उन्हें ख़बर भिजवा दी कि तुम बेफिक्री से कहो। मेरे हज़ारों संन्यासी हैं, इनमें तुम भी सम्मिलित हो जाना। बस एक ही बात ख़याल रखो कि यहां तुम अपने जैन ढांचे को न ला सकोगे। उतना भर तुम्हारा साहस हो तो अंगीकार हो, ये द्वार तुम्हारे लिए खुले हैं। मगर तुम कहो कि हम यहां मुंहपट्टी बांधकर घूमेंगे, हमें बैठने के लिए अलग तख़्त चाहिए, हम इस तरह का भोजन करेंगे उस तरह का भोजन करेंगे, यह भोजन किसने बनाया, इटैलियन है कि फ्रेंच है कि ईसाई है कि हिन्दू है, हम तो सिर्फ़ जैन श्राविका के हाथ का भोजन लेंगे, कि हम तो इतने देर का लगा हुआ दूध पीएंगे, हम तो इतने दिन पुराना घी खाएंगे—अगर तुम ये झंझटें लाओ तो ये झंझटें अंगीकार नहीं कर सकता हूं। तुम आ जाओ, झंझटें बाहर छोड़ आओ। अगर तुम्हें मेरी बात प्रीतिकर लगती है और तुम्हारा मन हो रहा है कि तुम कहो स्पष्ट...।

अब तुम चकित होओगे जानकर, लक्ष्मी अभी लौटी कच्छ होकर तो मैंने पूछा कि क्या स्थिति है? उसने कहा वह चकित हुई है। चकित हुई यह बात जानकर कि अख़बारों में इतना शोरग़ुल मचाया जा रहा

है कि मेरे विरोध में, लेकिन कच्छ के लोग आंखें बिछाए बैठे हैं। लक्ष्मी केवल पन्द्रह मिनट के लिए मांडवी गई और एक हज़ार आदमी इकट्ठे हो गए और उन्होंने कहा कि शीघ्र आओ, जल्दी आओ और देखें कौन रोकता है!

रोकनेवाले, वक्तव्य देनेवाले लोग कौन हैं? इनके निहित स्वार्थ हैं। और उन्होंने कहा कि तू आधा घंटा रुक जा तो हम दस हज़ार आदमी अभी इकट्ठे कर देते हैं। स्वागत के लिए। अभी! जब सारा आश्रम आएगा तब तो पूरा कच्छ हम इकट्ठा कर देंगे।

लेकिन ये वक्तव्य देनेवाले लोग कौन हैं? कोई महन्त, कोई सन्त, कोई पंडित, कोई पुजारी, कोई राजनेता, कोई जनसंघी, कोई मतान्ध हिन्दू, कोई मतान्ध जैन, कोई मुनि, कोई आचार्य—इस तरह के लोग। और मज़ा यह है कि इनमें से भी कितने लोग वस्तुतः राजी हैं विरोध के लिए, यह भी साफ़ करना मुश्किल है। क्योंकि उनके अपने न्यस्त स्वार्थ हैं। वे डरे हुए हैं, घबराए हुए हैं। क्या इनकी साधना, क्या इनका साहस? ऐसे कमज़ोर लोग! और इनकी पूजा चल रही है हज़ारों वर्षों से!

तुम पूछते हो इनकी साधना के सम्बन्ध में कुछ कहूं। इनकी कोई साधना नहीं है। मैं इनको साधना नहीं कहता कि एक बार भोजन कर लिया। मैं इसको साधना नहीं कहता कि चार ही कपड़े रखे। मैं इसको साधना नहीं कहता कि रात में न चले, कि प्रकाश न जलाया। ये सब बचकानी बातें हैं, इनसे जीवन रूपान्तरण नहीं होता। साधना तो सिर्फ़ एक है और वह है अन्तर्यात्रा; वह है ध्यान। और उसका इन्हें कोई भी पता नहीं है, दूर का भी पता नहीं है। इनके कानों में भी ख़बर नहीं पड़ी। वह झनन-झन की आवाज़ इन्हें सुनाई नहीं पड़ी है। तभी तो इस तरह की व्यर्थ की बातें ये कह सकते हैं।

तुमने पूछा धर्मतीर्थ कि नथमल कहते हैं : 'संगीत से ध्यान में गति एक सीमा से आगे नहीं होती।' इन्हें क्या पता है संगीत का? इन्हें क्या पता है ध्यान का? इन्हें क्या पता है गति का? तो पागल थे वे जिन्होंने यह कहा कि समाधि की परम अवस्था में नाद का विस्फोट होता है?

वस्तुतः संगीत का अनुभव ही समाधि में होता है, उसके पहले कभी होता ही नहीं। उसके पहले तुम जिसे संगीत कहते हो वह संगीत नहीं है, बस संगीत की दूर की प्रतिध्वनि है। बहुत दूर की प्रतिध्वनि। जैसे किसी पहाड़ी पर जाकर तुम आवाज़ लगाओ तो पहाड़ियों में से आवाज़ गूंजे। वह जो पहाड़ों से आवाज़ गूंज रही है, प्रतिध्वनि है, ध्वनि नहीं। ऐसे ही जब तुम सितार के तार छेड़ देते हो तो जो आवाज़ गूंजती है, वह प्रतिध्वनि है, ध्वनि नहीं, संगीत नहीं है। संगीत को तो सिर्फ़ थोड़े से लोगों ने जाना है। जिन्होंने जाना है, उन्होंने कहा है : एक ओंकार सतनाम!

ओंकार उस परम संगीत का नाम है। वह तो सुना जाता है भीतर और सुना जाता है तब जब सब शून्य हो जाता है। जब एक विचार नहीं रह जाता, एक वासना नहीं रह जाती, मोक्ष की भी वासना नहीं, आवागमन से मुक्ति होने की भी वासना नहीं, बैकुंठ और स्वर्ग जाने की भी आकांक्षा नहीं—उस परम मौन के क्षण में, जब भीतर कोई हलन-चलन नहीं, जब सब थिर है, तब नाद का विस्फोट होता है। तब आदमी जानता है संगीत क्या है—ईश्वरीय संगीत! वही नाद ब्रह्म है। उसी संगीत से सारी सृष्टि का सृजन हुआ है। वही संगीत सघन होकर अस्तित्व बना है। तुम उसी संगीत से निर्मित हो। तुम्हारे रोएं-रोएं में वह बज रहा है, मगर सुननेवाला नहीं है कोई। तुम मूर्च्छित हो या अपने विचारों के शोरगुल में खोए हुए हो। बाज़ार भरा है तुम्हारे सिर में। फिर ये बाज़ार में तुम खाते-बही का हिसाब कर रहे हो, कि कुन्दकुन्दाचार्य के समयसार का विचार कर रहे हो, कि महावीर, बुद्ध, कृष्ण इनके शब्दों पर ऊहापोह कर रहे हो—इससे फ़र्क़ नहीं पड़ता। तुम कंकड़-पत्थर के सम्बन्ध में सोच रहे कि हीरे-जवाहरातों के सम्बन्ध में, कुछ फ़र्क़ नहीं पड़ता। जब तक सोच-विचार की प्रक्रिया जारी है, संगीत का कोई अनुभव नहीं होगा।

नथमल को क्या संगीत का अनुभव है जो ये कहें कि संगीत से ध्यान में गति एक सीमा से आगे नहीं होती? लेकिन इस तरह की मूढ़तापूर्ण बातें कही जा सकती हैं, क्योंकि सुननेवाले कौन हैं, उनको क्या पता है? कुछ भी कहो, लोग सुन लेंगे। उन्हें भी पता नहीं है, तुम्हें भी पता नहीं

है। अन्धे अन्धों को मार्गदर्शन दे रहे हैं।

तुमने पूछा है धर्मतीर्थ कि तुलसी ने अपने शिष्यों को कहा है कि वे आपका साहित्य न पढ़ें। क्या घबड़ाहट है मेरे साहित्य से? अगर मेरा साहित्य ग़लत है तो तुम्हारे शिष्य, तुम्हारे साधु, तुम्हारी साध्वियां, जो कि ध्यान में ऐसी पराकाष्ठा को पहुंचे हैं कि यह भी बता सकते हैं कि संगीत थोड़ी दूर तक साथ देता है, जिनका ऐसा आत्मसाक्षात्कार है, मेरा साहित्य उनका क्या बिगाड़ लेगा? क्या घबराहट है? क्या डर है? डर यही है...पहला डर तो यह है कि मेरा साहित्य जो भी लोग पढ़ लेंगे, वे इनकी थोथी बातों में नहीं आएंगे। इनकी बातें उन्हें थोथी मालूम पड़ने लगेंगी, दो कौड़ी की मालूम पड़ने लगेंगी। यह घबराहट है। और दूसरी ओर भी एक गहरी घबराहट है कि ये जो बातें कह रहे हैं वे मेरा साहित्य पढ़कर कह रहे हैं। तो अगर लोग भी मेरा साहित्य पढ़ें तो वे फ़ौरन पहचान लेंगे कि अरे, आप तो वही बातें दोहरा रहे हैं तोतों की तरह; शब्द बदल लेते हैं, शास्त्रों के उद्धरण दे देते हैं, थोड़ा शास्त्रों का आसपास बागुड़ लगा देते हैं, मगर जो आप कह रहे हैं यह तो वही है। तो भी दिक़्क़त होगी। तो भी अड़चन होगी।

तो जो लोग मुझे सुनते हैं, मुझे पढ़ते हैं, उन्होंने निरन्तर इन मुनियों से जाकर पूछा है कि आप जो कह रहे हैं, यह तो वही है।

मेरे एक संन्यासी, स्वराज्यानन्द, जैन थे, वृद्ध जैन थे। और जैनियों में बहुत प्रख्यात, ख़ासकर दिगम्बर जैनियों में प्रख्यात कानजी स्वामी के पहले भक्त थे। कानजी स्वामी का दिगम्बरों में प्रख्यात होने का कुल कारण इतना है कि वे पैदा हुए थे श्वेताम्बर और फिर वे श्वेताम्बर मार्ग को छोड़कर दिगम्बर हो गए। जब भी कोई आदमी किसी धर्म को छोड़कर दूसरे धर्म में प्रवेश करता है तो दो कौड़ी का आदमी एकदम हीरा हो जाता है, क्योंकि उस धर्म के लोग बड़े आह्लादित होते हैं कि देखो फिर एक प्रमाण मिला कि हमारा धर्म ही ठीक है, दूसरा धर्म ग़लत था! तो श्वेताम्बरों ने तो बहुत विरोध किया, लेकिन दिगम्बरों ने बहुत सहायता दी।

स्वराज्यानन्द भी दिगम्बर थे। फिर मेरे संन्यासी हो गए, तो कानजी स्वामी को मेरे संन्यासी होने के बाद मिलने गए—सिर्फ़ यह निवेदन करने कि मुझे क्षमा करें, अब मैं और आपके साथ न चल सकूंगा। और कानजी स्वामी निरन्तर मेरे ख़िलाफ़ उनको समझाते रहे थे; यह भी कहते रहे थे कि मेरी किताबें न पढ़ें। उस दिन वे बिना कुछ कहे, बिना कुछ पूर्व-सूचना दिए पहुंच गए। देखा कानजी स्वामी भी साधनापथ पढ़ रहे हैं! कानजी स्वामी भी घबरा गए। जल्दी से किताब को उलटकर रख दिया, जिसमें उसका शीर्षक दिखाई न पड़े। मगर जो लोग मेरी साधनापथ से परिचित हैं वे तो उसके उलटे हिस्से को भी जानते हैं। स्वराज्यानन्द ने कहा : 'क्या पढ़ रहे हैं आप?' तो छिपाना भी मुश्किल हो गया। कहा कि ज़रा देख रहा हूं कि यह व्यक्ति क्या कहता है, जिसके कारण इतने लोग भ्रष्ट हो रहे हैं! मगर तुम इसे मत पढ़ना। इस व्यक्ति की किताब को छूना भी पाप है।

तो स्वराज्यानन्द अब तो बिगड़ ही चुके थे, वे मेरे संन्यासी ही हो चुके थे। उन्होंने कहा : 'मैं तो अब बिगड़ ही चुका और अब आपसे मेरा कोई लेना-देना भी नहीं रहा, गुरु-शिष्य का कोई सम्बन्ध भी नहीं रहा, अब आपसे दो बातें सच्ची-सच्ची हो जाएं कि जब से मैंने उनकी किताबें पढ़ी हैं तब से मैं यह जानकर हैरान हुआ कि आप जो-जो समझाते रहे हैं वह उन्हीं की किताबों में से है; सिर्फ़ फ़र्क़ इतना है कि उसके लिए उद्धरण आप शास्त्रों में से देते हैं, वे सीधा कहते हैं। तुम शास्त्रों में लपेटकर उसी बात को गोलमोल करके पेश करते हो। और हम उनके शास्त्र को छुएं तो पाप और तुम उनकी किताब पढ़ो तो पुण्य! अभी यह किताब छुई, अब इसका पाप कौन भोगे?

कानजी तो बहुत हैरान हुए। कहा : 'कैसी बातें कर रहे हो आज अटपटी?'

कहा : 'अटपटी बातें नहीं कर रहा हूं, आज सच्ची-सच्ची बातें कर रहा हूं, जो मुझे पहले ही करनी थीं लेकिन संकोचवश नहीं किया।'

तुम जानकर हैरान होओगे कि सारे जैन मुनि, इस देश में एक ऐसा जैन मुनि नहीं है और जैन साध्वी नहीं है, जिसने मेरी किताबें न

पढ़ी हों। उसे पढ़नी ही हैं। चोरी से पढ़ता है, चोरी से बुलाकर पढ़ता है, छिपाकर पढ़ता है। शास्त्रों में दबा लेता है, ऊपर से शास्त्रों के कवर चढ़ा लेता है। मगर यह कैसा अजीब वातावरण है जहां साधु इतना भी मुक्त नहीं है कि अध्ययन कर सके! साधना की तो बात दूर, अध्ययन-मनन करने को भी मुक्त नहीं है! यह साधु हुआ या परतन्त्र हो गया, क़ैदी हो गया?

मैं तुमसे कहता हूं : ये क़ैदी हैं—ये तुम्हारे आचार्य, ये तुम्हारे मुनि, ये तुम्हारे महाराज, ये क़ैदी हैं। और क़ैदी हैं दो रोटी के। सस्ते में इन्होंने अपनी आत्मा बेची है। मगर इनकी अड़चन यह है कि अब जाएं तो जाएं कहां! प्रतिष्ठा, सम्मान, सत्कार, वह मिल ही इसलिए रहा है। और मेरी किताबें पढ़ने के लिए दो ज़रूरी बातें हैं, उनको पढ़नी इसलिए पड़ती हैं, क्योंकि बहुत से मेरे लोग हैं, हज़ारों की संख्या में लोग मुझे पढ़ रहे हैं, वे जा-जाकर सवाल खड़े करते हैं, उनके जवाब भी कहा से दें! और पढ़नी इसलिए भी पड़ती हैं कि उन्हीं को पढ़-पढ़कर तो इनको रोज़ प्रवचन देने हैं, नहीं तो ये प्रवचन कहां से दें! इनके पास अपनी कोई पूंजी नहीं। इनके पास अपना कोई जलस्रोत नहीं, अपनी कोई अनुभूति नहीं। ये सब उधार जी रहे हैं। इतनी मूर्च्छित इनकी दशा है कि दयायोग्य है।

चंडूख़ाने में तीन अफीमची बैठे अफीम पी रहे थे। उनमें से एक बोला : 'चलो आज एक खेल खेलते हैं। कुछ देर बाद हम तीनों में से एक उठकर घर चला जाए, बाक़ी दो को यह पता लगाना होगा कि तीनों में से कौन सा घर गया है?' अफीमची ऐसे खेल-खेल सकते हैं। अफीमचियों की अपनी दुनिया है। वहां यही पता लगाना मुश्किल होता है कि कौन-कौन है।

मैंने सुना है, मुल्ला नसरुद्दीन हज की यात्रा को गया। हाजी होने की बड़ी इच्छा थी। किस मुसलमान की नहीं होती! बड़ी भीड़भाड़ थी वहां। बमुश्किल ही धर्मशाला में जगह मिली, वह भी बहुत हाथ-पैर जोड़कर। मगर मैनेजर ने कहा कि जगह तो देते हैं लेकिन एक अड़चन है : एक ही बिस्तर पर एक दूसरे आदमी के साथ सोना पड़ेगा। उसको भी मुफ़्त जगह दी है, इसलिए वह अड़चन नहीं डाल सकता। लेकिन

सोना पड़ेगा दोनों को एक ही बि़स्तर में, जगह और है नहीं।

नसरुद्दीन ने कहा : 'यह तो बड़ी झंझट की बात है। मगर ख़ैर कोई बात नहीं, कोई रास्ता निकाल लेंगे।' गया। अपनी टोपी लगाए, जूता पहने, कपड़े पहने और लेटने लगा बिस्तर पर, तो वह दूसरा आदमी बोला कि भाईजान, वैसे ही दिक़्क़त होगी दो आदमियों को एक बिस्तर में सोने में, मगर मैं भी मुफ़्त इसलिए कुछ कह सकता नहीं, नहीं तो वह मैनेजर निकाल बाहर करेगा, मगर आप कृपा करके टोपी, कोट, जूता तो कम-से-कम निकाल ही दें! नहीं तो कैसे आपके साथ सोऊंगा?

नसरुद्दीन ने कहा : 'यह तुम बात ही मत उठाना। ये मैं उतार ही नहीं सकता, क्योंकि मैं ये उतार दूं तो सुबह मैं पहचानूंगा कैसे कि कौन कौन हैं! इन्हीं की वजह से तो मुझे पहचान रहती है कि यह मैं ही हूं। जब दर्पण के सामने खड़ा देखता हूं—वही टोपी, वही कोट, वही जूता, सब वही—तो मैं निश्चिन्त रहता हूं कि मैं वही हूं।

उस आदमी को ज़रा मज़ाक़ सूझा कि यह आदमी तो बड़ा अजीब सा दिखता है। उसने कहा : 'एक काम करो, इन सबको उतार दो। इस कमरे में पहले लोग ठहरे होंगे, उनका बच्चा रहा होग, दिखता है फुग्गा छोड़ गया है एक। वह पड़ा है कोने में फुग्गा फूला हुआ। उसको हम तुम्हारी टांग में बांध देते हैं। सो सुबह तुम्हें जब टांग में फुग्गा बंधा हुआ मिले, समझ जाना यह तुम्हीं हो।

नसरुद्दीन ने कहा : 'यह बात तुमने अच्छी बताई, क्योंकि मैं भी दिक़्क़त में था कि टोपी, कोट, जूते पहने नींद कैसे आएगी! एक तो एक आदमी के साथ सोना, फिर ऊपर से सब कपड़े पहने सोना। यह अच्छी तुमने तरकीब बताई। सब उतारकर कपड़े...।'

और जब नसरुद्दीन ने कपड़े उतारे तो बिल्कुल ही उतार दिए। दिगम्बर होकर पैर में फुग्गा बांध सो रहा। उस दूसरे आदमी को रात मज़ाक़ सूझा, उसने आधी रात को उठकर फुग्गा खोलकर अपने पैर में बांध लिया और सो रहा। सुबह नसरुद्दीन उठा, उसने क्या हू-हुल्लड़ मचाया! नंग-धड़ंग भागा बाहर! भीड़ इकट्ठी कर ली और पूछने लगा कि बड़ी मुश्किल खड़ी हो गई। मैनेजर को बुलाओ। अब कैसे तय हो? यह

तो पक्का है कि नसरुद्दीन वह दूसरा आदमी है, जिसके पैर में फुग्गा बंधा है; लेकिन मैं कौन हूं, यह कुछ पता नहीं चल रहा। जिसके पैर में फुग्गा है वह नसरुद्दीन है, यह बात तय है; मगर फिर मैं कौन हूं?

तुम्हारी पहचानें भी बस इसी तरह की हैं। मुंह पर पट्टी बांधकर कोई आ गया—एकदम महाराज जैन मुनि आ रहे हैं! ज़रा मुंह पर से पट्टी निकाल लो, बात ख़त्म, खेल ख़त्म! बात गई। मुंह-पट्टियां भी कई तरह की होती हैं। स्थानकवासी की अलग ढंग की होती हैं और तेरापन्थी की अलग ढंग की होती हैं। किसी की चौड़ी, किसी की संकरी। चौड़ी बांध लो तो गए, संकरी बांधी तो पहुंचे। दूसरे के हिसाब से संकरी बांधी तो गए, चौड़ी बांधी तो पहुंचे। क्या-क्या खेल बना रखा है! क्या ऊलजलूल खेल बना रखे हैं! और इन खेलों को साधना समझा जा रहा है। ये सब मूर्च्छाएं हैं, और कुछ भी नहीं।

एक व्यक्ति चंडूखाने के पास से गुज़र रहा था कि एक अफीमची बाहर निकला और उस व्यक्ति से पूछने लगा : 'भाई, क्या बता सकते हैं, इस समय टाइम क्या है?'

उस व्यक्ति ने कहा : 'तीन बजे हैं।'

दोनों अलग-अलग दिशाओं में कुछ क़दम चले कि अफीमची ज़ोर से चिल्लाया कि रुको भाई, रुको! यह तो बताओ कि आज आज है कि कल है? समय तो तीन बजा है, यह तो पक्का है, घड़ी में साफ़ है; मगर मेरी घड़ी में दिन का कैलेंडर नहीं है, तो मैं यह पूछना चाहता हूं कि आज आज है कि कल है?

क्या आध्यात्मिक प्रश्न पूछा उसने भी! अब बैठें पंडित और विचार करें कि आज आज है कि कल है। मगर इसी तरह के ऊहापोह में पड़े हैं—सृष्टि को किसने बनाया, क्यों बनाया? पहले क्यों नहीं बनाया, उसी दिन क्यों बनाया? इतने दिन तक परमात्मा क्या करता रहा? फिर उसमें संसार को बनाने की वासना क्यों उठी?

जैनों को तो बड़ी दिक़्क़त है, क्योंकि परमात्मा में वासना नहीं होनी चाहिए। चूंकि परमात्मा में वासना नहीं होनी चाहिए, इसलिए जैन नहीं

मानते कि परमात्मा ने सृष्टि को बनाया। तो फिर सृष्टि कैसे बनी? अपने-आप बनी? अब उनको और झंझट खड़ी होती है कि अपने-आप चीज़ें बन कैसे गईं! अपने-आप एक घड़ी तो बन जाए। तुम रेगिस्तान में चले जा रहे हो और तुम्हें एक घड़ी पड़ी मिल जाए, क्या तुम सोच भी सकोगे कि यह अपने-आप बन गई होगी पड़े-पड़े, रेत इस तरह होते-होते हज़ारों-लाखों सालों में घड़ी बन गई होगी? कांटे बन गए होंगे, टाइम बताने लगी होगी, टिकटिकाने लगी होगी? अगर घड़ी नहीं बन सकती अपने-आप तो इतना नाजुक जीवन कैसे निर्मित हो गया है? और किस व्यवस्था से चल रहा है!

फिर यह सृष्टि क्यों? प्रयोजन? लक्ष्य? फिर आत्माएं अगर बनी नहीं तो आईं कहां से? तो जैनों को एक सिद्धान्त खोजना पड़ा : निगोद से आईं! निगोद का अर्थ है : एक ऐसा अन्धकार-लोक, जहां अनन्त आत्माएं पड़ी हैं, फिर धीरे-धीरे निगोद से छूटती जाती हैं और संसार में आती-जाती हैं। मगर निगोद कहां से आया? और निगोद में ये अनन्त आत्माएं क्यों पड़ी हैं और कब से पड़ी हैं? और कुछ ही क्यों छूटती हैं? और अनन्त पड़ी ही रहती हैं! अनन्त तो रखनी ही पड़ेंगी वहां, नहीं तो एक दिन धीरे-धीरे निगोद ख़त्म! निगोद ख़त्म तो संसार खत्म! इधर संसार में लोग मोक्ष पाते जाएंगे धीरे-धीरे और निगोद से कोई आएगा नहीं, बस्ती उजड़ती जाएगी, उजड़ती जाएगी। फिर जैन मुनि क्या करेगा? फिर जैन शास्त्रों का क्या होगा? और फिर 'विश्व जैन भारती' का क्या होगा? सब मामला ही गड़बड़ हो जाएगा। तो इधर मोक्ष है, अनन्त आत्माएं मुक्त हो चुकी हैं! अब ज़रा मज़ा देखना अनन्त आत्माएं मुक्त हो चुकी हैं, मोक्ष में जा चुकी हैं! अब ये लौट नहीं सकतीं। और अनन्त आत्माएं निगोद में पड़ी हैं, उनकी मुक्त होना है। वे होती रहें मुक्त, कभी ख़त्म नहीं होंगी!

यह सारा खेल अफीमचियों की बकवास मालूम होता है। क्यों सीधे-सीधे स्वीकार नहीं करते कि हमें पता नहीं? क्या ज़रूरी है कि तुम्हें सब पता हो? और मैं तुमसे यह कहता हूं : आत्मज्ञान से इनका कोई सम्बन्ध नहीं। मुझे आत्मज्ञान हुआ, न मुझे निगोद का पता चला, न मुझे

यह पता चला कि ईश्वर ने संसार बनाया, कब बनाया, क्यों बनाया? स्वयं को जाना—एक परम सन्तुष्टि, एक परम आनन्द, एक परम आलोक फैल गया! कुछ पूछने को न रहा, कुछ जानने को न रहा।

मगर इन फ़िजूल की बातों को ज्ञान समझा जाता है। अगर धर्मतीर्थ तुम पूछते हो ऐसी बातें, तो ज़रूर इन लोगों को बहुत आती हैं। वे तुम इन्हीं से पूछ लेना। मगर कोई उन्हें आध्यात्मिक अनुभव नहीं है। आध्यात्मिक अनुभव तो इन सारी बातों से छुटकारा दिला देता है। ये सब अंधेरे में टटोलते हुए लोग हैं और एक-से-एक कल्पनाएं कर रहे हैं। और एक-से-एक सुझाव दे रहे हैं। एक-से-एक समाधान खोज रहे हैं। और मैं तुमसे कहता हूं : सिवाय समाधि के और कोई समाधान नहीं है। और जिसको समाधि उपलब्ध नहीं हुई, उसके सब समाधान बचकाने हैं, ख़तरनाक हैं; उससे सावधान रहना।

सन्थाल परगना आदिवासियों का क्षेत्र है। एक दिन इस क्षेत्र में एक बड़े नेता का आगमन हुआ। नेताजी लोगों को समझाने लगे : 'हमारे देश की जनसंख्या दिन दूनी रात चौगुनी बढ़ती जा रही है। आप लोगों को जानना चाहिए कि किसी-न-किसी स्थान में एक स्त्री हर मिनट पर एक सन्तान उत्पन्न कर रही है।'

भीड़ को चीरकर एक भोला-सा व्यक्ति सामने आया और नेताजी से कहने लगा : 'महाशय, क्यों न उस स्त्री को तुरन्त मार दिया जाए।' एकबारगी में सफाया कर दो! क्या सरल तरकीब उसने निकाली! मगर बेचारा आदिवासी और क्या कर सकता है! वह यही समझा कि एक स्त्री किसी-न-किसी स्थान में हर मिनट एक बच्चे को जन्म दे रही है, वही उपद्रव का कारण है। उस स्त्री को क्यों नहीं ख़त्म कर देते? नाहक इतना सन्तति नियमन समझा रहे हो और इतना उपद्रव कर रहे हो, लोग भूखे मर रहे हैं! उसी स्त्री को ख़त्म कर दो। बात तो उसने पते की कही। मगर अज्ञान में बस बात इस तरह की ही हो सकती है।

तुमने यह भी पूछा कि यद्यपि तुलसी कहते हैं कि आपका साहित्य कोई न पढ़े; लेकिन जैन साधु एवं साध्वी मेरे यहां ठहरते हैं तो आपकी

पुस्तकें पढ़ते हैं, टेप सुनते हैं और आपसे प्रभावित हैं।

लेकिन ये बेचारे क़ैदी हैं। इनको सहायता दो। और जैसे ही हमारा बड़ा कम्यून निर्मित हो जाता है, इनको मुक्त करो। जितने जैन साधु-साध्वियों को, हिन्दू संन्यासियों को, महन्तों को, सन्तों को, जितनों को मुक्त कर सकते हो मुक्त करो। ये सड़ रहे हैं। इनकी आत्मा के विपरीत ये वहां अटके हुए हैं। लेकिन कहां जाएं अब, क्या करें अब? संसार में लौटें तो अपमान होता है। वह ऐसा लगता है जैसे थूका और फिर चाटा। वह ज़रा बेहूदा लगता है और लोग मज़ाक़ उड़ाएंगे कि अरे बड़े संन्यास लिये थे, बड़ा सब छोड़कर चले गए थे, अब कैसे लौट आए? भूल गई चौकड़ी? आ गई अक्ल? और हमें भी समझा रहे थे। ख़ुद ने भी पूंछ कटा ली थी, हमारी भी कटवाने फिर रहे थे। अब कैसे वापस लौटे? किस मुंह से वापस लौटे?

हिन्दुओं के कोई पचास-साठ लाख संन्यासी हैं भारत में। और मैं कितने लोगों को मिला हूं! बीस वर्षों की यात्राओं में हज़ारों संन्यासियों से मिला हूं। और सब पीड़ित हैं और परेशान हैं। छूटना चाहते हैं। संसार से छूट गए, कुछ पाया नहीं; अब ये संन्यास से छूटना चाहते हैं, मगर अब जाएं कहां? इनके लिए विकल्प मैं खोज रहा हूं। बस इतनी ही शर्त इनको समझा देना कि जब मेरे जगत में प्रवेश करो तो अपने संस्कारों को बाहर ही छोड़ आना। तुम्हारे संस्कारों को लेकर भीतर प्रवेश नहीं हो सकता है। तुम अगर अपने संस्कार छोड़ने को राजी हो तो मैं तुम्हें तुम्हारे कारागृह से मुक्त कर सकता हूं। मैं एक मुक्त आकाश दे सकता हूं, जहां तुम खिलो, फूलो; भूमि दे सकता हूं, जहां तुम्हारे बीज पड़ें, जहां तुम्हारे जीवन में हरियाली आए; जहां तुम पहली बार अनुभव करो जीवन का अर्थ, गरिमा, गौरव; जहां तुममें भी चांद-सितारे जुड़ जाएं!

और मेरे संन्यासियों को इस कार्य में लगना होगा, क्योंकि इन साधु-साध्वियों में कई भले लोग हैं, सीधे लोग हैं, अच्छे लोग हैं—जो इसीलिए उलझ गए हैं कि भले हैं, सीधे-सादे हैं और जिन्होंने सोचा कि संसार में दुख है तो चलो आनन्द की तलाश में और आनन्द की तलाश के नाम पर ऐसी ज़ंजीरों में जकड़ गए हैं कि संसार से छूटना ही आसान

था, अब इस संन्यास से छूटना मुश्किल पड़ रहा है उन्हें।

मैं संन्यास की एक नई अवधारणा को जन्म दे रहा हूं, जिसमें संसार को छोड़ना नहीं है, बल्कि संसार को जीने की एक नई कला सीखनी है। यूं जियो संसार में जैसे कमल जल में जीता है। रहे जल में और छुए भी नहीं। इसके अतिरिक्त संन्यास की सब धारणाएं व्यर्थ हैं।

- **दूसरा प्रश्न : ओशो,**

कल कुछ बैंग़लोर के उद्योगपति आश्रम देखने परिवार सहित आए। उन्हें घूमकर आश्रम दिखाया। बाद में दूसरे दिन वे अकेले प्रवचन सुनने आए। मुझे देखते ही हाथ पकड़कर कहा कि चलो आप भी प्रवचन सुनने। मैंने कहा, मैं बाद में आऊंगी। प्रवचन पूरा हुआ तो वे तुरन्त आए और कहा कि मुझे किस चाहिए। मैंने बड़ी-बड़ी आंखें दिखाकर कहा : क्या कहा? तो तुतलाए कि कैसेट चाहिए।

- रंजन भारती,

ऋषि-मुनियों का यह देश है! यहां ऋषि-मुनि यही करते रहे सदियों से। यहां के सारे पुराण अनीति से भरे पड़े हैं, अश्लील हैं। यहां के सारे धर्म ग्रन्थ अशोभन हैं। और मज़ा तो यह है कि इन्हीं धर्मग्रन्थों के आधार पर भारत अपनी सच्चरित्रता, अपनी धार्मिकता, अपने सदाचरण का ढोल पीटता है। और ढोल में बड़ी पोल है—ऊपर कुछ, भीतर कुछ।

इस तरह के लोग दया योग्य भी हैं, सज़ा योग्य भी। इस तरह के लोगों को देखकर हंसी भी आती है और रोना भी। और रंजन को तो इस तरह के लोगों से रोज मिलना होता है, क्योंकि उसका काम है लोगों को आश्रम दिखाना। रंजन मुझे अक्सर लिखकर भेजती है कि क्या किया जाए इन लोगों के साथ? आते तो हैं आश्रम देखने, मगर अगर मौक़ा मिल जाता है तो रंजन को धक्का ही दे देते हैं, च्यूंटी ही ले लेंगे।

आए हैं आश्रम देखने। नेता हैं, शुद्ध खादीधारी हैं, गांधीटोपी लगाए हुए हैं, उद्योगपति हैं, धनपति हैं—आए हैं आश्रम देखने और रंजन को प्रेमपत्र भेजने लगेंगे।

दो बातें ख़याल रखनी ज़रूरी हैं। एक तो भारत का चित्त बहुत दमित है। दमित है और इतना ईमानदार भी नहीं कि कह सके कि हम दमित हैं। दमित हैं और ऊपर से आवरण थोपा हुआ है कि हम बड़े सच्चरित्र हैं। स्त्रियों के प्रति भारत के मन में कोई सद्‌भाव नहीं है, कभी नहीं रहा। छोटे-छोटे लोगों को छोड़ दो, बड़े-बड़े लोगों को भी नहीं रहा। स्त्री तो पैर की जूती है! उसका जैसा चाहो वैसा उपयोग करो!

राम जैसे व्यक्ति ने भी युद्ध किया तो कोई भी सोचेगा कि युद्ध सीता के लिए किया। मगर तुम ग़लती में हो। वाल्मीकि रामायण में—जो कि ज़्यादा प्रामाणिक है तुलसी से, क्योंकि पहले लिखी गई...वाल्मीकि रामायण में, जब सीता को जीत लिया जाता है वापस और राम सीता को अपने खेमे ले आते हैं, रावण पराजित हो गया, समाप्त हो गया, तो जो पहले वचन राम ने कहे हैं, वे बड़े अभद्र हैं। वे इतने बेहूदे हैं कि हैरानी होती है कि राम से और ऐसे वचन कैसे निकले होंगे! मगर निकले ही होंगे, क्योंकि वाल्मीकि जैसा भक्त राम का लिख रहा है, तो ठीक ही लिख रहा होगा। राम ने सीता से कहा कि 'ऐ स्त्री, ऐ औरत, तू यह मत समझना कि यह युद्ध मैंने तेरे लिए किया है। यह युद्ध तो किया है कुल की मर्यादा के लिए। यह तो प्रतिष्ठा का सवाल था। तू तो सिर्फ़ बहाना थी प्रतिष्ठा का।'

क्या अभद्र बात कही! स्त्री सिर्फ़ बहाना थी, असली सवाल था कुल-मर्यादा, वंश-परम्परा, प्रतिष्ठा राज्य की, सदियों-सदियों से पुरखों की! इस ग़रीब स्त्री से कुछ लेना-देना नहीं है। और फिर इस ग़रीब स्त्री पर ज़ोर-ज़बर्दस्ती डाली कि वह अग्नि से गुज़रे, परीक्षा दे। लेकिन हमारे मापदंड हमेशा दोहरे रहे। राम में अगर थोड़ी भी मनुष्य के प्रति सम्मान की दृष्टि होती तो वे स्वयं भी आग से गुज़रते, क्योंकि अगर कुछ वर्षों तक सीता रावण के खेमे में रही थी, अकेली रही थी, तो राम भी तो अकेले रहे थे। अगर सीता किसी पुरुष के साथ सम्बन्धित हो सकती

थी तो राम भी किसी स्त्री के साथ सम्बन्धित हो सकते थे।

और मेरे एक मित्र, प्रोफ़ेसर नावलेकर ने एक अद्‌भुत किताब लिखी है : 'ए न्यू एप्रोच टु रामायणा'। और उसमें यह सिद्ध करने की कोशिश की है कि शबरी बूढ़ी औरत नहीं थी; सुन्दर, आदिवासी जवान स्त्री थी। और राम और उसके बीच लगाव था।

नावलेकर को बहुत गालियां पड़ीं। किताब उनकी इस तरह छिप गई कि कहीं पढ़ी ही नहीं गई। छपी भी तो भी बिकी नहीं। कौन ख़रीदेगा ऐसी किताब! और नावलेकर ने बात बड़ी मेहनत की खोजी है और बड़े प्रमाणों से सिद्ध की है। मैं नहीं कहता कि सही है या ग़लत, लेकिन एक बात तो तय है कि तुम दोनों अलग-अलग रहे थे वर्षों तक, तो अगर सीता को अग्नि-परीक्षा से गुज़ार रहे हो तो वही नियम स्वयं पर भी लागू होना चाहिए। दोनों गुज़र जाते साथ-ही-साथ, जैसे भांवर पड़ी थी साथ-ही-साथ, साथ-ही-साथ आग से गुज़र जाते। मगर सीता आग से गुज़री, सीता की तो अग्नि-परीक्षा हुई और राम की कोई अग्नि-परीक्षा नहीं। हम कहते हैं : 'पुरुष की बात ही और! मर्द बच्चा! स्त्रियों का क्या ठिकाना! स्त्रियों का क्या भरोसा! इनकी कोई इज़्ज़त थोड़े ही है।'

हर स्त्री के प्रति हमारी दृष्टि ऐसी है जैसे वह वेश्या है। और अग्नि-परीक्षा के बाद भी राम ने जो दुर्व्यवहार किया सीता के साथ, भारत में किसी ने उसकी निन्दा नहीं की। फिर सीता का परित्याग कर दिया एक धुब्बड़ के कहने से! और अग्नि-परीक्षा किसलिए ली थी फिर? मगर एक धोबी की औरत रात-भर घर नहीं आई और उसने सुबह कहा कि 'तू यह मत समझना कि मैं राम जैसा हूं कि सालों सीता नदारद रही और फिर भी उसको स्वीकर कर लिया। मैं ऐसा नहीं हूं। ये घर के द्वार तेरे लिए बन्द। तू कहां रही रात-भर?'

बस इतनी बात काफ़ी हो गई।

अग्नि-परीक्षा के बाद भी सीता का परित्याग कर दिया—गर्भवती सीता को! उसने कहा भी नहीं। उसे झूठा धोखा देकर जंगल में छुड़वा दिया। हमारा स्त्री के साथ बड़ा दुर्व्यवहार रहा है।

पांचों पांडवों ने एक ही स्त्री को बांट लिया। दिन बांट लिए, जैसे स्त्री न हुई कोई सामान हुआ, कि आज तुम उपयोग कर लेना, कल मैं उपयोग कर लूंगा, परसों तीसरा उपयोग कर लेगा! स्त्री न हुई, यह तो वेश्या ही हो गई फिर। पांच भाइयों ने हिसाब बांट लिया कि पांचों उपयोग कर लेंगे, ताकि भाइयों में कोई झगड़ा न खड़ा हो। यह दुर्व्यवहार ज़ारी रहा है।

एक ऋषि ने अपने बेटे को कहा कि जाकर मां की गर्दन काट आ, तो वह मां की गर्दन काट लाया। बाप की आज्ञा ज़्यादा मूल्यवान है मां की गर्दन से! बड़ी हैरानी की बात है।

बाप बिल्कुल आदमी की ईजाद है। मां प्राकृतिक है। एक ज़माना था जब बाप नहीं होते थे और एक ज़माना फिर आएगा जब बाप नहीं होंगे। बाप संस्था है, लेकिन मां संस्था नहीं है। मां नौ महीने तुम्हें पेट में रखती है, फिर वर्षों तुम्हें बड़ा करती है। बाप का काम ही क्या है? एक इंजेक्शन कर सकता है वह काम जो बाप करता है। बस बाप की उतनी क़ीमत समझो जितनी इंजेक्शन के सिरिंज की होती है, इससे ज़्यादा नहीं। सिरिंज ने कह दिया कि मां की गर्दन काट आओ और चले! और मां की गर्दन काट आए! क्योंकि पुरुष की प्रतिष्ठा है। पुरुष की आज्ञा, पुरुष का बल! स्त्री की क्या क़ीमत है! वह तो पैर की जूती है! जैसा चाहो वैसा उसके साथ उपयोग करो!

ये अजीब लोग थे, मगर ये लोग इस देश की आधारशिलाएं रख गए हैं और ये अजीब-अजीब बातें समझा गए हैं। पुरुष का पूरा-का-पूरा कब्जा स्त्री को दे गए हैं। इसका स्वाभाविक परिणाम यह हुआ कि स्त्रियों ने इनसे छुपे रास्तों से बदला लेना शुरू किया, जो कि अनिवार्य था। आख़िर स्त्री के भीतर भी आत्मा है! तो भारत का जो दाम्पत्य-जीवन है, उसमें सुख नाममात्र को नहीं है।

मैं हज़ारों जोड़ों से परिचित हूं, लेकिन मुश्किल से दो-तीन जोड़ों को मैं जानता हूं जिनके जीवन को मैं कह सकता हूं कि वहां सुख है। करोड़ों दम्पतियों के जीवन में कोई सुख नहीं है। हालांकि हम कहते हैं :

दाम्पत्य-सुख। कहना चाहिए : दाम्पत्य दुख। यह सुख शब्द बिल्कुल झूठा है। अपवाद को नियम नहीं बनाना चाहिए। कभी संयोगवशात दो व्यक्तियों के बीच ऐसा सम्बन्ध बन जाता है—संयोगवशात। न तो ज्योतिषी मिला सकते हैं यह सम्बन्ध, न तारे मिला सकते हैं, न हाथ की रेखाएं मिला सकती हैं, न कोई भविष्यवाणियां मिला सकती हैं—बस संयोगवशात। क्योंकि हमने प्रेम को तो मूल से ही काट दिया है। इस प्रेम को काट देने का परिणाम यह हुआ कि वेश्या अनिवार्य हो गई। पुरुष ने अपने लिए इन्तज़ाम कर लिया कि वह वेश्या के पास जाने लगा। इधर सद्गृहस्थ भी बना रहता है, वहां वेश्या को भी पैसे से ख़रीदता रहता है। लेकिन इस सबका अनिवार्य परिणाम जो होना था हुआ; वह यह हुआ कि स्त्री क्रोध से भर गई और उसके क्रोध का हर जगह से विस्फोट होने लगा।

तूने लिखा रंजन कि ये बैंगलोर के उद्योगपति आश्रम देखने आए सपरिवार। सपरिवार आए तो तुझे धक्का नहीं दे पाए, तुझसे चुम्बन नहीं मांग पाए, तेरा आलिंगन नहीं कर पाए, दूर-दूर रहे होंगे, बड़े भले सन्त-साधु मालूम हुए होंगे, क्योंकि पत्नी जो मौज़ूद थी। पत्नी की मौज़ूदगी में पुरुष बिल्कुल पूंछ दबाया हुआ कुत्ते जैसा हो जाता है। होना ही पड़ता है, क्योंकि पत्नी के साथ उसने जो दुर्व्यवहार किया है, उसका एक ही बदला पत्नी ले सकती है कि उसको जहां मौक़ा मिल जाए वहां इसकी गर्दन दबाए।

नसरुद्दीन चन्दूलाल से कह रहा था : 'अरे चन्दूलाल, अरे उल्लू के पट्ठे, तो तू अपनी पत्नी को छोड़कर भाग आया! अरे भगोड़े कहीं के! शर्म खा, चुल्लू-भर पानी में डूब मर!'

चन्दूलाल ने कहा कि नसरुद्दीन, मत ऐसी बातें करो, मत मुझे तीख चढ़ाओ, मत मुझे जोश दिलाओ। तुम मेरी पत्नी को नहीं जानते। अगर तुम मेरी पत्नी को जानते होते तो कभी तुम ऐसा न कहते। मैं भगोड़ा नहीं हूं, शरणार्थी हूं!

एक पुलिस अफ़सर एक स्त्री से कह रहा था : 'देवीजी, हम आपके साहस की प्रशंसा करते हैं। आपने चोर पर हमला किया, वह भी अंधेरे

में! और उसकी ऐसी ठुकाई-पिटाई की कि हड्डी-पसली तोड़ डाली!'

उस महिला ने कहा : 'जी, बात ऐसी है कि मुझे मालूम नहीं था कि वह चोर है। अंधेरे में दिखाई नहीं पड़ा। मैंने तो समझा कि मेरा पति है।'

सरहद पर एक कार रुकी। कस्टम-ऑफ़िसर ने पासपोर्ट तथा अन्य सामान चैक करने के बाद पूछा : 'बड़े मियां, बाक़ी सब तो ठीक है, परन्तु यह कैसे साबित होगा कि यह स्त्री आपकी पत्नी ही है?'

इस पर मुल्ला नसरुद्दीन ने अपनी पत्नी को देखा और कस्टम-अधिकारी से बोला : 'अगर आप यह साबित कर दें कि यह मेरी पत्नी नहीं है तो मैं आपको सौ रुपए इनाम देने को अभी राजी हूं। है कोई माई का लाल जो साबित कर दे कि यह मेरी पत्नी नहीं है? उसी की तो मैं तलाश में घूम रहा हूं।'

पत्नियों से पति डरते हैं, कांपते हैं। कारण पत्नी नहीं है, कारण पति ही हैं। इन्होंने जो दुर्व्यवहार किया है सदियों-सदियों से, उससे इनको कांपना ही पड़ता है। इनके कम्पन में इनका दुर्व्यवहार ही है।

ढब्बूजी चन्दूलाल से कह रहे थे : 'भाई, तुम अपनी पत्नी से लड़ा मत करो, क्योंकि पति-पत्नी गृहस्थी-रूपी गाड़ी के दो पहियों के समान होते हैं।'

चन्दूलाल ने कहा : 'यह बात तो ठीक है ढब्बूजी। परन्तु जब एक पहिया ट्रेक्टर का हो और दूसरा साइकिल का, तो बताओ गाड़ी कैसे चले?'

मगर यही हालत है। तुम्हें पत्नी कैसे मिली, पति कैसे मिला? कोई मूर्ख पंडित तुम्हारी जन्मपत्री देखकर हिसाब बिठाता है, कि तुम्हारे मां-बाप तय करते हैं—कौन सा परिवार प्रतिष्ठित है, कहां से धन ज़्यादा मिलेगा, कहां से दहेज ज़्यादा मिलेगा? कैसी-कैसी अजीब बातों से तय हो रहा है विवाह! फिर इस विवाह में प्रेम के फूल नहीं खिलते। नहीं प्रेम के फूल खिलते तो दमित वासना सब तरफ़ से बह निकलना चाहती है। तो गन्दी किताबें लोग पढ़ते हैं, अश्लील साहित्य पढ़ते हैं, अश्लील फ़िल्में

देखते हैं। और जब मौक़ा मिल जाए, जहां मौक़ा मिल जाए। मन्दिर जाते हैं, जाते हैं पूजा को, मगर वस्तुतः देते हैं धक्का स्त्रियों को। रामलीला देख रहे हैं, मगर रामलीला से इन्हें कोई मतलब नहीं है; वे अपनी लीला में संलग्न हैं।

जहां तुम देखो, पुरुष स्त्री के साथ दुर्व्यवहार कर रहा है। लेकिन अभी भी हमें इतना होश नहीं कि हम इस सत्य को ठीक से समझ पाएं और इसकी मूल जड़ को पहचानें और मूल जड़ को काटें।

तो वे बेचारे...रंजन, उन पर दया करना, क्रोध मत करना। पत्नी को छोड़कर दूसरे दिन आए होंगे। देखा होगा, सुन्दर युवती है रंजन. ..और यहां मेरे संन्यासियों में तो सुन्दर-ही-सुन्दर लोग हैं। सच तो यह है कि मेरा जो संन्यासी हुआ, संन्यासी होते ही सुन्दर हो जाता है। आख़िर मुक्ति सौन्दर्य लाती है, प्रसाद लाती है, एक लावण्य लाती है, जीवन को एक नई ऊर्जा देती है, एक नई चमक, एक नई दमक, एक नया गन्ध! भीतर कुछ दीया जलने लगता है, उसकी किरणें बाहर भी फूटने लगती हैं।

और फिर इस आश्रम के सम्बन्ध में जो अफवाहें उड़ाई गई हैं, तो सोचा होगा उद्योगपति ने कि यहां आश्रम में तो मुक्त जीवन-व्यवहार है, स्वच्छन्द आचरण है, चलो रंजन से थोड़ा प्रेम प्रकट कर आएं! तो बेचारे आ गए। क्रोध मत करना उन पर। जब अब दोबारा तुमसे कोई किस मांगे, तो सन्त महाराज को किसलिए बिठा रखा है बाहर? फ़ौरन सन्त को आवाज़ दिए कि इनको एक किस दो! और सन्त ऐसी पंजाबी किस देगा कि वे जीवन-भर नहीं भूलेंगे, कि कम-से-कम उनकी हड्डियां चरमरा जाएं, दो-चार पसलियां टूट जाएं कि यहां से सीधे अस्पताल जाएं, और कहीं जा ही न सकें। और यहां तो आश्रम में कितने कराटे के जानकार हैं, समुराई हैं, अकीदो के पहचाननेवाले हैं अगर एक किस से उनकी तबीयत न मानती हो तो चार-छः बुला लिए इकट्ठे कि चार तरफ़ से किस दे दो इनको, हर दिशा से इनको ऐसा किस दो कि जीवन-भर के लिए फिर कभी किस का इनको ख़याल ही न उठे। जिसको अंग्रेज़ी में कहते हैं न—किस आफ़ डेथ! मृत्यु का चुम्बन! इनको चखा ही दो। और इनको

स्वर्णिम बचपन

ओशो

परिचय : ओशो एक क्रांतिकारी विचारक थे। इन्होंने सत्य की व्यक्तिगत खोज से लेकर ज्वलंत सामाजिक व राजनीतिक प्रश्नों पर नई विचारधारा दी। वह इस सदी के महान संत और विचारक थे। सारी दुनिया में आज भी उनके लाखों अनुयायी हैं।

यह एक ऐसी पुस्तक है, जिसका ओशो के प्रेमियों को 30 वर्षों से बेहद इंतज़ार था। यह उनकी अंग्रेज़ी में प्रकाशित पुस्तक Glimpses of a Golden Childhood का भावनाओं भरा सरल और मन मोह लेने वाला अनुवाद है। इस अनूठी पुस्तक में ओशो ने अपने बचपन की कहानियों को सुनाते हुए अपने विद्रोह की शिक्षा को प्रस्तुत किया है। यह पुस्तक अपने आप में इसलिए भी अनूठी है, क्योंकि अपने अन्य प्रवचनों की तरह ओशो ने इसमें किसी सभा को संबोधित नहीं किया, वरन् केवल कुछ अंतरंग मित्रों के बीच वार्ताओं के रूप में बताया है। इसलिए इस पुस्तक में ओशो की एक अलग ही शैली पढ़ने को मिलती है।

बुद्धों की जीवनी लिखी नहीं जा सकती, क्योंकि उनके जीवन के इतने रहस्यपूर्ण बेबूझ तल होते हैं कि वे सब उनके आचरण में प्रतिबिंबित नहीं होते। जीवनी होती है किसी भी व्यक्ति के आस-पास घटी हुई घटनाओं का दस्तावेज़, उन घटनाओं की व्याख्या। अब एक जाग्रत चेतना के आचरण की व्याख्या सोए लोग कैसे करें! ...

प्रबुद्ध पुरुषों की आत्म-कथा यदि कोई लिख सकता है, तो वह स्वयं, लेकिन वह लिखते नहीं, क्योंकि उनके लिए उनका बाह्य जीवन एक स्वप्न से अधिक कुछ नहीं है।...

ओशो जैसे विद्रोही और आध्यात्मिक क्रान्तिकारी को समझना तो और भी मुश्किल है। बचपन में उन्होंने जो कारनामे किए, उन्हें एक मन में जीने वाला व्यक्ति करता है, तो उस पर शैतान होने का इलज़ाम लगाया जा सकता था, लेकिन जब जाग्रत उन्हें करता है, तो उसके मायने बिल्कुल बदल जाते हैं।... इसे ध्यान में रखकर यह किताब पढ़ी जाए, तो ओशो के बचपन की झलकें हमें हमारा अपना जीवन समझने में मदद कर सकती हैं।...

978-81-216-1251-7, संस्करण 2008, पृष्ठ 603, आकार 142 mm x 220 mm, मूल्य 425/-

ओशो : एस धम्मो सनंतनो

अनन्त के यात्री

इस खंड के प्रवचनों में बौद्ध-गाथाओं पर ओशो का बोलना शाश्वतता की ओर इंगित करता है, क्योंकि मनुष्य की मूर्च्छा सनातन है, उसके दुख और क्लेश सनातन हैं, उनका उपचार भी सनातन है।

81-216-1117-2, संस्करण 2006, पृष्ठ 352, आकार 130 mm x 203mm, मूल्य 225/-

तृष्णा से तृप्ति तक

इस खंड में ओशो ने बुद्ध के तृष्णा के सूत्रों के ऊपर बोला है। तृष्णा, यानी विपरीत की आकांक्षा, जिसे छोड़ देने पर रिक्तता, शून्यता का अहसास होता है और इसी भाव-दशा को बुद्ध ने निर्वाण कहा।

81-216-1118-0, संस्करण 2006, पृष्ठ 360, आकार 130 mm x 203mm, मूल्य 225/--

जागो और जियो

धम्मपद के इस अन्तिम खंड में ओशो कहते हैं : अन्तिम सूत्र का दिन आ गया, लेकिन इस सत्संग को भूल मत जाना। इसे सभांलकर रखना। यह परम सम्पदा है। इसी सम्पदा में तुम्हारा सौभाग्य छिपा है।

81-216-1119-9, संस्करण 2006, पृष्ठ 340, आकार 130 mm x 203mm, मूल्य 225/-

ओशो : एस धम्मो सनंतनो

बुद्ध के साथ मनुष्य-जाति का एक नया अध्याय शुरू हुआ। पच्चीस सौ वर्ष पहले बुद्ध ने वह कहा, जो आज भी सार्थक मालूम पड़ेगा और आने वाली सदियों तक भी रहेगा। इन्हीं बुद्ध की देशना 'धम्मपद' पर अद्वितीय व्याख्यान दिया है हमारी सदी के सर्वाधिक विवादास्पद अध्यात्म गुरु 'ओशो' ने। 'एस धम्मो सनंतनो' नामक इस सीरीज़ में 12 खंड हैं, जो ओशो द्वारा भगवान बुद्ध की सुललित वाणी धम्मपद पर दिए गए अमृत प्रवचनों का सम्पूर्ण संकलन है।

मन और मनुष्य

प्रथम खंड की प्रवचन-माला के वक्तव्यों में ओशो ने गौतम बुद्ध द्वारा बताए गए इस सत्य को याद दिलाया है : अगर तुम दुखी हो, तो अपने को कारण जानना, अगर सुखी हो, तो अपने को कारण जानना।

81-216-1108-3, संस्करण 2006, पृष्ठ 260, आकार 142 mm x 220 mm, मूल्य 225/-

जीने के दो ढंग

दूसरे खंड में ओशो ने बुद्ध की विलक्षणता, उनके अनूठेपन पर व्याख्यान दिया है कि किस तरह बुद्ध के साथ कुछ नए का जन्म हुआ कि बुद्ध के साथ एक क्रान्ति उतरी मनुष्य की चेतना में।

81-216-1109-1, संस्करण 2006, पृष्ठ 252, आकार 142 mm x 220 mm, मूल्य 225/-

मित्र कौन?

तीसरे खंड में ओशो ने मित्र की खोज पर प्रकाश डाला है। सत्संग, मौन, मन्थन, जागरण, आत्मक्रांति, निर्वाण-पथ आदि पर बुद्ध की देशना को व्याख्यायित किया है।

81-216-1110-5, संस्करण 2006, पृष्ठ 268, आकार 142 mm x 220 mm, मूल्य 225/-

ओशो : एस धम्मो सनंतनो

दुख–निरोध

इस खंड में ओशो सारी मानसिक भ्रान्तियों पर प्रहार करते चलते हैं कि तुम मालिक हो, तुमने अपने को गुलाम समझा हुआ है। तुम विराट हो, तुमने छोटे के साथ अपना सम्बन्ध बना लिया।

81-216-1114-8, संस्करण 2006, पृष्ठ 234, आकार 130 mm x 203mm, मूल्य 225/-

अतृप्ति क्यों?

इस खंड में ओशो ने धर्म की अनूठी व्याख्या की है। हमेशा से ही धर्म अन्धविश्वास का विषय रहा है, ओशो ने बताया कि किस तरह बुद्ध ने धर्म को वैज्ञानिक प्रतिष्ठा दी।

81-216-1115-6, संस्करण 2006, पृष्ठ 270, आकार 130 mm x 203mm, मूल्य 225/-

जीवन के पृष्ठ

इस खंड के प्रवचनों में ओशो बुद्धकालीन अनेक सुन्दर गाथाओं तथा साधकों द्वारा पूछे गए प्रश्नों के माध्यम से ध्यान की याद दिलाते हैं, सहज ध्यान की कला से परिचित होना सिखाते हैं।

81-216-1116-4, संस्करण 2006, पृष्ठ 316, आकार 130 mm x 203mm, मूल्य 225/-

ओशो की अनूठी वार्ता

12 खंडों में धम्मपद पर ओशो की इस अनूठी वार्ता में उपदिष्ट धर्म के सूत्रों की सहज ज्ञान की भाषा में ऐसी सरल व्याख्या है, जो हर किसी को अभिभूत करने में सक्षम है।

— दैनिक भास्कर

- अन्तर की खोज
- अमृत की दिशा
- अमृत वर्षा
- अमृत द्वार
- चित चकमक लागे नाहिं
- एक नया द्वार
- प्रेम गंगा
- समुन्द्र समाना बूंद में
- सत्य की प्यास
- शून्य समाधि
- व्यस्त जीवन में ईश्वर की खोज
- अज्ञात की ओर
- धर्म और आनन्द
- जीवन-दर्शन
- जीवन की खोज
- क्या ईश्वर मर गया है
- नए मनुष्य का धर्म
- धर्म की यात्रा
- स्वयं की सत्ता
- सुख और शान्ति
- अनन्त की पुकार

ओशो के ऑडियो-वीडियो प्रवचन एवं साहित्य के सम्बन्ध में समस्त जानकारी हेतु सम्पर्क सूत्र :

साधना फ़ाउंडेशन

17, कोरेगांव पार्क, पुणे-411001, महाराष्ट्र

फोन : 020-4019999 • फ़ैक्स : 020-4019990

E-mail : distri@osho.net • website : www.osho.com

सन्त-भक्त-कवि माला

• कबीर	सुदर्शन चोपड़ा
• तुलसीदास	सुदर्शन चोपड़ा
• सूरदास	सुदर्शन चोपड़ा
• मीरा	सुदर्शन चोपड़ा
• सन्त नामदेव	डॉ. प्रभाकर माचवे
• सन्त एकनाथ	डॉ. प्रभाकर माचवे
• गुरु तेग बहादुर	डॉ. महीप सिंह
• गुरुनानक	डॉ. महीप सिंह
• शैख़ फ़रीद	डॉ. हरभजन सिंह
• बुल्लेशाह	डॉ. हरभजन सिंह

सभी पुस्तकें हिन्द पॉकेट बुक्स से उपलब्ध

फ़ुल सर्कल और हिन्द पॉकेट बुक्स आत्म-विकास, धर्म, अध्यात्म, स्वास्थ्य आदि आन्तरिक और बाहरी जीवन से सम्बन्धित विषयों पर पुस्तकें प्रकाशित करते हैं। हमारा मुख्य उद्देश्य एक स्वस्थ और शान्तिपूर्ण विश्व की संरचना में अपनी भूमिका को सकारात्मक ढंग से निभाना है। पुस्तकें अनमोल होती हैं और इनका कोई सानी भी नहीं होता। कहते भी हैं कि हर मर्ज की दवा पुस्तकों के पास होती है।

हमारा सदैव यह प्रयास रहा है कि पुस्तकों के बारे में ज़्यादा-से-ज़्यादा जानकारियां पाठकों को उपलब्ध हों। इन प्रयासों की शृंखला की नई कड़ी है इस पुस्तक में संलग्न कार्ड। जिसे भरकर हमारे पास भेजने पर हम आपको आपकी रुचि की पुस्तकों के बारे में जानकारी देंगे। और अपनी घरेलू पत्रिका 'साहित्य संगम' भी भेजेंगे, जो आपको हमारे नए प्रकाशनों की जानकारी देगा।

FULL CIRCLE

फ़ुल सर्कल / हिन्द पॉकेट बुक्स

जे-40, जोरबाग़ लेन, नई दिल्ली-110003

फ़ोन : 24620063, 55654197 फैक्स : 24645795

ई-मेल : gbp@del2.vsnl.net.in @ fullcircle@vsnl.com